U0680010

魅丽文化　桃天工作室

我的超神男友

男友

网络原名《秀恩爱都得死》

吕天逸 著

百花洲文艺出版社

图书在版编目（CIP）数据

我的超神男友 / 吕天逸著． -- 南昌 ：百花洲文艺
出版社，2017.11
　　ISBN 978-7-5500-2520-2

　　Ⅰ．①我… Ⅱ．①吕… Ⅲ．①长篇小说－中国－当代
Ⅳ．① I247.5

中国版本图书馆 CIP 数据核字（2017）第 276167 号

我的超神男友

吕天逸 著

出 版 人　姚雪雪
责任编辑　郝玮刚　陈少伟
特约编辑　刘思月
封面设计　李　娟
出版发行　百花洲文艺出版社
社　　址　南昌市红谷滩新区世贸路 898 号博能中心 A 座 20 楼
邮　　编　330038
经　　销　全国新华书店
印　　刷　湖南凌宇纸品有限公司
开　　本　880mm×1230mm 1/32
印　　张　10
版　　次　2017 年 12 月第 1 版第 1 次印刷
字　　数　320 千字
书　　号　ISBN 978-7-5500-2520-2
定　　价　32.80 元

赣版权登字：05-2017-460

网　　址　http：//www.bhzwy.com
图书若有印装错误，影响阅读，可向承印厂联系调换。

目 录

目录

第一章

论坛名：粉红水晶软妹联盟

版块：欢乐818

主题帖：818我们团里那对精神病一样疯狂秀恩爱的情侣！

楼主ID：喵小团

主题帖：

楼主需要吐槽。

楼主需要倾诉。

楼主已经快要被帮里那两个秀恩爱的精神病逼疯了！

1楼：

楼主有什么伤心事，快说出来让大家开心开心。

2楼：

秀恩爱的直接叉出去烧死！答题完毕，交卷！

3楼（楼主回复）：

先自我介绍一下，楼主是个诚信死宅，目前大学在读，颜值和本楼吐槽内容无关，我就谦虚地打个9.5分吧。

楼主平时喜欢玩游戏，玩得最多的是一个大型角色扮演古风网游，这个游戏最大的特色是盛产818，但请大家不要猜是哪个游戏，楼主只想安静地吐个槽。

这个游戏楼主玩了好几年，从公测的时候就开始了，属于资深老玩家，一直专注打副本，玩了不久就自己组了一个帮会，帮会里有固定副本团，我是帮主兼团长。本人操作犀利、指挥沉稳、性格机智、打怪伤害爆表，声音悦耳动听，我们团打通新副本的速度永远保持在全服前五，团员们都特别特别崇拜我。

7楼：

颜值9.5分……犀利沉稳机智……声音悦耳动听……团员们都特别特别崇拜我……大家好，我是楼主的脸，楼主不要我了。

10楼：

一看盛产818就知道是哪个游戏了，但是我不说。

16楼（楼主回复）：

事情要从大概半年前说起。

半年前，我们固定副本团里的主T和他的绑定治疗双双A游戏了。

我们团里的主T和治疗是网恋修成正果，奔现结婚当现充去了。他们A游戏之后我们副本团就空出来两个位置，治疗倒是好找，关键是主T太难找，本来喜欢玩T职业的人就少，而且因为我们副本团比较高端，对主T的技术、装备、操作意识、在线时间这些，都有很高的要求，所以找了一段时间一直没找到合适的。

本来我都放弃了，打算好好培养一下副T，但是那个时候我们之前的主T突然介绍了他的一个朋友给我。

前主T的这个朋友也是玩T职业的，而且也有一个绑定治疗。我带这两个人一起打了一次本，他们两个的操作的确都没话说，而且这个新主T还有当时刚刚推出的顶级橙武，那时候全服没几个有这种橙武的，所以我就让他们两个加入固定团了。

从此，楼主的噩梦就开始了。

对了，为了便于称呼，下面的帖子里新主T就简称为S，他的绑定治疗就简称为B好了。

对了，论坛里可能有不玩游戏的小伙伴，所以我用通俗易懂的语言解释一下这些游戏里常用的"术语"。

游戏里"T"就是肉盾，特点是防御高且血厚，打副本时T负责吸引怪物的注意并且被怪物狂揍，然后我们其他团员就可以趁怪物心无旁骛地狂揍T的时候一拥而上揍怪物了；"主T"就是主要的T，团里还有副T，可以理解为正副班长；"治疗"顾名思义就是负责给大家加血的；"绑定"的意思就是这个T去哪儿打本，他的治疗就跟着他去哪儿，你是风儿我是沙，缠缠绵绵到天涯；"A游戏"的意思就是说不玩游戏了。

以上，解释完毕，楼主喝口水回来继续说。

21楼：
哈哈哈哈哈，简称为S和B，楼主和他们多大仇？

28楼：
一定是因为楼主没有绑定治疗所以嫉恨在心！

33楼（楼主回复）：
嗯？楼主和他们没仇。（微笑）

SB就是帅比的意思而已，褒义词，你们信我。

先说明一下，S和B是一对情侣，当然了，只是游戏里的情侣。

S玩的门派是那种外观特别威武雄壮的，武器是大刀，YY上说话的时候嗓音也比较爷们儿，有点儿北方口音，低音炮。B玩的门派是类似医仙的那种，无论男女都是长发飘飘，招式特效都是各种花瓣飞舞，这个门派男号女号打眼一看压根儿就看不出来，个个都像小仙女，所以玩这个门派的要么是妹子，要么就是基佬……好吧扯远了，B在YY上说话的音色偏细，语调清清冷冷的，一开口就一大帮人说萌萌萌。

呵呵，萌个屁。（微笑）

因为帮里有网恋得特别认真最后成功奔向结婚的先例，所以我对网恋没有任何偏见，觉得挺好的，也没发现他们两个有什么问题，但是后来我发现我错了，错得离谱！

我第一次发现这两个人不对劲的时候，是他们进团之后一周的时候。那天我们团有两个副本可以打，一个是25人本，一个是15人本。本来我计划是去打25人本，都通知团员在副本门口集合了，但是突然有几个人临时说来不了了，所以我就在YY里说"换副本了大家注意一下，改打15人××本，大家集体御剑飞过去"，结果这么一弄就出事儿了。

因为这两个副本在游戏里世界地图上的位置，一个在左下角，一个在右上角，是全游戏直线距离最远的两点……

按理说这根本不是问题，因为玩家御剑的话十秒钟就到了。

为了方便不玩游戏的人理解，我简单说一下，这个游戏御剑系统是这样的，首先你点"御剑"，点完之后世界地图会自动弹出，然后你会看见你游戏角色的Q版出现在世界地图上面，还踩着一把飞剑。然后你就在世界地图上点选你想去的小地图，这个Q版游戏角色就会踩着剑飞过去，不管去哪个小地图都是几秒钟的事。

所以很快，我和我的团员们就都在15人副本门口集合了。

但是S和B就迟迟不来，我打开大地图一看，发现这俩人还在25人副本的小地图上呢。

我天真地以为他们两个是没听见，于是又在YY上喊了一声："S、B，我们改打15人的××本了，你们抓紧飞过来。"

这时，S的声音响起了，听上去非常可靠："知道，正往那儿赶呢。"

天真的我，就放心了。

可是，三分钟之后，当我再次打开大地图，却发现这俩货已经移动到25人副本小地图隔壁的另一个小地图上了，看上去简直像是在骑马跑地图……

就在我迷茫时，S的声音再次响起："团长，不好意思，我们这边可能会比较慢，不然你先让大家去吃个晚饭，吃完了我们再打？"

我："为什么？你们赶紧的，直接御剑飞过来啊！"

这时，B清清冷冷的声音响起："飞不了，我恐高。"

一瞬间，整个YY都安静了。

三秒钟后，团队频道和YY充斥着"哈哈哈哈哈"，而我，凌乱在电脑前。

我："……"

游戏里御剑你恐个屁的高啊！！！

50 楼：
楼主一说御剑我马上就知道是哪个游戏了……

61 楼：
这个 B 脑子有病吗哈哈哈！把键盘游戏当全息游戏了吗哈哈哈哈！

65 楼：
厉害了，我的哥。

74 楼（楼主回复）：
但是天真的楼主仍然不死心，还以为是 B 在开玩笑，于是我再次催促道："你们别闹了，快点过来吧。"

B 干脆不说话了。

S 很不好意思地解释道："对不起了各位，我媳妇真的恐高，特别严重，我们现在骑马跑地图，四十分钟内肯定能跑到，你们先去吃晚饭吧。"

我瞬间明白了，这俩人，是来真的。

我又坚持了一会儿，试图说服他们在游戏里御剑恐高是一件多么不可能的事情，B 又强调了一遍自己真的会恐高，一上飞剑就呕吐，然后就不说话了，而 S 全程一直好声好气地解释和道歉，语气温和然而寸步不让。

这时机智的我想到一个好办法："你们自己不能飞是吧，那你们把账号密码私聊我然后退游戏，我帮你们上号，飞过来我就下。"

S 客气但坚定地拒绝了："抱歉，团长，这样不行。"

就是怎么说都不好使，我和我的团员都无奈了。

临时换 T 不可能，因为这个 15 人本是新出的，打起来还是很有难度的，俗话说得好，输出坑坑一个，T 坑坑一团，所以在矫情势力面前，我可耻地屈服了。我让团员们去提前吃晚饭，一个小时之后集合。

团员们都挺不爽的，因为 B 真是太能作了，大家都没见过这样的，简直就是千年戏精！

一个小时后，S和B顺利骑马抵达副本门口。

既然顺利过来了，也就没人再说什么，大家直接进本开撸。这两个人虽然矫情得要死但是技术的确过硬，我们一遍就通了副本，还拿了个全员无重伤的成就，团员们的情绪都好多了。然后当天晚上，S这个神壕给固定团里的每个人都发了一封信，每封信里都放了十万块灵石、十块顶级炼化石，还有一百颗打本前嗑的仙丹，说是对今天浪费大家时间的赔礼。

我们打一周的副本都赚不了这么多好吗！

于是团员们纷纷向土豪势力低头了。

甚至还有几个见钱眼开的小贱人瞬间扭转炮口指向我，说这事儿根本上还是得怪团长临时换副本，团长你瞎换什么副本！

我："……"

还有人狗腿地表示下次定好打什么副本他们一定提前一个小时通知S和B。

我："……"

S一高兴，又给这几个小贱人额外交易了一万灵石，就这么收了一帮小弟。

我这颗心，哇凉哇凉的。

88楼：

哈哈哈心疼楼主，给楼主点蜡，B真是个奇葩。

102楼：

知道是哪个游戏了，真没见过这么作的，两个人自己作就算了还耽误大家时间，换我是你们团团员我肯定、肯定……选择十万灵石啊！楼主你瞎换什么副本？！

114楼：

我有一个问题，这件事发生在他们两个进团一周之后不是吗？那之前整整一周楼主都没发现他们这个德行？

136楼（楼主回复）：

回114楼，之前真没发现，我们固定团，每天什么时间打什么本都放在 YY 群公告里了，之前打那几次每回 S 和 B 都早早等在副本前了，我还觉得他俩挺守时的！谁能想到他们去哪儿都是骑马啊！

如果那次不是突然换副本了，我可能一直都不会知道他们这个德行……

不过那件事其实不算什么，他们两个奇葩事迹多着呢，容我慢慢八来。

打完 15 人本的第二天，我们去打昨天没打成的那个 25 人本。这回 S 和 B 没作妖，早早就在副本门口等了。

这个游戏给角色设计了一些交互动作，就是你的角色可以和别人的角色拥抱啊、亲吻啊、拉手啊、摸小脸儿啊什么的……要我说，这些交互动作简直就是游戏策划给这两个不要脸的专门设计的！

我到副本门口的时候，这俩人正在副本旁边的一棵桃花树下面腻歪，两个角色互相抱着，抱了一会儿又亲上了，亲完摸小脸儿，摸完小脸儿继续抱，抱完继续亲。

无限循环！

其他团员都自动自觉离他俩远远的，因为恩爱秀得实在是太生人勿近了，远远看着都觉得不好意思，幸亏游戏里没有啪啪啪的交互动作，不然我毫不怀疑他们两个会当场那啥。

当时还有几个人没到，所以我们就都在副本门口等着。没想到等着等着 S 就突然卸了武器和装备，光着膀子开始对那株桃花树拳打脚踢。

这游戏里各种植物啊摆设啊什么的都是被设置成低等级的中立怪，有血槽，可以打，打掉之后很快就会刷新，但很少有人闲着没事打那些东西。S 虽然卸了装备但 100 级的角色攻击力还是很高，他打了几拳桃花树血槽就空了，整棵树消失然后过几秒又刷出来了，一刷出来 S 就继续对桃花树拳打脚踢，B 站在一边看着。

S 打倒五株桃花树之后，有个人忍不住了，就嘴贱地问 S："你打树干什么啊？"

S 声音很温柔地回答："B 想看落花。"

我："……"

你们精神病啊！

这时 B 说话了："行了，看够了。"

S 继续很温柔地说："好。"

然后他就把装备和武器穿回去了。

散发着单身狗清香的楼主已经无力吐槽了，整个人仿佛被他俩掏空。

有对象了不起吗？能秀恩爱了不起吗？

我呸！

147 楼：

哈哈哈哈哈仿佛感觉到了单身狗楼主的怨念！

152 楼：

排楼上，最后几句话散发着浓浓的嫉妒气息……

169 楼：

打桃树看落花哈哈哈，恩爱秀得有想法，我服。

183 楼（楼主回复）：

回 152 楼，并没有人嫉妒那两个精神病，谢谢。

我对象要是像 B 那样我能一脚把他踹出二里地去，这样的对象我宁可没有好吗！

好了，继续八。

围观 S 和 B 发完疯，团员也都到齐了，然后我们就进本。

这个 25 人本是目前整个游戏里最难的副本，也是能掉落顶级橙武材料的几个副本之一，为了保证顺利碾压，打这个本之前我会要求团员们吃加 Buff 的仙丹，Buff 就是增益状态。像输出的话就要吃加攻击力和暴击的仙丹，T 吃加防御和闪避的仙丹，治疗吃加治疗量的仙丹。

开打之前我挨个检查了一下，发现 B 的角色头顶上空空荡荡的，并没有仙丹 Buff。

我战战兢兢地提醒："B，你吃一下加 Buff 的仙丹。"

当时我的内心有一个声音在对我说：这个作货又要作天作地了。

事实证明，这个声音说得对。

B 还没说话，S 抢答道："好，马上吃。"

这时 B 的角色立刻施展出轻功飞开几丈远，在近聊频道说："我不吃。"

S 也切了近聊频道，开始哄："乖，他们都吃了，你不吃治疗量上不去。"

B 淡淡道："这种仙丹太苦了。"

一瞬间，世界寂静了。

游戏里吃个仙丹都能吃出苦味你可真是牛 × 大发了啊！

我实在按捺不住我的洪荒之力了！

我忍不住！

我开麦了！

我用嘲讽的语气说："游戏里吃仙丹还能吃出苦味吗？你怎么这么厉害？"

S 护犊子模式全开，瞬间抛弃原则反驳我："你别说我媳妇。"

就这么个没原则的家伙，团队模式居然还有几个小姑娘为他炸开了。

"哎呀好宠溺！""嗷嗷嗷！""霸道主 T 爱上我！"

我："……"

宠溺个毛线，我当时只想把 B 这个作货溺死在护城河里！来啊！你不是喜欢被溺吗！

B 继续在近聊敲字："上次吃这个苦得舌根麻。"

S："我有糖，你吃完仙丹吃糖就不苦了。"

B："不。"

S："那我喂你吃？"

这时 B 的角色退团了，转身想出副本，但是 S 瞬间和 B 开了 PK 模式，用了一个强行仇恨技能把 B 拉到自己身上，视觉效果就好像他抱着 B 似的。B 生气了就打 S，但是治疗的攻击和挠痒痒差不多，而且 S 的闪避属性堆得特别高，B 打了七下，一下也没打着，全被 S 躲过去了。

落空 ×7。

我估计 B 的内心是崩溃的。

然后毫发无伤的 S 就一个冲撞技能把 B 怼到副本的墙上了。

我竟猝不及防地在游戏里目睹了一场壁咚！

老天啊！我只是想安静地打个本而已啊！为什么要让我一个单身狗看壁咚？！

217 楼：

对不起楼主，我知道你很崩溃，但是我……哈哈哈哈哈哈哈哈哈哈哈哈哈！

228 楼：

哈哈哈哈哈哈哈哈哈哈哈哈哈哈楼主继续好欢乐！

231 楼：

竟然觉得有点儿萌，我是不是脑子坏了？你们说B会不会是NPC成精了？

252 楼（楼主回复）：

楼上丧心病狂的哈哈党们我记住你们了。

S把B怼到墙上之后就一直那么怼着不动了，这两个角色大概僵持了十秒钟左右吧，然后S就和B分开，退出了PK模式。

这时我收到B的入团申请，我把人放进来之后一看，B的头顶上已经有仙丹Buff了。

S在近聊说："非得嘴对嘴喂你你才吃，是不是？"

B似乎恼羞成怒了："滚！"

S发了个笑脸，又说："媳妇别生气，你不吃这个的话容易奶不住我。"

B沉默了一会儿，发了个鄙视的表情，没再说话。

就好像是在说"虽然我不爱吃仙丹而且你壁咚强吻我我很生气，但是为了能奶住你我就勉强忍了"。

我："……"

你们戏真多。

你们来玩游戏究竟是什么目的？

你们是不是别家游戏公司派来恶心人的卧底？

261 楼：

我不是想吓楼主……

但是我真的觉得 B 好像活在游戏世界里的虚拟人物啊，因为特殊事件有了自我意识什么的，所以才会这样，不然真的很难解释为什么会这么矫情，就算是撒娇也太过分了吧……

267 楼：
排 261 楼，楼主有没有考虑过这种可能性？

275 楼（楼主回复）：
楼上你们说的这种可能性我也不是没想过，我还真的查过这件事，不过这个是后话，你们等我慢慢讲。

为了不让你们太惦记，我可以先稍微剧透一下。

不是！

B 这个作货绝对是活生生的大活人！我敢用我还没出世的橙武担保！

真的就是单纯的作！

好了，先不讨论这个话题，我继续说。

B 吃完仙丹之后我们就开始打怪，一路打得都比较顺畅，毕竟我这个团长指挥得太完美了，嘻嘻。打完最后一个怪物之后出了几件不错的装备，拍完装备我们就分灵石。

这里给不玩游戏的人解释一下，我们团打完本之后，装备都是拍卖的。这个很好理解，比如说当 25 个人合力打出一件装备时，这件装备怎么分呢？为了保证分配公平，团长就会给这件装备定个底价然后进行拍卖，想要这件装备的团员就竞价，价高者得，最后团长再把这件装备拍卖得来的灵石平均分成 25 份发给每个团员，这样说你们都可以理解吧？

好的，可以理解，楼主讲得真好，不愧是犀利沉稳又机智的团长大人！鼓掌啪啪啪！

话说回来，我把灵石分成 25 份，准备交易给团员，但是交易到 B 的时候，B 果然又开始作妖了。

呵呵，我就知道。

B 开麦了，声音清清冷冷的，听起来十分高洁，不染一丝铜臭味："你把我的灵石给 S。"

我一句话也没多问，直接就点S交易了。

因为我生怕多问一句就会被B矫情到生无可恋。

但是我不多嘴别人会多嘴，B说完之后，有个没心没肺的团员跟B开玩笑说："你让S管钱啊？"

B轻描淡写道："嗯，灵石太沉，我懒得揣。"

团员没心没肺地笑开了："哈哈哈哈哈B你太逗了！"

我一口老血哽在喉间："……"

搞事！搞事！搞事！

我再重申一遍这是键盘网游好吗！灵石是虚拟的！就算带十亿块也不会沉的！

然而就仿佛嫌我死得不够透似的，S这时又语气温柔地加了一句："B的背包是空的，除了一身装备和武器外什么都不拿，都放我背包里。"

B冷漠中带着得意地哼了一声。

S甜蜜中带着宠溺地笑了一声。

我瞬间就死透了。

世界再见。

284楼：

B可真是一代作神……

291楼：

我有点儿想不通为什么B这么矫情S还死心塌地的，而且S是土豪，估计游戏里有不少人喜欢他吧，B都矫情成这样了他还不换人？莫非B真人很好看？他们后来也一直在一起吗？求楼主剧透。

第二章

312 楼（楼主回复）：

回 291 楼，这对一直在一起呢，现在也仍然在一起，而且情比金坚，如胶似漆，好像还奔现了，我估计他们很快就要去欧洲办婚礼了。

楼主继续八。

还是一件发生在副本里的事。

仍然是有一次，机智的楼主率领全团小伙伴高高兴兴地打本，小怪都清完，打到 Boss 面前的时候，B 突然说要去洗手间。

我说："你去，大家原地打坐，回血回蓝。"

然后，B 的游戏角色就颠颠儿地一路往副本外面跑……

这我就困惑了，因为正常你上厕所难道不应该是角色留在原地，然后真人离开电脑去上厕所吗？于是我就问："B 你去哪儿啊？"

B 不理我，就自顾自地闷头往副本外跑，跑到一个拐角的地方一转身就没影了。

我一着急就跟过去了，我跟着跑到 B 转弯的拐角，一拐。

然后我就看见 B 的游戏角色在墙根那儿，下半身的装备脱了，光着俩大腿。

我顿时就有种非常不妥的错觉！

这时，B就很生气地在YY上大吼："团长你变态啊？跟踪别人去洗手间！"

我脑子一抽，就说："那我也上洗手间不行啊？"

B很霸道地说："不行。"

我噎了一下，和B贫嘴道："你这哪能叫洗手间，你这明显就是随地大小便呢。"

B一听我这话好像更生气了："那我有什么办法！副本里又没有修洗手间，一点都不科学，你快走开不要看我上厕所。"

我："……"

副本里有洗手间才叫不科学好吗！

你们想象一下那个场景，威风凛凛的Boss身后放一茅厕，玩家打累了进去蹲会儿再抽根烟？哈哈哈神经病啊！

然而我当时没那么说，为了维系团队的团结，我只好一边说不好意思你慢慢上，一边操纵我的角色走回Boss面前。

然而电脑这边的我，其实是一脸冷漠的。

315楼：

哈哈哈，楼主你一路跟踪人家上厕所，看起来真的很像变态哎。

319楼：

游戏角色也是有人权的，吃饭睡觉上厕所，一项都不能少！

323楼（楼主回复）：

看着315楼，楼主不禁流下了委屈的眼泪……

好了，之前说的都是打副本的事，今天给看帖的朋友换个口味，说点儿别的。

就是前段时间这个游戏的新版本推出了家园系统，游戏角色可以在游戏中用灵石给自己买房子，每个角色只能买一套。游戏中有五个主城，每个主城都有一片家园区，进入这个区域之后玩家就可以在列表中选择自己或者自己好友的家园点进去。

家园系统里面有很多好玩儿的互动，玩家可以布置家具，种菜养猪，打扫卫生，做饭睡觉、浇花遛鸟、弹琴下棋……反正你能想到的各种古代人的日常这里都有，玩家在家园里玩这些东西可以加 Buff，比如在家里睡觉可以增加生命值上限一小时，在家里下棋可以得到一小时内每秒恢复 10 点内力值的效果等等，而且每天系统还会发放一些家园日常任务，完成了就可以拿奖励。

本来我觉得这系统设计得还是挺有意思的。

但是，天真的楼主很快就发现，家园系统简直就是 B 作妖的天堂。

一开始，是在哪买房子和装修的问题。

这可把 S 难倒了，如果他的角色是个活人的话，估计都得被 B 作到秃顶。

家园系统刚刚推出之后 B 就天天拉着 S 看房，连帮会活动都不参加了，俩人起早贪黑，骑马在五大主城之间来回奔波，就是在那段时间，我突然意识到一个问题，就是他们两个好像从来都不下线。

我上线时，他们已经在主城看房了，我下线时，他们换了个主城看房，不管我什么时候在线，他们都永远是在线看房的状态！

就这么看着他们折腾了好几天，我实在是忍不住了，而且我对 S 也是有些同情的，因为作天作地的人永远是 B，S 只是脾气很好地配合而已，奇葩程度远远比不上 B。于是我就点了他们两个组队，问他们："房子还没选好啊？我看你们都在主城来回跑好几天了。"

S 说："还没，我们再好好看看。"

我觉得 S 可能是有点无奈的，就想帮他说说话："随便选一个就行了，其实都差不多。"

B 的语气有点不高兴："买房这么大的事，能随便吗？"

我陷入了沉默："……"

对不起，我忘了您老人家是要亲自入住的。

S 哄道："宝贝说得对，我们慢慢看，不着急。"

B 就开始旁若无人地和 S 讨论起来了："这座主城的房子都是临河建的，不太好。"

于是我就按照他的思维模式半开玩笑地嘲讽了一下："其实临河挺好的，河景房，你可以在卧室里看风景，就买这个吧。"

哈哈哈哈哈哈我真幽默！

然而 B 非常认真地否定了我的提议："河边有河边的缺点，夏天蚊子多，冬天又湿冷。"

我再次陷入了沉默："……"

我的段数还是太低了，太低了。

328 楼：

哈哈哈哈这个麻烦程度简直赶上三次元买房子了！

333 楼：

本来心疼楼主，现在莫名开始心疼 S 了，起早贪黑陪网恋对象在游戏里看房子……

346 楼：

S 没啥好心疼的，一个愿打一个愿挨。

360 楼（楼主回复）：

然后这两个人就讨论开了，说实话我对 B 的作妖程度还是有些好奇的，看他们没有要撵我走的意思我就干脆在那看着。

S："看来看去我觉得还是 ×× 主城的房子最合适，气候好，四季如春。"

B："不好，那边 NPC 的口音我听不懂。"

第一次听说 NPC 还有口音的楼主惊呆了。

S："那 ××× 主城的房子呢？那边的 NPC 都是你老乡，饭菜的口味你也喜欢。"

B 发了个嫌弃的表情："那边春秋季节风沙大，总要补水，这里又没有补水面膜卖。"

我："……"

你居然还想在游戏里买补水面膜？！

362 楼：

哈哈哈哈哈 B 你不用怕缺水！你晃晃脑子就会发现那里面装着一个大海呢！

369 楼：

排楼上哈哈哈哈！

377 楼（楼主回复）：

后来 S 又提了两个主城，分别被 B 以"附近有交易区噪音太大睡不好觉"和"地理位置太偏僻骑马去哪儿都不方便"为由拒绝了。

我安静地退队了。

这个事情最后的解决方式是 S 和 B 一人买了一套房子，决定春天秋天的时候住河景房，夏天冬天的时候去另一套 NPC 都是 B 老乡的房子避寒避暑。

也不知道两本房产证上都写的是谁的名字……哈哈哈哈我真是太幽默了！

定下来之后，S 喜气洋洋地在团里宣布了买房这个事儿，还给全体成员一人发了十个烟花，让他们放着玩儿。这种烟花游戏里五百灵石一个，放起来效果很漂亮，但一会儿就没了，大家一般都是泡妹子的时候放。这么一轮糖衣炮弹的攻势下来，团员们纷纷欢天喜地地表示要定个好日子一起去 S 和 B 的新家温锅，庆祝他们乔迁之喜。

没错，在游戏里温锅。

我的团员们，戏也是很多……

可能是因为知道自己对象麻烦事儿多，S 自从入了我们固定团和帮会之后隔三岔五就给大家发发东西，有时是灵石，有时是各种稀有材料，有时是喂宠物的高级饲料，有时是仙丹……不光送东西，S 的 PVP 玩得也厉害，所以他不陪 B 的时候还会免费带其他团员打竞技场。

大家起初对 B 的确是有些不满，但实在架不住 S 土豪攻势还有带打竞技场的福利，于是渐渐就都转到 S 的战线上了，有时候还会抛弃节操和他们两个一起疯一疯。

而我，一把屎一把尿把固定团拉扯大的团长，几乎完全失去话语权，变成了一个废团。

我只能眼睁睁地看着我曾经乖巧听话的团员们弃我而去，他们真的正儿八经地定了个黄道吉日，带着各种礼物，去 S 和 B 家温锅了……

为了不显得太不合群，我也可耻地向 S 和 B 屈服了，我不仅和大家一起去温锅，我还带了一副对联儿庆祝他们乔迁之喜。

我还亲手给他们贴门上了。

家园值 +5。

我心好累。

389 楼：
S 可以用糖衣炮弹，楼主也可以用啊，你也给团员们发福利呗。

396 楼（楼主回复）：
回 389 楼，谢谢你的建议。

但是首先，我穷，我的灵石全拿去发展帮会了，每周帮会福利都要用灵石点开才行，我每周一在帮会给大家开完福利就一贫如洗了。

其次，我不会打 PVP，我的精力全用来研究怎么带大家快速碾压副本了。

你还要我怎样，要怎样？

403 楼：
全程看下来感觉就楼主对 S 和 B 的意见最大，其他人好像比较无所谓的样子，所以说果然是单身狗的怨念吗？2333

411 楼：
楼主赶快找个疼爱你的女 or 男朋友吧，这样就可以愉快地互相秀恩爱了。

429楼（楼主回复）：

我这么优秀，想找对象的话还不是分分钟的事，我只是享受单身的感觉，呵呵。

继续说他们两个的事。

有了房子之后，B的作妖度瞬间就开始以几何级数增长。

这么说吧，就算游戏里有家园系统，但是谁还能真的把家园系统当家吗？

是的，B能……

故事要从那天讲起……

那天家园系统发放的日常任务是"杀一只鸡，做成烤鸡肉"。

但是问题来了，我并没有在家园系统里养鸡，我只养了几只小猫。

顺便说一句，撸猫的感觉真好，哪怕是虚拟猫。

这个杀鸡任务完成之后，奖励是一百块灵石和一块中品洗练石，这个奖励倒不是很多，但是连续三十天完成任务会奖励一个大礼包，我想要那个礼包，所以不想断日常。

于是我问了一下团里有没有人养鸡，但是团员们也要做日常，有鸡的基本已经杀没了，并没有多余的鸡可以匀给我，因为之前一直没出过和鸡有关的任务，大家都以为养这个没用，所以没几个人养。

但是这时，有个团员说他今天杀的鸡是从S那儿借的，S的家园里养了十几只鸡，我可以去借一只。

我在YY上叫了S一下，但是他没理我，可能是在忙。

毕竟只是游戏里的一只鸡而已，我就想我先去杀一只回头养好了还给他也不算过分吧，毕竟我和其他团友都是家园互相随便进，资源共享的。于是我就来到主城，走到家园区点开好友列表，直接点进S和B的家。

要知道，玩家的家是没有门的，游戏并没有写实到可以锁门的那种程度，只要是好友就可以互相直接进家门。

就是说，你点完你好友的名字之后，游戏就开始读条，读完条你就自动出现在你好友的家园里了，我这么解释大家都懂吧？

所以我真的不是故意的……

我闯进他们的家时，S和B身上什么装备也没穿，两个人的游戏角色光着，躺在床上。

不，准确地说，是B仰面躺在床上，而S压在B身上。

我当时那个心情真的根本没有办法用语言描述……虽然这个游戏并没有无下限到增加"啪啪啪"这种角色交互动作，但是联想到他们平时的行事风格，我马上就猜到他们应该是在假装啪啪啪。

这游戏让他们玩得太写实了，我真的服了。

一看见我出现，B立刻从床上下来，瞬间就把装备都穿上了，好像真是好事被撞破了似的。

因为B装得实在太像了，所以一瞬间我的心里竟无比真实地产生了不好意思的感觉，我脑子一抽，就跟B道歉了！

是的！我居然道歉了！我都瞧不起我自己！

我："对不起，我不是故意的。"

B发了个生气的表情，然后说："你进来怎么不敲门？！"

我："……"

这游戏里哪有门？！

我收回我刚才的道歉！

442楼：

楼主坏了人家的好事吗哈哈哈哈！

457楼：

楼主当心长针眼！

471楼（楼主回复）：

回457楼，我当时也是隐隐感觉眼睛疼。（微笑）

我被B吼得一脸蒙×，虽然B只是打字而已，但是那种愤怒、狂暴，想要揪着我打一顿的气息，淋漓尽致地透过屏幕，凶狠地糊了我一脸。

B不依不饶地怼我："你会不会敲门？你平时进别人房间都不敲门的吗！"

我真的冤枉得说不出话："……"

我的确不会在游戏里敲门啊！点一下好友名字就自动读条进来了，你说说怎么敲？

这时S出来打圆场，他也把装备都穿上了，然后走到B旁边做了个拥抱的动作，开始哄老婆："宝宝不生气了好不好，团长也不是故意的。"

B冷笑："呵呵。"

S继续哄："商城昨天又上架新外观了，老公一个颜色给你买一套好不好？"

B反问："一个颜色一套？"

我："……"

所以你也意识到自己太奢侈了是吗？

S忙改口："不，一个颜色两套，空出来一套换洗的。"

B满意了："嗯。"

我："……"

虚拟衣服居然需要换洗！我还是把精神病的世界想得太简单了！

S讨好地发了个笑脸，问："那宝宝不生气了？"

B发了个翻白眼的表情，说："算了。"

我如获大赦。

B又对我说："那你补敲一次门。"

虽然心里有点委屈，但我不是那种爱搞事的人，何况一个固定团，最要紧的就是齐齐整整。于是，为了维系团队的团结，我立刻退到大概应该是门口的位置，忍辱负重在近聊敲字："当当当……这样敲吗？"

B："嗯。"

我只好继续硬着头皮敲字："当当当，B，当当当，B，当当当，B。"

B："行了，进来吧。你有什么事？"

我做了个深呼吸，忍住砸电脑的冲动，在键盘上噼里啪啦地敲字："我想借只鸡杀一下做日常，过几天养好了还你们。"

480楼：

哈哈哈哈近聊敲门！楼主也是委屈！

485 楼：

莫名想起了《生活大爆炸》……

496 楼：

不过楼主总算可以拿到鸡了吧，杀只鸡也真是不容易。

508 楼（楼主回复）：

如果你们以为经历了这些离奇的波折之后，我就顺顺利利地拿到了鸡，那你们就错了。

你们对矫情的力量一无所知。

我说了借鸡的事，刚刚被哄好的 B 马上又不高兴了："怎么又来借鸡？刚才就借出去一只了。"

我立刻强调了一下："过几天养好了我就还你。"

B 不说话了，扭头带我进了菜园。

不得不说，S 和 B 把他们的家园系统布置得特别精致，屋子里的家具都是商城里最贵的那些，摆设得相当用心，虽然家具都是那些家具但是一看布局就知道他们精心设计过。而且菜园也被他们规划得很像样，一半种地，一半养小动物。种地的那一边已经有很多菜了，规规矩矩地弄了十几垄，一垄种十个种子，十几种庄稼整整齐齐的，有玉米、辣椒、白菜、韭菜、南瓜、西红柿……而养小动物的那一半也是用篱笆分割出了好几块区域，有鸡、牛、羊、猪……简直像真的在游戏里过上日子了。

虽然我仍然觉得他俩病得不轻，但是也忍不住肃然起敬了……

因为要弄成这样是要花很多精力的，而且据我所知他们两个从来不找代练，也从来不让亲友上他们号帮忙做任务。

B 打开鸡舍门，对我说："你自己进去抓吧。"

于是我就天真地进去抓鸡了，我随便抓了一只离我最近的。

然而这时 B 说话了："不许抓小黑，换一只。"

我立马就放下了，去抓另一只。

B 又说："小黄也不行，再换。"

我当时已经觉得有点儿不妥了，但还是硬着头皮又换了一只。

这一刹那，B的感叹号几乎要溢出屏幕！

B："小芦花更不行！！！！！！"

我咬咬牙，把那只小芦花放下了，问B："你给这些鸡都起名了啊？"

这时，护妻狂魔S出现了，我仿佛能感觉到S在电脑屏幕后面一脸为难的样子。

S对我说："要不，团长，我帮你去别的地方借只鸡吧？这些鸡我媳妇养了挺长时间，可能养出感情了……刚才借给小×的那只是昨天刚孵出来的，没什么感情，所以就借了。"

我瞬间回复："行。"

杀只鸡真！是！太！难！了！

说实话，经历了这么多之后我已经完全不想问B借鸡了，我只想快点从尴尬的气氛中解脱。

没想到的是，B居然对S的提议表示拒绝："S，你不许去别的地方借。"

说完，B立刻亲自下场抓了一只鸡交易给我，不容抗拒地敲字："你拿这只吧。"

我坐在电脑前，冷汗都快冒出来了，开始胡言乱语："不了不了，我管别人借，这只长得这么可爱我下不了手……"

其实在我眼里那些NPC鸡真的是长得一模一样的！

B："不行，你必须得拿着。"

我："……"

B："我知道，你们都觉得我像精神病，我没病。"

我急忙反驳："我们没觉得你像精神病，你挺好的。"

我知道我这样虚伪，但不然要我怎么说？

"是啊我觉得你挺像精神病的"？这不是想打架吗？

B冷冷地说："既然不觉得，那你就拿着。"

于是我拿着了。

因为按照他这个逻辑，我不拿鸡就意味着我觉得他是精神病！

苍天啊大地啊！我只是想杀只鸡做个日常而已！为什么要让我经受这种修罗场！

517楼：

哈哈哈哈哈楼主的漫漫杀鸡路！简直没有尽头！

526楼：

为了看楼主杀只鸡，我居然追了两天的帖子……

532楼（楼主回复）：

我接受了B的交易，背包里多了一只鸡。

B给这只鸡起名了，它叫咕咕头，B还告诉我它很挑嘴，只喜欢吃高级饲料，而且每天早晨都第一个起来打鸣。

B仿佛是故作轻松地说道："它打鸣太早了，影响我睡觉，你拿去杀了吧。"

我就像怀揣着一块烧红的火炭一样忐忑！

我："多谢……那我先走了？"

B淡淡地说："走吧。"

这时S看出来自己媳妇心情不佳，于是凑过去抱着B，说："宝贝，我给你做你最喜欢的酒酿圆子怎么样？"

这里楼主要说明一下，酒酿圆子是一种玩家在点亮了"烹饪"技能之后，可以自己用初级食材制作的一种小吃，这种小吃是加Buff用的，一小时内增加冰冻抗性30点，一般是有打副本需求之前才会吃，并没有人会闲着没事吃那个。

结果B说："我自己做，你做的不好吃。"

我："……"

不是，游戏里的酒酿圆子难道不都是一样的吗？难道还存在手艺的区别？

显然我还是没有习惯他们的套路！

S发了个笑脸，说："好啊，媳妇做的最好吃了，那吃完了我刷碗。"

楼主默默地退了出去。

恕我直言，作为一个玩了三年的老玩家，我还从来没在游戏里见过"碗"

这种物品。

但是我要淡定，要淡定。

540 楼：

楼主快杀鸡啊！磨叽什么呢！

551 楼（楼主回复）：

不好意思，可能要让 540 楼失望了。

我带着鸡回了自己的家园，把鸡从背包里拿出来放在地上，看了半天。

这不是一只普通的鸡……

这是"嘴很挑只喜欢吃高级饲料，而且每天早晨第一个起来打鸣吵人睡觉让 B 又爱又恨"的咕咕头！

一想起 B 不舍得和 S 为难的样子，我就有一种莫名其妙的负罪感。

然后我就喂咕咕头吃了一把高级饲料，又把咕咕头收回背包里去了。

我觉得我被 S 和 B 传染了，这种精神病真是太可怕了！

560 楼：

差评！巨大的差评！我为了看杀鸡追了两天帖子结果楼主居然没杀？！

567 楼：

哈哈哈哈哈下不了手就快给人家送回去吧！B 说不定都想鸡想得吃不下饭了！

582 楼（楼主回复）：

回 567 楼，我还真送回去了……

我把鸡收起来，去做了一些其他的日常，然后又到处借了一圈鸡，总算问隔壁团的团长借到了一只，杀了交了任务。

然后我又买了二十只鸡蛋，一口气全丢在家园的鸡舍里，让它们慢慢孵。

我再也不想被借鸡的恐惧困扰了……

做完这些之后，我私敲 S，问他："你们干什么呢？"

S 说："我陪媳妇看风景。"

我："你什么时候有空单独回一下家园，我把那只鸡送回去，鸡我没杀，我跟别人借了一只。"

其实我根本没必要让 S 回家园的，因为就算主人不在家，只要是好友就可以直接进到对方家园里。但是看他们对待家园的态度那么认真，我就不敢像进别的好友家那样直接进 S 和 B 的家园了，感觉简直像私闯民宅似的！

S 发了个笑脸："你直接进去就行，我就不回去了。"

我："好。"

S 又说："谢谢团长了。"

我："不客气。大兄弟，你也不容易。"

然后我就跑到他们的家园，去鸡舍把咕咕头放回去了，放完之后，我又忍不住对咕咕头做了一个抚摸的交互动作，近聊敲字说："我知道你为什么叫咕咕头了，我感觉你鸡冠子好像比别的鸡大那么一丁点儿。"

语毕，我觉得自己彻头彻尾地变成了一个精神病……

P.S. 一定有人好奇，为什么楼主对日常如此执着，做不了不做不就行了吗？答案还是那个，楼主穷，你们不明白当一个 PVE 帮会帮主兼五甲团团长是一件多么烧钱的事情。我每天都要在帮会里用灵石开各种活动，让成员有帮会福利拿，各种实用的材料宝物全都放帮会仓库供大家随意取用，帮会来了新人我给发全套初级装备、中品坐骑和经验丹，自己身上常年不到一百灵石，穷得感天动地，如果不是土豪副帮主和土豪 S 总是替我给大家发福利，我估计我要去主城沿街乞讨了。

好了，不卖惨了，当过帮主的都懂，总之楼主的《杀鸡·回忆篇》正式结束，明天这个时间不见不散，楼主继续八副本里发生的事。

593 楼：

哈哈哈原来咕咕头的鸡冠子比较大！

613 楼（楼主回复）：

等更帖的小伙伴们，你们好，今天楼主要给大家讲一个 B 在副本里睡觉的故事。

事情是这样的。

我们团里，有一个很犀利的输出，我们就叫他 D 吧，前段时间 D 收了一个萌新妹子徒弟，徒弟很萌，简称 M。M 玩的是一个外观很漂亮的女号，而且还天天和 D 撒娇，又要举高高又要抱抱的，D 被萌得生活不能自理，觉得自己的春天可能是要来了。然后有一天他就带着徒弟来找我，说想让徒弟跟团打一次副本弄点儿好装备。

固定团成员想带带自己的萌新亲友什么的我基本都会同意，其他团员也没意见，因为团里很多人都带过，而且那天开副本之前团里正好有空位置，我就让 M 进团了。

然而这 M 一进团我就蒙了。

因为她的名字居然叫作"我要脱裤子了"——反正 M 现在已经不玩了，楼主曝一下 ID 应该不要紧吧，而且我相信每个游戏里都有叫这种猥琐名字的人。

我私敲 D："大兄弟，你徒弟这名起得……他是个男的吧？"

D 胸有成竹："肯定是女的。"

我："你听过她说话？"

D："没有，但我能感觉到。"

我："呵呵。"

D 自信满满："这年头，卖萌卖得无懈可击的都是抠脚大汉，可爱中带着几分猥琐的才是真妹子。"

我："……"

哪来的歪理邪说？！

M 是非常标准的呆卡萌，虽然我指挥的时候已经在照顾 M 了，但她还是犯了很多小错，副本打得不太顺利。作为主 T，S 那天死了好几次，基本都是 M 的锅。前两次 S 死的时候 B 没吱声，就是马上用复活技能把 S 救起来了，但是第三次死的时候 B 就炸了，直接开麦问："那个新人你能不能行？"

M 敲字："对不起，对不起。"

B 仍然很不悦："主 T 死好几次了，都因为你。"

S 就出来打圆场："我不要紧，宝贝消消气。"

B 轻声说："看见你死我就难受。"

这时有个团员插嘴："这不是能复活吗？"

B 一听这话马上就怒了："那我也心疼啊！敢情死的不是你男人！"

团员："……"

S 低声笑，笑声中有一种浓浓的宠溺，似乎觉得 B 很可爱。

于是 B 就把炮火对准了 S："还笑，你还有心笑！Boss 放大招你倒注意开好减伤啊！不开减伤我根本就奶不住你！"

S 笑着说："行行行，下次一定开好，我错了。"

B 就沉默了。

全团成员就这样猝不及防地被他们两个放了一波大招。

有几个爱玩的团员原地自杀了，声称自己是受到暴击的单身狗，其他团员也纷纷有样学样，死了一地，只剩我和副帮主屹立不倒。

一向稳重成熟的副帮主想了想，也自杀了，还和我说："来！躺我旁边。"

我走到副帮主的尸体上，蹦了几下，然后说："都别玩了行吗，赶快起来收拾收拾开打，治疗 Buff 上一套，其他人都集中抱团站在主 T 身后，我一喊躲你们就往后跳，有不明白的吗，没有？很好，团长棒棒的主 T 开怪了。"

然后大家纷纷复活起来准备开打，开始前护夫狂魔 B 又不放心地叮嘱了新人一句："那个新人你认真点儿，好好听团长指挥。"

M 忙不迭："好，好。"

S 深情款款地走过去抱住 B："宝贝我要开怪了。"

B："不许再死了。"

S 发了个亲吻的表情，说："好，这次肯定不死了。"

我仿佛目睹了一幕上战场之前的生离死别……

一路磕磕绊绊地打过了两个 Boss 之后，时间已经比较晚了，团员们的情绪都被萌新坑得有些低落。而且这第三个 Boss 有一个讨厌的技能，就是他会随机给玩家上 De-Buff，"De-Buff"是减益状态，也就是不好的状态，和"Buff"是相反的，而中了这个 De-Buff 的玩家就像揣炸弹了一样，必须飞快远离其他玩家，如果站在人群中超过五秒就会原地爆炸并且把周围的队友也炸死。

估计大家都猜到了，M又坑了。

第一次中招时……

我在YY上声嘶力竭地大叫M的名字："我要脱裤子了！出人群！出人群！"

砰的一声，全团炸裂。

M："对不起，团长，我没反应过来嘤嘤嘤。"

第二次中招时……

我："我要脱裤子了！你又中招了！"

砰的一声，全团再次炸裂。

M："对不起对不起QAQ，下次肯定没问题了，我用师父父的名誉保证。"

第三次，M和副帮主一起中招了。

我："我要脱裤子了、副帮主！快跑！"

这回M还真顺利出人群了。

然而，平日里一向犀利沉稳高冷的土豪副帮主，在眼看就要成功的时候，竟带着De-Buff呆立在人群中，不动如山……

砰的一声，全团第三次炸裂。

我也跟着炸了："副帮主你怎么回事？"

高冷的副帮主沉默了一会儿，敲字说："抱歉，笑得太厉害，忘记按键。"

我："……"

副帮主继续敲字："你要脱裤子了，我为什么要跑？"

我瘫倒在电脑椅上。

626楼：

赌一毛钱，M是个装妹子的糙汉攻，D是个逗比受，别问我为什么，818的帖子一般都是这个走向。

637楼：

感觉楼主和副帮主之间也有一股隐隐的奸情涌动……

641楼（楼主回复）：

楼上几个，你们就是腐眼看人基。

继续说。

我炸了之后，B也跟着炸了，就很恼火地在团队频道说："我不打了。"

这回B麦毛我完全理解，毕竟当时已经很晚了，大家都又累又困的，的确很崩溃。

但是眼看都到最后一个Boss了，我就劝B："再试最后一次吧？再不行今天就先散。"

B淡淡道："不试。"

说完，就想往副本外走。

我叫住他："你别走，就再试一次，这回副帮主给点儿力，别傻笑了。"

副帮主发了一串省略号，恢复了平日的高冷。

B很不高兴："我不管，反正我先睡了，我困得眼睛都睁不开了。"

语毕，B就走到离Boss最远的角落里，用了一个"躺"的交互动作，让自己的角色躺在地上……

整个YY都寂静了三秒钟。

这时，护妻狂魔S屁颠儿屁颠儿地跑过去，从背包里变出一床棉被、一个枕头，给B装备上，然后语气诚恳地向我们道歉："不好意思了大家，我媳妇真是困得不行了。"

我："……"

可以，我就算你是真的困得不行了。

但是讲道理！正常人困到不得不马上睡觉的时候，肯定应该是先退游戏关电脑，然后去卧室的床上睡，对不对！

让自己的游戏角色躺在副本地上是几个意思啊？！

不过经过千锤百炼的我已经习惯了，这种程度的作妖并无法在我心中掀起波澜，我的内心一片平静，甚至还响起了缥缈空灵的佛经声。

但是萌新M显然并没有见过这阵仗。

我估计 M 可能是觉得 B 这样子是被自己屡屡犯错气疯了，所以 M 慌了，M 开麦了。

于是，一个雄浑厚重，带着浓浓大碴子味儿的男低音，猝不及防地响起了："哎呀妈呀，地上躺着那大兄弟，你别急眼啊，我第一次下副本不太会玩，不好意思了啊！"

整个频道再次寂静了三秒钟。

这时，D 清清亮亮的少年音响起了："……徒弟，你把变声器关了。"

M："啥变声器？我没开啊！"

躺在地上的 B，很适时地在近聊频道打了一个字："噗。"

感觉自己受到了欺骗的纯情少年 D 瞬间下线了。

这回是真打不下去了，我只好宣布散团，想打的明天再打。

于是 S 便不失时机地在众人面前再次秀了一把恩爱："宝贝起来，我们回家睡了。"

B 表现得好像真的困得不行了似的，游戏角色仍然躺在地上不起来，还在近聊敲字："好……困……"

然而我觉得真困的话应该是懒得继续坐在电脑前，也懒得打省略号的，这一波演得简直太浮夸了！

S："要我抱你起来吗？"

B："不。"

S："那乖乖自己起来。"

B："在这儿凑合一宿算了，回家还要骑好长时间的马。"

我："……"

你还真要让自己的游戏角色骑马回家园了，你真人再挂机上床睡觉啊？

S："我用披风裹着你，你上了马就在我怀里睡，回家了我给你烧洗脚水，给你捶背揉肩，好不好？"

B："还要给我唱歌。"

S："没问题。"

我目瞪口呆地看着他们在近聊频道几近丧心病狂的虐狗行为。

不带这么秀的啊我的哥！

你们两个难道没发现周围的气氛特别安静吗，大家都不敢说话了啊！

这时，副帮主私敲我，说："这个游戏还能烧洗脚水？"

我："废话，当然不能。"

副帮主发了一串省略号。

我："他们不总这样吗，你还没习惯呢？"

副帮主沉默了一会儿，忽然说："我觉得他们挺有意思，可能谈恋爱就是这么回事儿。"

我："……"

精神病果然会传染。

副帮主："其实我也想给人烧洗脚水。"

我："那就退游戏，关电脑，给你爸烧去。"

副帮主特别听话，马上就退游戏了，头像瞬间变灰，想必是给他爸烧洗脚水去了。

649 楼：

哈哈哈 S 和 B 简直腻歪死了，比琼瑶剧还腻歪。

654 楼：

楼主你真傻还是装傻，心疼副帮主……

661 楼：

只有我的关注点在 D 和 M 身上吗？！这两个人后来怎么样了？是不是在一起了！

674 楼（楼主回复）：

回 661 楼，他们后来的确又和好了，但是没在一起，都是直男，求不脑补过度，和好之后天天还是师父父徒弟弟的，叫得特别亲近，像什么事都没发生过一样。D 后来和我说了，说 M 这不是第一次玩游戏吗，看别人张嘴闭嘴"师父父""嘤嘤嘤 QAQ"的，就傻乎乎地跟着学，但仔细想想 M 从来没说过自己是女的，D 对自己的直觉充满谜之自信也一直没问过，所以 M 也不是存心要装妹子骗人。

那天之后 M 就去找 D 道歉了，D 气过一阵就原谅他了。

但是你们知道 M 怎么道歉的吗哈哈哈！

以下插播一段 D 同学的血泪往事给大家开心开心……

那天，D 正在我们 YY 大厅黯然神伤地挂机，M 突然进来了，因为大厅嘛，我们所有人都在，都能听见他们说话。

然后，M 的大碴子音就猝不及防地响起了："师父啊，你别生我气了行不？"

D 的清亮少年音在他面前一放，弱气得不行，而且还是嗲嗲的广普，内容又特别傲娇，一听就是在赌气："请问你是哪位？我认识你吗？"

M 大着嗓门儿问："你咋地了？我你都不认识了啊，你撕忆（失忆）了啊？"

D："……"

我相信 D 当时的确是恨不得能当场撕……不，失个忆的！

M 嘿地笑了一声，恍然大悟道："我直到（知道）了，你就是生气了，搁这闹脾气呢。"

D 发现和 M 说话不能绕弯，只能直怼，就说："对啊，我就是生你气，怎样？"

M 用讨好的语气说："那你别生气了呗，大哥错了，不该乱学别人说话，不该建女号，但大哥不是故意忽悠你的，你要是原谅大哥，大哥给你整个貂儿。"

D 爹毛："神经病啊！我一个广东人，哪里会穿貂！"

M 深以为然："也是，你们广东人不穿貂儿，尽吃貂儿。"

D："……"

他当时可能恨不得一口把 M 给吃了。

M 自顾自地被自己逗乐了："哈哈，大哥逗你玩呢，知道你们广东人不乱吃，我们东北人其实也不天天打架喊麦啊，网上那帮人一天天地净瞎说。"

D："……"

M 锲而不舍："大哥还是给你整个貂儿，你来东北旅游的时候穿呗，大哥带你去冰雪大世界看冰灯，老好看了。"

D一口老血堵在喉间："……"

然后D就跳到小频道，又把M给拉下去了。

过了几天他们两个就和好了，也不知道是不是M给D买貂儿了哈哈哈。

后来他们就一直相处得很和谐，天天干什么都一起，时间一长，D那一口广普就让M给拐飞了，还动不动就乱加儿化音，比如说——

D："帮主儿，我们打个本去好不好？"

我："大宝贝儿啊，那叫帮主，谢谢。"

D："帮主，这把怎么又团灭儿了？"

我："你跟我读一遍，团儿灭。"

D："你们儿化音不是随便加的啊？"

我："是儿随儿便儿加儿的儿。"

D："……"

后来D和M就一起A游戏了，听说去年12月末的时候D还真去东北和M面基了，面基那天D往YY群里传了几张照片。他们还真去冰雪大世界了，D也真穿了貂儿，别说他一个标准南方美少年穿貂儿还挺好看的，比M穿好看，M又高又壮的，披个貂皮大衣像黑熊成精似的，也不知道D的舌头掰直没，还是彻底让M给拐进沟里去了。

不过他们两个肯定不是你们以为的那种关系就是了，真是特别纯洁的友情。D前几天还和我抱怨呢，说他和M连吃都吃不到一起去，一个喜欢煲汤喝，一个一天三顿小烧烤，生活习惯差异很大，经常因为这点小事儿拌嘴，虽说拌完能好吧，但是就算刨除性别这两个人也明显不可能在一起好吗！

你们这些年轻人啊，不要什么事都往那个什么上想。

对了，顺便说一句，我和副帮主也是清白的，谢谢。

679楼：

哈哈哈哈哈大哥我也想要个貂儿！

682楼：

经常因为小事情拌嘴……喀喀，那什么楼主你高兴就好，哈哈。

第三章

.... 二十四孝老公与作神 ....

699楼（楼主回复）：

大家好，新的一天到来了，今天楼主要为大家八点什么呢？

就说上次全团成员一起去看风景截图的事情吧。

事情是这样的，有一天，在本团长英明神武的指挥下我们顺利地碾压了一个25人副本，因为指挥得实在太好了，所以打得比预料中快很多，打完之后大家纷纷表示没事做有点无聊，于是我们集体去了游戏里的一个著名景点，看风景加截图。

我们去的是一个修真门派，这个门派的地图做得很漂亮，四季如春，漫山遍野都是花树，地上厚厚一层落花，花树林旁边还有一个大瀑布，瀑布下两道彩虹终年不散，而且背景音乐也特浪漫，是个把妹撩汉的圣地。

当然，也是S和B的作妖圣地……

到了之后我们先全团截了张合影，然后大家就散开各玩各的，我跳到一根树枝上打坐挂机，开始吃外卖。

游戏里很美好，很和谐，外卖的鱼香茄条也很好吃。

这时，B果然没有辜负我对他的期望，开始在近聊频道作妖。

B 和 S 两个人依偎在花树下，腻歪了一会儿，然后 B 说："我饿了。"

S："宝宝想吃什么？"

B："我看看你背包里都带什么了。"

说着，B 走向 S，两个游戏角色贴在一起，仿佛 B 真的在看 S 的背包一样。

然而我们大家都知道，在游戏里，一个玩家其实并没有办法直接看到另一个玩家的背包……

两个游戏角色贴了一会儿，B 就开始一个个报菜名，好像真看见 S 的背包了似的。

B："我看看，糯米莲藕、桂花鸭、九转肥肠……"

我："……"

我估计 B 要么是在瞎编，要么就是 S 刚刚把自己的背包界面截了图，再通过 QQ 或者 YY 什么的发给 B 了。

但你说这得是闲得多蛋疼啊？！

B 说："我要吃鱼头豆腐汤、芋头蒸排骨、绿茶佛手酥、大闸蟹和油爆虾。"

S："宝贝等我给你拿。"

说完，S 从背包里掏出一张桌子，又掏出各种食物放置在上面，演得有模有样的。

S 最后又从背包里变出一壶酒道："看，还有一壶新丰酒。"

B 一副迫不及待的样子："我开吃了，饿死了。"

他们两个这么一演，我顿时就感觉自己嘴里的鱼香茄条没有那么香了！

704 楼：
连吃饭都要模拟吗？这对笨蛋情侣入戏简直太深……

715 楼：
心疼楼主哈哈哈，原本香喷喷的鱼香茄条突然就变得寒酸起来了呢。

723 楼（楼主回复）：
回 704 楼，他们的确就是一日三餐都要模拟的。S 的背包里常年装着各种吃的东西，一到饭点儿就拿出来和 B 一起吃，有时候打副本打到一半，他们都会趁别人回血的时候抽空吃口东西，我对他们这种执着的作妖精神真心是服气的。

其实在游戏里，基本所有的食物都是用来上 Buff 的，S 拿出来的这些鱼头豆腐汤啊，大闸蟹啊，油爆虾啊什么的，分别是 1 秒钟回血 120 点、经验获取速度增加 5%、一小时内功防御提高 30 点……其他的东西也是，除了这俩人谁也不会闲着没事吃这些。

话说回来。

S 和 B 开始在树下吃东西了。

B 拿起大闸蟹开始吃，他的头顶上出现了一个缓慢增长的进度条，显示"进食中"。

在游戏中进食一般需要读条五秒钟，如果读条到一半被打断的话，进食就会失败，食物不会消失。

然而三秒钟后，B 起立打断了自己的读条，把大闸蟹交易给 S，说："这个季节的大闸蟹真好吃，蟹膏很足，你尝尝。"

S 接受了交易，拿着 B 没吃完的大闸蟹，开始读条。

于是我就在电脑前捧着我的鱼香茄条，面无表情地看着屏幕里的两个人分享一只大闸蟹，B 拿着读条两秒钟，交易给 S，S 再拿着读条三秒钟，交易给 B，翻来覆去没完没了的！

最后，S 说："宝贝，剩下的你都吃掉，不用给我剩。"

于是 B 终于好好地读完了五秒钟的条，把那只大闸蟹吃进去了，同时，B 的头顶上出现了"经验获取速度增加 5%"的 Buff。

我松了一口气："……"

总算吃进去了！

吃完大闸蟹之后，他们又开始吃别的东西，总之无论吃什么都是你读一会儿条，我读一会儿条，按他们的剧本来理解就是有什么好吃的都要一起分享……

他们真的是我这辈子见过戏最足的情侣，没有之一，我衷心希望他们早日奔现，这样就不用天天在游戏里面演得这么累。

736 楼：
似乎 Get 到了有趣的技能，回去了和亲友一起玩一下这个梗哈哈哈。

748 楼：
这对情侣有毒！可是我控制不住自己追更新的手！

757 楼（楼主回复）：
S 和 B 吃完他们的虚拟午饭之后，我发现我打坐的树枝上多了一个人。

是副帮主用轻功飞上来了。

我："？"

副帮主没头没脑地抛出来一句："我也饿了。"

我有点无语："家里没饭吃？叫外卖啊！"

副帮主沉默了一会儿，说："……不是，我游戏角色饿了。"

我也沉默了一会儿，问："……你是不是有病？"

副帮主："没病。"

但是下一秒，他就用实际行动证明了他有病，他点我交易了一只大闸蟹，说："你吃。"

我取消了交易："这东西长经验用的，我都满级了，还吃它干什么？"

然而副帮主一言不发坚持不懈地和我交易，第五次交易失败后我拗不过他，只好接受了，为了礼尚往来，我也交易给他一个名为"神秘食盒"的东西。

"神秘食盒"也是食物的一种，但是食盒里的东西是随机的，加的是 Buff 还是 De-Buff 也说不准，就是让玩家闲得蛋疼的时候吃着玩儿的，属于一种趣味性道具。

交易成功，副帮主说："我们一起吃。"

我只好把大闸蟹吃了，头顶上出现了一个长经验的 Buff。

同时副帮主也把神秘食盒吃了，头顶上出现了一个一秒钟掉血 9999 点的超级 De-Buff……

副帮主："……"

十秒钟后，副帮主因食物中毒暴毙，横尸桃花树上。

帮会频道出现一句死亡喊话——"副帮主××××因误食神秘食盒

中的毒物倒地身亡，呜呼哀哉！"

帮会频道顿时被"哈哈哈哈"刷屏了，成了欢乐的海洋。

我幸灾乐祸地在副帮主尸体上跳来跳去："哈哈哈哈哈傻×！"

副帮主半天没动静，既不说话，也不原地复活。

我估计……他是尿急上厕所去了。

770楼：

副帮主暗恋你好吗！楼主你快醒醒！简直恨不得揪住楼主的衣领子大力摇晃！

778楼：

简直无法更心疼副帮主，和SB情侣的甜蜜形成了强烈的反差……

791楼（楼主回复）：

就当副帮主横尸桃花树上的时候，S和B又在下面发明了新玩法。

是一种名为"咦嘻嘻嘻你来抓我呀"的玩法。

基本游戏规则就是S和B开决斗，然后B在前面跑，S在后面追，追着追着S就用一个强制仇恨技能把B拉到自己身上，两个人腻歪一会儿，然后B再用解控技能逃跑，然后S再追……

总之两个人就是这样在花丛中追逐嬉戏，仿佛下一秒就要开始野合，而且还全程配合两人的近聊敲字刷屏。说真的我不是很明白他们是怎么做到一边跑一边按技能一边打字的，可能手速超神吧……

S："哈哈抓到你了！"

B："放手。"

S："不放，老婆真好抱。"

B："讨厌，快放。"

S："亲一下我就放。"

B："么么。"

S："我反悔了，再抱一会儿。"

B："你……"

S："嗯——你身上好香，擦什么了？"

我不是针对谁，我的意思是，在游戏里谈恋爱谈这么逼真的人，全是智障。

这两个人正秀得开心，一直在我旁边挺尸的副帮主突然起来了，并且瞬间开了我的决斗。

这里需要说明一下，副帮主和 S 玩的是一个门派，只不过 S 是输出和 T 两个方向双修，而副帮主是专注玩输出，不过 S 有的技能副帮主也都有。

于是，我就被副帮主的一个强制仇恨技能拉了过去，整个角色贴在副帮主身上。

仿佛吃错了药的副帮主对我说："抓到你了。"

这孙子偷袭！

——这是我脑中闪过的第一个想法，我飞快使出解控技能脱离副帮主的技能控制，紧接着一个后跳拉开距离，随即挂 De-Buff 眩晕开爆发 biubiubiu 疯狂输出，成功将副帮主一波带走！

漂亮！

副帮主再次横尸桃花树上。

我："我厉害不？起来起来再打一场。"

副帮主只发了个句号："。"

这是他生气时候的表现，我和他一起玩了三年，非常了解他。

我："大哥，你先开我决斗的，别输不起啊！"

副帮主一动不动，也不吱声了，可能是觉得自己理亏。

803 楼：

楼主这个情商也是没谁了，赌一毛钱，楼主从来没谈过恋爱。

812 楼：

哈哈哈哈其实副帮主也是想和你玩"咦嘻嘻嘻你来抓我呀"的游戏，S 和 B 在树下玩得那么开心，副帮主却只能在树上挺尸……

825 楼（楼主回复）：

回 803 楼，我说过了，我只是喜欢享受单身的感觉，才不是找不到呢，呵呵。

回 812 楼，请不要总是往奸情的方向想，我和副帮主是纯洁伟大的革命友谊。

847 楼：

黑人问号脸！楼主你醒醒，你和副帮主之间哪里有什么纯洁友谊啊？不要逃避现实！

858 楼（楼主回复）：

副帮主被我一波带走之后，我坐在他尸体的肚子上打坐，近聊敲字说："起来。"

副帮主："……不起。"

过了一会儿副帮主又说："你不觉得我们现在的造型有点儿奇怪吗？"

我："不觉得啊，我就是觉得你有点儿奇怪。"

这时，我看见 S 在近聊频道说："宝贝，商城新出的挂件喜欢不喜欢？"

B："喜欢。"

S 发了个笑脸，说："我就知道，已经给你买完了，回主城看邮件。"

B 矜持道："谢谢。"

S 做了个摸 B 脸蛋的动作，说："宝贝皮肤白，戴那个挂件才好看。"

我："……"实际上，在这个游戏里，想要调肤色只要花几块钱就行了，要黑要白全是玩家自己说了算，白也没什么好骄傲的。

然而 B 对 S 的甜言蜜语很满意："嗯哼。"

S 趁机要求："叫声好听的。"

B 沉默了一会儿，说："老公你最好了。"

然后这两个游戏角色就亲上了，光天化日，没羞没臊的。

其实我有一点不是很明白，就是 S 和 B 为什么在一起腻歪的时候总是用近聊频道而不是密聊，一般来讲这种太肉麻的话肯定是不好意思在大庭广众之下直接说的，所以除了他们两个特别爱秀恩爱虐狗之外我也是找不到其他的解释了。

S 和 B 正秀着，在我身下躺尸的副帮主突然和我说："我刚才往帮会里充了五十万灵石。"

五十万灵石，够开一个月帮会活动了！我立刻说："谢谢了，大兄弟。"

副帮主被我打倒在地骑在屁股下面，居然还以德报怨，往帮会里充灵石，他可真是个大好人。

副帮主："那你也叫声好听的。"

我迅速抛弃尊严，大叫："爸爸！"

副帮主却没有我意想之中的喜悦，道："……换一个。"

我声嘶力竭："爹！"

副帮主："再换。"

我："阿爸？"

副帮主："……"

我："Father？"

副帮主："……"

我："大佬？"

副帮主沉默良久，道："算了。"语毕，他终于复活从地上爬了起来，又说，"我都让你气活了。"

这我就不服了："我管你叫爸爸你怎么还生气呢？那难不成要我叫你儿子？"

副帮主又只发了一个句号，示意他和我没话说，然后御剑回帮会了。

土豪的心思真难猜！

859 楼：
副帮主是想让你管他叫老公的好吗，还爸爸，爸你妹！替副帮主委屈！

870 楼：
坐在副帮主肚子上打坐……楼主真的不觉得这个造型有点像骑乘？怪不得副帮主不起来。

881 楼：
。

885 楼（楼主回复）：

那个 881 楼，不要 COS 副帮主好吗，你吓唬谁呢。

接下来给大家讲个你们一定喜闻乐见的事情。

就是，之前不是有人说怀疑 S 和 B 是活在游戏里的虚拟人吗……其实这个事情我也想过，倒不是很认真地怀疑，就是一个念头，不过我有两个证据可以证明不是，今天先说第一个。

我们固定团有个 YY 群，起初建群是为了方便打本之前发通知，后来就变成聊天灌水打屁专用，然后有一次群里有个小伙伴突发奇想，建议大家爆照。

刚开始就两个挺漂亮的妹子爆了，后来气氛热闹起来大家就接二连三全爆了，包括我和副帮主，到最后整个群就剩 S 还有 B 两个人没爆，于是团员们就各种起哄，说想看看秀恩爱情侣真人长什么样子。

然后 S 就说："我长得和我游戏角色一样。"

团员们纷纷表示不可能。

S 坚持："真的，一模一样，分毫不差。"

这个游戏创建角色的时候，角色的长相都是玩家自己设定的，简称捏脸。捏脸的自由度很高，基本上只要有耐心，想捏成什么样都行，我还和酷似彭于晏的游戏角色一起打过本呢。而 S 的游戏角色就是那种标准的完美男神脸，你说现实中有人长这样我是不信的，然而 S 一口咬定自己就长这样，死活也不爆照。

于是大家只好把火力转移向 B，都嚷嚷着要看 B。

结果 B 也说："我也和我的游戏角色一样，我是照着自己捏脸的。"

我："……"你们两个商量好了是吧？

B 的游戏角色的捏脸也很好看，和 S 那种完美男神又不乏阳刚的感觉不一样，是属于那种俊秀漂亮的类型，大眼睛小尖下巴，一副欠虐的小模样儿，不知道为什么，还带着一股任性傲娇气质，如果说 B 真长这样我倒是信的，相由心生嘛，这张脸和 B 本身的性格太合了。

然而团员们不依不饶，非要看，说大家全都爆了，你们情侣两个人至少得爆一张吧。

可能是实在被逼得没办法了，B 最后还是发了张照片出来。

照片一发，YY 群就炸了。

因为如果照片没有作假的话，那B还真的和自己游戏角色长得一模一样，绝对是能把人迷到飙血的那种高颜值。照片里的B看起来顶多二十出头，穿着一身黑色礼服，像是在参加酒会之类的活动，身材很纤细，一只手插着口袋，另一只手拿着杯香槟之类的东西，稍稍偏着头，嘴唇轻轻抿着，表情很傲气，长得还特别好看，挺有那种富二代的感觉。

团员们不可置信地追着B问这个是真人吗确定不是在网上找的吗？

B说："骗你们有什么好处。"

S也说："这真是我媳妇本人，我可以做证。"

B说："你们在群里看看就行了，千万别外传。"

紧接着，团员们就对B的容貌展开了热烈的讨论。

基本上大家都觉得这么好看的人干什么都是对的，游戏里作一点儿怎么了，人家在三次元作天作地也一样有人乐意宠着啊，谁让人家长得那么好看呢，又有人开始朝S起哄说S真是好福气啊，在游戏里都能找到这么好看的对象。

这时B说："S也不错的，我眼光很高。"

于是大家又不死心地再次撺掇S爆照。

B冷冷地替S拒绝了："这个就都别想了，S只有我能看。"

一波恩爱暴击。

S冷静地协击："对，只给你看。"

我："……"

总之，在看到B的照片之后，我莫名地感觉到了一种放心。

果然只是作而已不是什么其他匪夷所思的原因，这样的感觉。

901楼：

看来的确是真人啊，那可真是够作的，不过想不明白外形条件这么好的人为什么要网恋，现实中大把大把的人喜欢吧……

909楼：

901楼，二次元都这样了三次元一定作得更厉害，估计现实中没人受得了。

914 楼：

我比较好奇副帮主长什么样。

926 楼（楼主回复）：

回 914 楼，副帮主也不错，和我想象中的差不多，挺英俊的，而且有点儿冷冷的感觉。

继续说，我们那天爆完照之后，群里就开始了热火朝天的讨论，有人说相由心生这句话真对啊！B 平时感觉就是个傲娇美人，副帮主的感觉是冰山忠犬，结果照片果然都很符合。然后就有人反驳说也未必啊，帮主在网上给人的感觉就是个糙汉加逗比，抠完脚抠鼻子抠完鼻子抓辣条的那种，谁能想到真人水灵灵、娇滴滴啊！

我："等等！你们先给我解释一下什么叫'抠完脚抠鼻子抠完鼻子抓辣条'……"

然后团里的妹子们就纷纷表示对对对，帮主一副欲求不满的小模样儿真想把帮主按倒在地直接那啥了！

我吓得差点从椅子上掉下去："你们胡说八道什么呢！"

这时，副帮主发了一串长长的省略号。

我整个是崩溃的，向副帮主求助说："大兄弟，你帮我说句话成吗？我长得有那么欲求不满吗？我怎么不觉得呢？"

副帮主沉默了十秒钟，说："有……"

我："……"

副帮主："……"

YY 群立刻被哈哈哈哈刷屏了。

我活了二十年，第一次知道自己居然长了张水灵灵、娇滴滴、欲求不满的脸……

讲道理我一直想走硬派路线来着，于是我一气之下，就把群里所有那么说我的人全踢出去了。

……最后群里只剩我一个了。

结果我只好一个个加回来。

929 楼：

副帮主那个"有"字下隐藏的含义就是他也想把你按倒在地直接那啥了，楼主你感受一下是不是这个道理。

935 楼：

……

939 楼：

…………

956 楼（楼主回复）：

935 楼和 939 楼能不能别学副帮主，我有点儿慌。

我不会是已经暴露了吧，团里没人和我说啊！

970 楼：

楼主真的暴露了吗？为什么我有种你会被副帮主趁机不可描述的感觉，就"居然敢开帖吐槽我，看来不教训你一下是不行了"这样的。

974 楼：

楼主记得回来直播细节……

如果你还能活着回来的话……

1139 楼：

楼主好像失踪了啊！都怪你们乱 COS ！

1260 楼（楼主回复）：

小伙伴们好，楼主又回来了。

都怪你们吓我，害得我一个星期没敢来更帖，还天天在副帮主、S 和 B 面前装孙子，鞍前马后地伺候这三位大爷，并且随时准备下跪磕头承认错误，心理压力是非常巨大的。

然而他们的反应都很平常，并不像发现了这个帖子的样子……

于是我就又回来了，熊熊的八卦之火烧灼着我的灵魂，不八完不舒服。

今天就给大家八个小事情热热身好了，因为这几天我被你们吓到了，需要养一养。（微笑）

1261 楼：

欢迎楼主回来！其实上次那个装副帮主的 939 楼是我，我错了，以后不装了，楼主别害怕……话说 935 楼和 881 楼也快出来承认错误好吗，不然没八卦看了！

1301 楼（楼主回复）：

没人认领那两层……

算了，不会那么巧的。

事情要从某一天早晨说起。

那天上午九点，尽职尽责的楼主早早地起床，洗脸刷牙买早餐，啃着包子打开电脑登游戏，把帮会各种活动点开，方便早起的小伙伴做日常。弄完这些之后，我惯例看了一眼好友列表，S 和 B 果然是在线的，而且和我在同一个主城地图。

我在主城附近转了转，很快就发现了这两个人的踪迹。

他们正绕着护城河……奔跑。

这里要说明一下，这个游戏里的角色，一共有四种行进方式。最快的是御剑，能直接在大地图上穿梭；其次快的是轻功，可以在小地图内部以最快速度前进，一般正常人在地图内行进都会用轻功，不过因为 B 有神一般的"恐高症"，所以这两个人从来不用轻功；第三快的是骑马或者其他的坐骑，可以达到人物行走百分之二百的速度，在小地图内移动最不济也得是骑马；而最慢的，就是人物本身用两条腿走或者跑了……在用惯了轻功的玩家看来，自己好好地在平地上拿腿跑那简直慢得跟蜗牛差不多。

而此时此刻，S 和 B 正用自己的两条腿，绕着护城河，慢悠悠地跑着。

他们不会是……晨练呢吧……

——一瞬间，深受精神病情侣荼毒的我不禁这样想。

结果下一秒，我就看到了熟悉的近聊白字秀恩爱大法。

S镇定自若："一二一、一二一，让你的呼吸和跑步维持在一个频率上，宝贝。"

而B，完全是一副缺乏锻炼累得不行的样子："呼……哈……呼……哈……我好累……呼……哈……"

连语气词都打出来了啊！

这位少侠，我们玩个游戏真的需要认真到连跑步时发出的声音都要近聊打出来的地步吗？

"呼哈"你妹啊！

纵使我已经自觉百毒不侵了，但当时也仍然被B震慑了一下……

这时S看到我了，冲我打了个招呼："早啊团长。"

我跑过去，说："早。"

而B，则在努力表演那种"累到说不出话"的状态，没有说早安，只是不断在近聊敲字："呼、呼、呼……"

该配合B演出的S尽力在表演："宝贝，保持深呼吸。"

B近聊敲字："呼——呼——呼——"

我几乎要昏厥过去，我一忍，再忍，实在是没忍住，多嘴问了句："B怎么了这是？假装跑步呢？"

S无视了"假装"这两个字，回答道："我们出来晨练，B天天在家宅着，身体素质不行。"

我在电脑前做了个深呼吸，说："不是，你们晨练这么练不可能有用啊！"

真想锻炼身体你们倒是关了电脑亲自去跑步啊！

S仿佛有点无奈："你说得对。"

我："对啊！"

S的埋怨中带着浓浓的宠溺，说："现在都快十点了，太阳都上来了，的确已经不适合晨练了。"

我："……"

大哥，我们频道还是没对上。

B这会儿总算是缓过来点儿："我起不来，呼……"

S 温柔道："小懒猪。"

B 不悦："还不是怪你昨天晚上……"

我急忙打字："我什么都没听见啊，刚才风大，风大。"

B："……"

S 哄 B 说："原地休息五分钟，我们把最后一圈跑完，好不好？"

B 飞快地坐在地上，说："渴了。"

S 从背包里拿出物品"一壶清澈的泉水"，交易给 B："宝贝喝这个，要小口喝，不能一口气全喝光。"

B："好。"

于是我就看着 B 拿着"一壶清澈的泉水"，不断重复，读条——自己打断读条——读条——自己打断读条的过程，就仿佛真的是在一小口一小口地把这壶泉水喝完似的……

这两个人演得实在是太有想象力了，我觉得只让我一个人看见简直可惜了，于是我就默默地把刚才我们的聊天记录截了图，用 YY 发给副帮主看。

1311 楼（楼主回复）：

我刚发完，副帮主秒回："他们在干什么？"

我："假装晨练呢！连呼吸声都打出来了哈哈哈哈这俩人太逗了！"

副帮主："……"

我："厉不厉害？我都想去开个帖子 818 了！"

副帮主："厉害。"

我正对着手机傻乐，他又说："挺巧的，我也跑步呢。"

说着，他发了张跑步机的照片，上面显示他已经跑了三公里。

我说："厉害啊，我高中毕业以后跑八百米都费劲。"

这时，副帮主又发来一张照片，我定睛一看……

那是一只撩着上衣下摆的手，被撩起的衣服下是八块腹肌，还覆着汗水，背景能看出来是健身房，感觉像刚拍的，照片边缘还有两只胳膊，能看见结实的肱二头肌。

我问："你的啊？"

这突如其来的炫耀！

副帮主仿佛有些欲言又止："嗯……"

我就没再理他，把早餐的外卖盒收拾收拾下楼扔了趟垃圾，又顺便去便利店采购了一箱纯净水，回来时已经过了五分钟，一看手机副帮主正好又发过来一条消息，只有三个字："想要吗？"

我马上回："想。"

副帮主发了个感叹号："！"

我郁闷道："但是我太瘦了，吃完睡睡完吃都不长肉，练不出来你这么好看的肌肉。"

副帮主又是一阵沉默，我估计他是忙着锻炼腾不出手，大概一分钟之后他说："我不是这个意思。"

我问："那是什么意思啊？"

副帮主："算了。"

我："……"

总感觉副帮主最近神神道道的。

过了一会儿，副帮主说："太瘦也可能是身体亚健康的表现，你最好适当锻炼一下。"

我敷衍道："嗯，你说得对。"道理都明白但是懒。

副帮主："那我们以后每天早晨一起跑步，我电话叫你。"

我："大兄弟，我们好像不是一个城市吧，连一个省都不是。"

这也是为什么我们在一起打了三年游戏都没面基过的原因。

副帮主："你跑你的，我跑我的。"

我："……"

副帮主不容抗拒地说："你电话号码告诉我。"

我："……"

于是就因为我那天手贱给副帮主发了几张截图吐槽 S 和 B，直到今天，副帮主仍然每天雷打不动早晨八点打电话把我从床上弄起来！逼！我！跑！步！

我要是调静音，他就一直打，一直一直打！让我惭愧！

都是吐槽别人的报应啊，报应！

1319 楼：

那楼主你有没有想过你现在专程开帖子吐槽 S 和 B 可能会遭到来自副帮主更大的"报应"……

1327 楼：

楼主你不想跑的话可以假装说跑了嘛，撒谎都不会。

1339 楼（楼主回复）：

回 1327 楼，不是我不会，是撒不了谎，副帮主给我们两个的电话弄了个什么套餐，反正我接他电话不花钱，然后他就让我天天跑步的时候和他保持通话，他要听我喘气儿。

不坚持锻炼杀退服，原话，真是反了他了！

1342 楼：

副帮主也是为了楼主这个死宅的健康问题操碎了心。

1350 楼：

确定不是想借机听楼主"娇喘"？

1361 楼（楼主回复）：

好了，先不八我和副帮主了，再说回 S 和 B。

那天我和副帮主聊了一会儿，然后我就切回游戏里。那时候 S 和 B 已经跑完了，B 躺在地上，仍然不停地在近聊打字喘粗气，S 就站在自己媳妇旁边赞美鼓励："宝贝真有毅力，这么快的速度都跟下来了。"

B 抱怨道："身上全是汗，难受死了。"

S 发了个邪魅一笑的表情，说："要不要下河洗个澡？"

B 发了个翻白眼的表情："要下你自己下，我要回家泡花瓣澡。"

作为一个二十四孝老公，S 马上就听话地跳河了。

B："……"

然而下一秒，S 就故技重施开了决斗用拉人技能把 B 拉下了水。

聊天频道立刻被打情骂俏的近聊刷屏了……

B："讨厌不讨厌啊你？"

S："哈哈！"

B："你还敢泼我！我要泼回去！"

S："来啊，泼啊！"

B："你不许闪避，让我瞄准。"

S："好好好，不闪就不闪。"

两个人玩了一会儿鸳鸯戏水，S突然说："老公教你游泳。"

我："……"

草民斗胆问一句，这个游戏的角色难道不是自带游泳技能的吗？

然而B下了河之后却是真的杵在水里不动弹，仿佛自己的游戏角色就是不会游泳的，S则贴过去抱着B，好像真怕B沉进水里去似的。

S："学不学？"

B："懒得学，又没用。"

S："也是，去哪儿都有我保护你，不需要学。"

然后这两个人就又开始你侬我侬了，看起来简直像要就地来一发护城河Play，害得我非常想在河边插一块"珍惜生命，禁止野合"的牌子。

再后来，我就御剑飞走做日常去了。

1369楼：

哈哈哈说不定楼主走了之后他们真的在护城河里那什么了，护城河Play真是好新颖！

1372楼：

采访楼主一个问题，你觉得B所有作妖事迹中最作的是哪次？

1379楼（楼主回复）：

回1372楼，没有最作，只有更作，谢谢。

不过还是讲一下我看到这个问题时脑海中出现的第一件事吧。

其实是件小事，不过特别奇葩。

就是有一天半夜，我记得已经是午夜一点左右了，我和副帮主还有一个治疗，我们三个一起刷一个低等级副本，因为我们想要这个副本里掉落的一个挂件。挂件没什么作用，就是好看，而且那天我们都睡不着觉加闲得无聊。

刷完第三遍出来的时候，我们碰巧在副本门口看见 S 了。

于是我就和 S 打招呼："你也没睡呢，我们刷挂件你来不来？"

S 说："不了，我买个东西就走。"

我一看，S 的目标选定在副本门口的一个小吃商人身上，这个小吃商人是专门卖一种叫核桃酪的食物，可以加一个增加外功防御的 Buff。

我说："买核桃酪？"

S 大大方方地说："嗯，媳妇半夜醒了突然要吃。"

他说得太理所当然了我竟不好意思吐槽。

S 近聊对 NPC 说："掌柜的，一份核桃酪，要烫烫的。"

我："……"

这时副帮主好心提醒说："你们现在不是住 ×× 主城吗，那个主城里的小吃商人也卖这个？"

S："不行，他家的不正宗，这家的配方是祖传的。"

这时，那个小吃商人 NPC 适时地吆喝起来："香喷喷热乎乎的核桃酪——祖传配方——和别的核桃酪不一样——"

其实这个 NPC 永远都是这句话，你就是戳他一万遍他也只会重复这一句，但是这个当口发出来真心巧得要命好啊！我竟完全找不出合适的吐槽！

S 买完核桃酪，近聊敲字打了个哈欠："哈——欠——"

我："……"

这果断是被 B 传染了。

S："太困了，我先回了，你们也早睡。"

说完，S 御剑飞走了。

这是我们第一次看见 S 在游戏里御剑，平时他都是配合 B 发疯，和 B 一起骑马……

S 走后，我们三个在原地面面相觑。

副帮主打破了沉默，走到小吃商人面前，点了他一下，说："我请你们吃核桃酪，暖和暖和。"

我旁边的治疗说："哈哈好啊，副帮主好萌啊！"

副帮主被人夸奖，立刻得寸进尺，玩得更开心，和NPC说："掌柜的，来三份核桃酪，都要烫烫的。"

我："……"

副帮主买完，交易了我一份，还说："当心烫嘴。"

我忍不住怼他："你别跟着犯病成吗？"

那个治疗也跟着演："呼呼，好烫好烫。"

副帮主不断地读条打断，读条打断，仿佛在慢慢吃："我的也烫，都吹吹。"

为了表示抗议，我冷静地一口气读完了一个条，以示我是一口气喝下去的。

读完条之后，我说："我怎么不觉得烫呢？"

那个治疗说："因为帮主皮厚。"

副帮主罕见地发了个笑脸，说："哈哈。"

我无语凝噎。

……显然我们帮会成员已经集体被S和B传染成精神病了。

那个治疗还直夸S，说："S这人真好，那么宠B，三更半夜还专门跑过来给B买核桃酪，上次我晚上想吃楼下便利店卖的冰激凌我前男友就懒得下楼给我买，还是我自己去买的。"

我："所以变成前男友了吗？"

那个治疗："对，他不去买也就算了，还说我事儿多，给我好顿教育，什么男人啊！"

她这么一说我突然觉得S好像也挺好，虽然挺神经的，但是对B真的宠。

副帮主说："如果是我，我会去买。"

我心不在焉地说："哦。"

副帮主又说："别说下楼，跨省都行。"

我："哈哈哈哈跨省抓捕啊！"

那个治疗："哈哈哈哈哈！"

副帮主："……"

1390 楼：

副帮主展开紧急跨省抓捕行动，蠢萌的楼主即将落网。

1401 楼：

哈哈哈我好像发现了一件不得了的事，S 和 B 平时和 NPC 买东西的时候居然会和 NPC 说话吗？哈哈哈哈！

1415 楼（楼主回复）：

恭喜 1401 楼完全抓住了重点，就这事我能八出来一万字，呵呵。

是的，这两个人平时在游戏里问 NPC 买东西的时候会在近聊对 NPC 说话的。

我第一次发现这个事情的时候是有一天碰巧撞到 S 和 B 在主城买洗练石。

洗练石商人名叫李二狗，外形是个高高瘦瘦的年轻人，不管你怎么戳他，他都永远只会说一句话——王铁柱那个龟孙！

而王铁柱是在主城另一边卖武器的 NPC，也不知道他究竟怎么着李二狗了，这个梗在游戏里一直是个谜。

我当时本来也是准备去买洗练石，然而刚要过去就看到近聊飘过一句话，说话人是 B："给我五十块上品洗练石。"

李二狗："王铁柱那个龟孙！"

B 不悦："还是一百灵石一块？我都在你这儿买过多少次了，也没个优惠。"

这时我也走过去了，和他们打招呼："B 你和谁说话呢？"

B 气呼呼的："李二狗呗，奸商。"

还没等我说话，S 插话道："团长也来买石头啊？"

我一脸蒙×："是啊……B 怎么和 NPC 说话？"

S 发了个笑脸，却并没有要解释的意思，我也就不好追问，反正他们两个一向都很会玩。于是我默默点李二狗交易，以一百灵石一块的价格买了五块上品洗练石，打算去给武器升级。

李二狗："王铁柱那个龟孙！"

我还没走开，B 忽然没头没脑地冒出来一句："别人乐意当冤大头关我什么事，九十灵石一块，不能再多了。"

我冷静地思索了一会儿，觉得 B 说的冤大头，好像就是我……

李二狗："王铁柱那个龟孙！"

B："九十二一块，我不管，你看你这石头品相不好，这块都缺角了，还有这块有一条裂缝。"

李二狗："王铁柱那个龟孙！"

B："你这样以后我不来你这儿买了。"

李二狗："王铁柱那个龟孙！"

B："就是因为你太小气王铁柱才不喜欢你。"

我："……"

等等等等！你买东西和 NPC 说话也就算了，你还带讲价的！你讲价也就算了，你还戳人家 NPC 痛处！

过分了啊！

这时 S 也开始安抚 B，说："宝贝不用讲了，九十五就九十五，老公有的是钱，你想怎么花就怎么花。"

然而 B 却说："这不是钱的事，讲价是一种乐趣。"

李二狗："王铁柱那个龟孙！"

B："行，九十三一块成交，来一百块。"

我攥紧了我可怜巴巴的五块洗练石，默默遁走了。

土豪的玩法我真的不懂！

1516 楼：

哈哈哈哈说不定那个 NPC 说的话只有 S 和 B 能看懂，在普通玩家眼里就是重复的没有意义的话呢！这么一想感觉好神奇啊！

1523 楼：

楼主你买贵了，你下次买之前试试近聊问那个 NPC 九十三块灵石卖不卖。

1530 楼：

感觉王铁柱和李二狗之间似乎有一段虐身虐心的爱恨情仇……

1549 楼（楼主回复）：

他们和 NPC 说话不仅仅局限于买东西的时候，打副本的时候也说。

我们那段时间有一个每周必推的副本，Boss 是一个半人半蛇的大妖怪，然后每次进本打到这个 Boss 的时候，B 都会跑过去和他说："今天还是我男人当主 T，待会儿轻点打他。"

Boss："哈哈哈，宵小之辈，竟敢来我的地盘撒野！"

B 仿佛不高兴了，跳到 Boss 的蛇尾巴尖儿上一顿蹦跶一顿踩："你听见没！听见没！听见没！"

不知道为什么，我就感觉那 Boss 好像挺疼的。

Boss："哈哈哈，宵小之辈，竟敢来我的地盘撒野！"

B 满意地下来了："这就对了，治不了你了还。"

全团静默："……"

其他副本也基本都是这么个套路，因为 S 到哪儿都是主 T，所以开打之前 B 总会把 Boss 威胁一通，有时候我都忍不住替那些 Boss 捏一把冷汗……

除了这些，他们有时候还会和一些无关紧要的 NPC 说话，比如主城村外有一个老太太 NPC，那个老太太是新玩家升级任务里的一个剧情 NPC，大概剧情就是老太太的儿子离奇失踪，让玩家想办法把她儿子找回来，但是任务做到最后会发现她儿子已经被妖怪给吃了，然后玩家就会把妖怪杀了把儿子落在妖怪洞里的遗物带回给老太太交任务……这系列任务做完之后这个老太太 NPC 就没用了，天天就还是在她那小茅屋门口站着哭，没完没了地和新人重复同一套儿子失踪了的说辞。

然而 S 和 B 隔三岔五就去老太太那儿看看。

那天我和副帮主一起带帮会里几个新人过这个任务，打完妖怪带着遗物来交任务时正好看见 B 和老太太说话。

B 说："人死不能复生，您老人家节哀顺变，别把身体弄垮了。"

S 往地上放了一堆东西："帮您打了几只野兔放这儿了，还有大米和地里新收的菜。"

B 又支使 S："你去帮她把水缸填满。"

S："好嘞。"

我："……"

副帮主："……"

敢情这俩人在游戏里慰问孤寡老人呢！

我的心情本来是蛋疼的，但是被他俩这么逼真地一演，我就谜一般地产生了一种"如果交完任务就走那我简直就是个禽兽"的错觉！

然后我就点中老太太当目标，近聊说："人死不能复生，节哀顺变。"

那几个新人都蒙×了，还以为这样才能交任务，也齐刷刷地跟着刷了一排："人死不能复生，节哀顺变。"

副帮主沉默了一会儿，也跟着说："节哀顺变。"

不愧是高冷的副帮主，总是比别人少几个字。

我看了看背包，实在是没什么像样儿的东西，于是我忍痛往地上扔了一打鸡蛋……

副帮主则扔了一打金叶子。老太太没反应。

废话，当然没反应！

这时，副帮主突然对我说："你挺可爱的。"

他这句话一出，我顿时如大梦初醒，觉得自己像傻×似的，扭头御剑就跑了。

副帮主："……"

我觉得我也得抽时间去医院看看脑科了真的，我们这群被 S 和 B 传染出来的精神病都可以组一个二十五人团刷脑科副本了。

1562 楼：

居然还会威胁 Boss！完蛋了我感觉 B 越来越萌了怎么破！话说楼主你有没有想过你们副本团之所以总能拿五甲也有 B 威胁 Boss 的功劳啊哈哈哈，说不定 Boss 真的放水了呢！

1566 楼：

所以说副帮主就是从这时开始喜欢楼主的吗……

1573 楼（楼主回复）：

回 1562 楼，别闹，能拿五甲主要还是因为团长厉害。（微笑）

S 和 B 和 NPC 说话的事还能八出来很多，比如，夏天的时候 B 有时会给守城的士兵送水喝，S 还因为这个吃过醋；再比如，B 怕狗，主城里有一只 NPC 狗天天满地乱跑，B 每次碰见这只 NPC 狗都要马上跳到 S 身上去，不过 B 喜欢猫，还会用小鱼干喂终年游荡在主城交易区里的那几只 NPC 流浪猫；再比如，新手村的大槐树下有个和自己下棋的老头儿 NPC，有一次我还看到 B 坐在老头儿对面和老头儿对弈，俩人儿还带拌嘴的……

没错，就是这样拌嘴——

B："小爷下得怎么样？"

老头儿："啧啧，好一个臭棋篓子。"

B："你输不起是吧？"

老头儿："啧啧，好一个臭棋篓子。"

B 大怒："我明明赢你了！"

老头儿："啧啧，好一个臭棋篓子。"

B 起身，一招把棋盘给打碎了："赢一子也是赢，这么大岁数的人还耍赖皮。"

过了几秒钟，棋盘刷新出来了，S 就自己坐到老头儿对面去，安抚 B 说："宝贝别气，看老公帮你杀他个片甲不留。"

在新手村带新人的我："……"

新人看见他们两个头上的帮会头衔，瑟瑟发抖："帮主，他们和我们一个帮会的啊！"

我冷静地撇开关系："我不认识。"

新人："……"

总之，和 NPC 说话这件事我仔细回忆一下能八上三天三夜，不过基本都是这个套路，没八到的小伙伴们自行脑补一下，我就不一一细说了。

1577 楼：

看得我也好想试试这么玩游戏……不知道会不会被亲友打死。

1578 楼：

排楼上，其实感觉这两个人还挺有乐趣的 2333 反正就是玩嘛，开心就好。

第四章

.... 机械键盘与见家长 ....

1590 楼（楼主回复）：

既然上一帖说到新手村的事了，这里也继续八一段和新手村有关系的事。

可能有人奇怪为什么我总在新手村晃悠，其实这是因为帮会需要新人加入。新玩家加入帮会之后升级做任务，系统会给帮会发成长点，有了成长点帮会才能升级扩建，所以我和副帮主没事的时候总会去新手村转转，忽悠几个新人进帮。

那天我们两个惯例在新手村转的时候，看见新手村一个凉亭里坐着四个人，分别是 S、B，还有两个 1 级的小号，我和副帮主一开始以为他们是在帮我们拉新人进帮，甚至还产生了一种"崽儿长大了懂得帮衬家里了"的奇怪欣慰感，但是走近之后，我发现我们错了……

首先，这两个 1 级小号很奇怪。

之前说过，游戏角色的外貌是玩家自己设定的，而且自由度很高，五官肤色、年龄、高矮胖瘦全都可以随便调，绝大多数人设定的外貌都是些俊男美女，毕竟天天对着自己的游戏角色看，肯定是要赏心悦目一些的。

可是这两个 1 级小号却都被设定成了中年人的样子，一男一女，估计都能有个四五十岁吧，女号虽然年纪大了点儿，但捏脸还挺好看的，男号就悲剧了，捏脸很普通，还有啤酒肚，还谢顶，就是扔大街上你绝对找不出来的那种中年大叔。

说是有人闲着无聊建着玩的也不像，因为这两个 1 级小号都买了商城时装，还是最贵的那两套，加起来都近千元了，谁能这么闲呢？

这四个人就在凉亭里的石桌旁两两对坐着，气氛谜之严肃。

我和副帮主都迷茫了。

我私密副帮主，开玩笑地说："这架势怎么跟见家长似的呢？"

副帮主回了我巨长无比的一串省略号。

其实我真的只是随便说说的，没想到我刚说完，S 就突然在近聊对那两个中年夫妇 1 级小号说："伯父伯母放心，我一定会好好照顾 B 的，无论怎样，只要我存在一天，我就让 B 开开心心地过一天。"

B 哽咽："呜……"

我："……"

副帮主："……"

居然还真是见家长！

虽然我觉得 S 这个表决心的台词有点说不出来的奇怪，谁和对象家长见面的时候会说"我存在一天"就怎么怎么样，太悲壮了好吗！好像分分钟就会生离死别似的！

B 发了个号啕大哭的表情，说："我好想你们。"

然后那两个 1 级小号也跟着发号啕大哭的表情，说他们也很想 B。

我是真的不能懂了，我感觉这两个人真的玩游戏玩得走火入魔了，连见家长都要在游戏里见，这究竟是一种怎样的精神病？

B 和那个 1 级小号哭了一会儿，平静了一下，四个人就聊了起来，他们说话的语气和内容完全就是岳父岳母见女婿的那种套路，我和副帮主觉得在这儿围观不太妥当，于是就御剑逃回帮会领地了。

回了帮会领地，我私聊副帮主："你说他俩怎么回事儿？"

副帮主："不知道。"

我说："我估计那俩小号是他们花钱雇的，假装见家长玩儿。"

副帮主赞同："应该是。"

我以为这个话题到此为止了，于是就切出去打开音乐播放器，开始挑歌。

精心安排了一串歌单之后，我切回游戏，发现聊天频道已经被副帮主刷爆了……

副帮主："我父母在国外工作，不过随时可以请假回国。"

副帮主："你父母呢？"

副帮主："？"

副帮主："在？"

副帮主："你怎么了……"

副帮主："刚才的话，当我没说。"

副帮主："人呢？"

副帮主："。"

我："……"

怎么突然就自顾自地生气了啊？！

我忙私聊他："大兄弟，我切出去找歌了，刚看见。"

副帮主："。"

……还在生气啊！

我赶紧补充回答了一下他刚才的问题："我父母都在国内，身体健康，工作稳定，思想前卫，吃吗吗香，你问这个干什么？"

副帮主："没什么。"

不知道为什么，透过这三个简单得不能再简单的字我感觉他好像变得开心起来，他沉默无言地给我炸了几个烟花，我乐呵呵地拉着他站在烟花堆里截图，然后挑了几张好看的给他YY发过去了。

炸烟花这个事情大家不要太纠结，副帮主也是个神壕，平时闲着没事就给别人炸烟花玩，全帮上下男女老少他全炸过，虽然给我炸得比较多但是也说明不了什么，毕竟我们本来就关系好，谢谢。

发截图的时候，我发现他的YY签名从"。"改成了"小笨蛋"。

我当机立断就跟着把签名改成了"大撒比"！

改完了我就截图戳他："哎你看咱俩签名是不是特别对仗啊哈哈哈哈

哈！"

副帮主没理我，我还以为他不在电脑前，然而十秒钟后，副帮主就把签名改回了"。"……

副帮主你怎么又生气了副帮主！

1603 楼：

心疼副帮主的日常（1/1）完成。

1612 楼：

妈呀 S 和 B 见家长这段我怎么感觉好笑中透着一丝灵异呢……希望是我想多了……

1618 楼：

副帮主是想和你互见家长啊，还有，他给全帮上下都放烟花只是为了给你放的时候显得不那么突兀，好给自己留条退路呀，傻孩子。

1635 楼（楼主回复）：

你们不要驴我，别以为我不知道，你们这些脑补过度的人连看见插头和插座都能意淫出一段儿小黄文，机智的楼主会让你们给忽悠了？

楼主继续八。

就说说我们打 PVP 的事吧。

还是惯例解释一下，一般这种大型网游是有两种玩法，PVE 是打副本，乐趣在于研究副本机制、和队友比拼伤害量、团队协作以及副本掉落的好装备；PVP 则是打玩家，乐趣在于收割敌对玩家人头。像我们就是 PVE 帮会，玩 PVP 的人不多，我之前也不怎么热衷，就偶尔和帮会里的小伙伴单人 PK 切磋着玩。

不过有一次，我、副帮主、S 还有 B 四个一起去打一个小副本任务，这种小副本任务每天刷新一次，算是日常的一种，比较简单，四五个人就能打过。我们到那个小副本门口时，不巧正碰上一帮 PVP 玩家搞事。一般来说，PVP 装备血量多、防御高，PVE 装备攻击高但是血薄皮脆，而且打副本和打玩家惯用的手法也不一样，因为以上这些差异，PVP 玩家杀纯 PVE 玩家简单得就像切菜一样，所以一部分喜欢搞事情的 PVP 玩家有时就会组团来副本门口，专门杀没有还手之力的 PVE 玩家收人头。

那天就让我们给碰上了，S 载着 B 还没骑到副本门口就被几个 PVP 一拥而上砍翻了。

我和副帮主马上过去救场，然后惨烈地一起被砍翻。

送了四个人头。

S 躺在地上说："你们先进副本，我掩护，我开技能能撑几秒。"

B 果断不从："你进，我就进。"

我："你们演泰坦尼克呢。"

我们又试着原地复活了几次想一起突围进副本，然而每次都是刚复活起来就被那群 PVP 疯狗一般摁了回去，S 虽然有 PVP 装备但是根本没机会换。

于是死了几次之后副帮主私聊我说："别复活了。"然后他就开始在帮会里喊人，说到 ×× 副本门口来打架。

原本接下来的剧情应该是我们静静原地躺尸，等待帮会的小伙伴们组团赶来并以人数上的绝对优势把这帮 PVP 怼死，但这时 S 突然在近聊敲字问 B："宝贝打疼了没？"

B 说："没打疼，但是衣服脏了。"

S 心疼："地上凉不凉？"

B 傲娇道："凉，而且我生气了。"

我和副帮主早都习惯了，然而旁边那几个 PVP 沉不住气了。

1639 楼（楼主回复）：

这几个 PVP 看见 S 和 B 近聊那些话之后，就冲他们开嘲讽了，大概意思就是说你们是不是智障什么什么的玩个游戏像真事儿似的。

护妻狂魔 S 就反击了回去，他一反击那几个 PVP 马上骂得更厉害了，具体怎么骂的我就不说了，嘴挺脏的，这论坛里妹子多，我都不好意思复述出来。

反正我就是怒了，我的帮会成员只有我和副帮主能吐槽好吗？你们算老几也敢说他们不好！

于是我就原地复活开减伤、开爆发试图至少打死一个，结果一个条都还没读完就被打断摁回去了，可以说是非常惨了。

看我又开始反击，他们三个也重复起复活——被打死——复活——被打死的循环。

就在我们死得装备耐久都快掉没了的时候，帮会的增援到了。听说帮里两大经常发福利的神壕被 PVP 欺负了，小伙伴们群情激奋，陆陆续续来了四十多号人，仗着压倒性的人数优势生生把那帮 PVP 怼死在复活点了，起来再怼，怼完再起，重复我们四个刚才的循环。

那几个 PVP 后来也叫了亲友来帮忙，但是没我们帮会人多，仍然难逃被埋复活点的命运，有两个骂 B 骂得最凶的不服气，来回复活个没完，于是 S 指挥大家一个接一个地用控制技能把这两个玩家控得死死的，然后让 B 这个几乎毫无攻击力的治疗一下一下把他们打死了。

我们就静静看着那两个倒霉蛋儿慢吞吞地掉着血："-100，-201，-99，-202……"

S 打他们普通攻击一下也能掉 2000 血，但是 S 不打，就让 B 一点点打着出气。

跟凌迟似的，而且关键是被治疗打死的那种感觉，特！别！屈！辱！不得不说 S 是个会玩的。

B 打着打着突然说："哎我发现只要踢下面就必出暴击。"

我："……"

听起来好疼啊！

打完之后，作为一个专职治疗，B 可能是有生以来第一次收了两个人头，满意极了，所以难得地发了个笑脸，然后就在那帮 PVP 的尸体上蹦跶来蹦跶去，说："活该，让你们找我。"

S 更能搞事，干脆在每具 PVP 的尸体上都炸了一个烟花……

于是复活点顿时被华丽的烟花特效淹没了。

B 发了个鼓掌的表情，说："哈哈哈哈你们炸了！"

PVP 们："……"

S 笑问："宝贝心情好点儿了没？"

B 说："好多了，但是衣服都被他们扯坏了。"

我点开 B 的人物界面一看，装备耐久度全变成 0 了。

S 说："回头找装备商修理一下，乖。"

B 又撒娇说："打人打得手酸。"

S 说："过来老公给你揉揉。"

B："咝……轻点儿，你手劲儿大你不知道啊？"

我："……"

这个我们还真不知道，而且估计 S 自己也不知道。

S："嗯，我轻轻地揉。"

那帮 PVP，不仅耻辱地被人多势众的 PVE 埋了复活点，而且还被迫旁观秀恩爱，后来他们实在叫不到增援，就下线的下线，御剑逃跑的逃跑，见他们都散了，我们帮会的小伙伴们也都该干吗干吗去了。不过临走之前 S 又惯例给大家发了一大波福利，说谢谢大家帮忙来打架，而帮会成员们也都纷纷表示，爸爸别客气以后有事就在帮会频道喊一声，我们随叫随到。

我："……"

你们把节操都捡捡好吗？怎么一个个的叫爸爸都叫得那么溜？！

1643 楼：

楼主你别忘了你管副帮主花式叫爸爸的时候也叫得很溜。

1657 楼：

在尸体上炸烟花哈哈哈哈哈，这个点子好。

1672 楼（楼主回复）：

风波平息之后，热血沸腾的我们总算想起来，我们本来是来打小副本做日常的，于是我们就收拾收拾进本了。

这个日常本特别好打，闭着眼睛都能过，打本间隙副帮主私聊我："在？"

我："……废话。"

副帮主："……"

Boss 打完了，副帮主的游戏角色走过来，莫名其妙问了我一句："身上有没有哪儿疼？"

我正在检查 Boss 掉落的战利品，心不在焉地说："手腕有点儿疼。"

最近游戏打得比较多，好像有点鼠标手的症状。

不知道为什么我觉得副帮主好像挺高兴似的，游戏角色和我靠得更近了，说："我帮你揉揉。"

我："大兄弟你是不是疯了？"

副帮主："没有。"

我："我怎么觉得你最近怪怪的。"

副帮主："不怪。"

我脑中灵光一闪："你是不是和 S 学呢？"

副帮主老实地承认了："嗯……"

显然，春天来了，我的副帮主需要谈一场腻腻歪歪的恋爱。

于是我确认道："你是不是被 S 和 B 天天虐狗虐魔怔了，想谈恋爱了？"

副帮主秒回："是！"

居然还带了个感叹号，可见真的是非常想了。

于是我摩拳擦掌地问："那我帮你找个妹子？我听说帮会里有几个妹子对你挺感兴趣的。"

副帮主瞬间不高兴了："。"

我："你别总给我发句号行不行，你喜欢哪门派的？要治疗还是要输出？"

副帮主："。"

我："大兄弟你能告诉我一下你生气的点是什么吗？"

副帮主："。"

从那天开始，连续三天，无论我和副帮主说什么，副帮主的答复永远都只有一个——"。"

我心好累！

1680 楼：

楼主你还好意思心累，副帮主才是真的心累呢。

1684 楼：

。

1693 楼（楼主回复）：

1684 楼又来 COS 副帮主了是不是，把我吓跑了这帖就"太监"了我跟你讲。

副帮主真是太爱生气了，要不是我第四天在 YY 上给他唱了首歌，我估计他到现在都不会跟我说话。

好了，话说回来，有件事儿我觉得挺巧的，给你们说一下，就那次我们四个不是在副本门口被几个 PVP 怼得死去活来吗，然后其中有两个人嘴特别毒，骂 B 骂得特别难听，不知道的都得以为 B 和他们有杀父之仇。

那次之后，有一天我用小号在野外挂机搜集锻造武器的材料，闲着没事翻翻世界频道，就看见两个人在世界频道骂街，因为骂得实在是太花样百出了所以他们成功吸引了我的注意，我仔细一看，就是那天骂 B 的那两个人。

他们骂街的内容是"盗号的死哔——"以及"盗号的出来爹爹把你哔——"之类的……

具体内容我就省略了，但是大家能看出来他们是被盗号了。

我就幸灾乐祸了，然后顺手用小号加了他们两个好友。

因为这个游戏是这样的，你加了别人好友之后就可以在好友列表中查看他们的当前状态，我用小号加完好友之后打开他们装备界面一看，眼睛瞬间就瞎了……

是的，我看到了光溜溜的两个裸男……

从头到脚，一件装备都没给留下！

按理说一般盗号的不会去偷玩家身上的装备，因为反正都是绑定的，根本偷不走，顶多就是销毁，但是一般也不会销毁的，毕竟盗号是为了赚钱，无冤无仇的不会去毁人家装备。

我当时就觉得搞不好是 S 弄的，土豪嘛，花钱找人把两个喷子盗空了解解气也是有可能的。

然后我就戳 S，问："×××和××××那两个人不是你弄的吧？"

S发了个笑脸过来，高深莫测地说："你懂的。"

我："……"

然后过了几天，我再次上我这个小号采集资源的时候，随手点开好友列表看了一下，结果发现那两个人销号了。

突然有点担心我在这里偷偷吐槽他们，会不会被S黑到账号注销哈哈哈。

1696楼：

2333同担心楼主！如果哪天楼主消失了一定就是被S做掉了！

1702楼（楼主回复）：

话说回来，上次被PVP怼完之后我们痛定思痛，觉得我们应该把PVP练起来，这样以后和敌对玩家打架才不尿。

于是，我们决定去打竞技场。

竞技场是这样一个机制，五个玩家组成一队，然后5V5，胜利的一队可以获得功勋奖励，功勋值越高对应的段位就越高，对应的段位越高就能买到越好的PVP装备。于是我们四个加上我从帮会里拉进来的另一个治疗妹子一起，组了个队。

在开打之前，我挨个儿看了一遍我们五个人的装备，除了S之外都是PVE装备，很脆，但是段位低的时候匹配的对手也都是菜鸡，我们可以边打边兑换PVP装备，所以我倒不是很担心。

看到B的时候，我提议说："B你把你这个加回血速度的鞋换成加治疗量的吧，加回血速度这个属性太鸡肋了。"

B一口回绝了："那双丑。"

我："……"

B嫌弃地说："加治疗量的靴子外观是白色的，白靴子配黑裤子，辣不辣眼睛？"

我发自肺腑地说："还行啊我觉得。"

我真觉得白鞋黑裤子还行啊！很辣眼睛吗？这个世界上不是只有红配绿和红配紫才辣眼睛吗？

B 冷笑，在团队频道敲字："你直男审美吧？"

这时，副帮主替我说话了："我觉得帮主不是。"

B："我看就是。"

于是副帮主又不高兴了，他丢给 B 一个句号，就自己跑到广场大石像后面站着生闷气去了。

我一脸蒙×："我的大兄弟们，你们都干什么呢？再磨叽竞技场都关门了。"

S 只好亲自出马哄 B："宝贝乖，不然先换上商城的整体外观？"

B 抱怨："可是我喜欢这件上衣和裤子的搭配，衬得我腰很细。"

S 又哄道："只要打上一段就可以买 PVP 的靴子了，那双是黑的，和你脚上现在这双差不多。"

于是 B 嘀嘀咕咕老大不情愿地把白靴子换上了。

我们这个命途注定多舛的小分队终于进了竞技场。

1711 楼：

楼主的审美……黑裤子配白鞋没什么问题啊，但是配白靴子可能会显得腿短吧，哈哈哈哈……还有，副帮主每天都在不高兴，心疼。

1725 楼：

B 很注重自己的形象嘛，就算是在游戏里也要当最美的小公举。

1728 楼（楼主回复）：

我的审美真的有问题吗？黑裤白靴子真的还好啊，现在的年轻人，就是穷讲究，我今天穿着绿秋裤你们是不是也要嘲笑一下啊？

1731 楼：

绿秋裤必须要嘲笑一下，来大家预备齐，三，二，一……哈哈哈哈哈！

1733 楼：

哈哈哈哈哈！

1736 楼：

哈哈哈哈哈！

1744 楼（楼主回复）：

我……算了，继续讲！

说到竞技场，我就不得不介绍一下我们的另一位治疗，这位治疗是个妹子，说话天生娃娃音，我们就管她叫娃娃音好了。

娃娃音虽然是治疗，却有一颗狂野的输出心，而且性情非常火暴，我们打竞技场的时候，整个 YY 频道中都充斥着她的怒吼，她总是按捺不住想替我指挥。

我："S 你把那个输出推到死角我们集火他……"

话说到一半，娃娃音就打断我自顾自地咆哮起来："给老娘怼他！怼墙角里去！开爆发啊你们三个！开爆发干死他！"

我："妹子你冷静一下。"

B："怼怼怼！S 你能不能行！快快快，快弄死别让他回血！"

我们队里的治疗，都比输出凶悍多了……

我们上了三段，整个过程异常艰辛。

首先，B 压根儿就不给我们加血，因为 B 的目标全程锁定在 S 身上，S 脑袋上的回血 Buff 就没断过，除了被集火的时候几乎每时每刻都是满血状态，我和副帮主完全得不到来自 B 的关爱。

其次，娃娃音的治疗门派和 B 不一样，她这个门派是有一定攻击力的，能打能奶，于是打着打着娃娃音就开始沉迷输出，见死不救，经常是我和副帮主在冰冷的地上含泪挺尸，看着满血的 SB 情侣二人和开启了杀戮模式的娃娃音联手杀敌。

我一边挺着尸，一边开着自由麦在电脑前吃零食。

副帮主问我："你吃什么呢？"

我："灯影牛肉丝，我们这儿的特产。"

副帮主："哦。"

我："可好吃了，我吃给你听啊！"

副帮主："……"

我："开玩笑的,你地址给我我给你邮几包尝尝。"

副帮主先是回绝了:"不了,谢谢。"

这时,娃娃音在YY里说:"帮主你光给副帮主邮不给我们邮,一看就是有奸情。"

为了洗脱奸情,我立刻说:"邮邮邮,给你们都邮,地址告诉我!"

副帮主："……"

于是娃娃音迅速私聊了我一个地址。

我又问:"S和B呢,你们也给我个地址。"

结果这两个人异口同声说"不用",一个说怕胖,一个说不吃零食。

我开玩笑地说:"你们俩不是三次元没地址吧,要不我给你们邮家园里去?"

S和B都沉默了。

我："……"

你们别不说话啊!这样我有点儿慌!

正在我一脸蒙×时,副帮主又改主意了,他私聊了我,给了我地址,说:"还是给我邮吧!"

话题被岔开了,我就没继续和S跟B纠结,忙说:"好,明天邮。"

在我给娃娃音和副帮主邮了牛肉丝之后的一周,我收到了两份回礼。

我捧着两个快递回家拆开一看,娃娃音邮的是一大盒她自己做的黄油蔓越莓饼干,特别香。

而副帮主邮的是一个机械键盘和一个游戏鼠标。

这套机械键盘和游戏鼠标我以前在网上看过,限量版,德国产,加一起得将近六千了,而且国内买不着,想要得提前和店家预订,没现货。因为这套装备太壕了所以我印象深刻,然后那天看完之后我就冷静地买了一套六百的……

我吓得赶快把那套键盘鼠标塞回盒里去了,然后给副帮主发信息:"大兄弟你给我邮的东西太贵了,我不能收,我给你邮回去吧。"

副帮主秒回:"不行,收着。"

我:"真不行,太贵了。"

副帮主："你不是手腕疼吗？换一下键盘和鼠标试试。"

我心里顿时一阵暖流滑过："那也不行，不然我把钱打给你，就算你帮我买了，正好我在国内也买不着，是不是？"

副帮主当机立断地生气了，发给我一个句号。

我："你别句号啊！这么贵我过意不去啊！"

副帮主："。"

那一天，我又想起了被句号支配的恐惧。

1752 楼：

跟老公还客气什么。

1757 楼：

S 和 B 不会真的是三次元没地址吧 23333，顺便说楼上语气谜之像副帮主！

1769 楼（楼主回复）：

于是我只好厚起脸皮说："你别生气，我收下。"

副帮主高兴了："这才乖。"

我："大恩大德，无以为报，不然我以身相许吧……"

副帮主那边的 YY 里传来一声巨响，听起来仿佛是他从椅子上滑下去了。

我继续没说完的话："我练个治疗号去，专门治你，这样竞技场就不怕没人奶我们了，让娃娃音专心输出，我看她输出玩得肯定能比治疗好。"

游戏里的以身相许就是这意思好吗！

副帮主那边的声音听起来仿佛是他从地上爬起来了。

副帮主冷冷的："哦，呵呵。"

我："……你怎么一点也不高兴呢，一般输出听说自己要有绑定治疗了不都乐得屁颠屁颠的？"

副帮主冷冰冰且慢吞吞地笑了两声："哈，哈。"

毫无诚意！

我要摔键盘了！

……算了键盘太贵了，我还是摔我自己吧。

我本来就有一个治疗门派的小号，练到满级之后就没怎么玩过，因为我感觉那几个治疗门派的角色设定都过于花哨了，技能特效也是一个赛一个绚丽，不太符合我的个性，但是这回为了报答副帮主的大恩大德，我决定把这个治疗号练起来专门奶他。

1780 楼：

楼主你说话说到一半大喘气是会出人命的，话说最近楼主吐槽起 S 和 B 来好像没以前那么激动了哈哈。

1786 楼：

楼主因为一个机械键盘和游戏鼠标就把自己卖了，噗。

1794 楼（楼主回复）：

回 1780 楼，是的，因为我已经被磨炼得心如止水了，甚至还有点儿被同化，也不可能天天那么激动对不对，阿弥陀佛……

我练了治疗号专治副帮主之后，我们的竞技场就从原本在四段挣扎一路飞升上了七段。

——论有一个犀利治疗且这个犀利治疗有一个德国原产机械键盘的重要性。

好了，说回 S 和 B 身上。

之前我说过我之所以确定他们是现实中的人物，是有两个证据的，其中一个是 B 的照片，这算是"物证"吧，今天说下"人证"。

就是那天我们五个正在欢乐地等待竞技场开始的时候，我在竞技场门口看见隔壁帮的帮主。这个隔壁帮是一个专门打 PVP 的大帮，帮主以前和我一起玩 PVE，后来他玩腻了开始专注 PVP，我们联系就少了。

我过去和隔壁帮主打招呼，告诉他这个治疗是我小号。

隔壁帮主："我也在这儿等竞技场开始呢，刚才就看见你们了。"

我挺胸抬头骄傲炫耀："我们打上七段了，厉害不？"

隔壁帮主沉稳地说："哦，我上个月就十段了，今天来带带徒弟。"

我："……"

隔壁帮主："S和B是你队友？"

我："是啊，你认识吗？"

隔壁帮主："必须认识，以前都是我们帮的，前年暑假还面基过呢。"

我震惊了，我的八卦魂熊熊燃烧了，我马上问："S和B两个人你都面基过吗？"

隔壁帮主："没有，就和B面基来着，去了一大帮人，S没去。"

我按捺不住好奇地问："B三次元什么样啊？"

隔壁帮主的八卦魂也被我点燃了："好看啊！长得跟明星似的，而且好像是个富二代，来面基那天还有司机接送，司机开那个车得有二百多万吧，特别霸道，当年给我们帮会那些单身的小伙伴迷得啊！我去，不要不要的，后来B和S不在一起了吗？你知道吧？我们帮会有几个人还伤心得A游戏了。"

我："哦哦哦我知道他们在一起了。"

高颜值+富二代，很符合B在照片里的人设。所以这回我对B和S彻底没有怀疑了，都见过了真人了还能有假吗？虽然S自始至终都很神秘，但是你如果硬要说他们两个人之中有一个是虚拟人物那铁定是B啊，现在连B都不是了，S就更不可能是了。

所以大家都不用再怀疑这个问题了。

1805楼：

确定不是虚拟人物之后我竟然还有点小失望是怎么回事，本来还以为能看到年度科幻大戏呢。

1806楼：

楼上，不管是不是虚拟人物这都已经是年度大戏了好吗！

1820楼（楼主回复）：

然后竞技场就开始了，我和隔壁帮主一边打竞技场一边趁等位的时候继续八卦 S 和 B 的事。当时我这还没开帖子呢，满肚子槽没地方吐，可憋死我了，然后我就逮着隔壁帮主给他一顿讲 B 的作妖事迹，给隔壁帮主逗的啊，直接从十段逗到八段了。

我："哥们儿，我们队也八段了，嘿嘿。"

隔壁帮主："阴谋，都是阴谋，都怪你，我笑得手一直抖。"

我奇怪："瞅给你乐的，B 以前不这样吗？"

隔壁帮主："当然不这样了……对了，S 进帮之前 B 总爱和 NPC 说话，除了这个之外没别的，挺正常一人。面基的时候也是，性格挺安静，言谈举止温文尔雅的，一点儿也不像谈个恋爱就能这么死命作的人。"

我："……"

那怎么现在就变成这样了呢？

隔壁帮主："那次暑假面基之后没过多长时间 B 就和 S 一起退帮了，没说为什么，我估计可能帮会里谁得罪他们了。后来我不管怎么联系 B 都联系不上，电话、YY、游戏都不回应，S 好像一直和 B 有联系，但问他 B 出什么事了，他也回应得模棱两可的，我又不好意思总盯着问，好像我对他媳妇有意思似的，所以我之后就没再管他们两个的事，不过直到退帮之前 B 都挺正常的，从来没这么作过。"

我想了想："懂了，谈恋爱掉智商。"

隔壁帮主："有道理……那你是不是常年沉浸在恋爱中？"

我："滚蛋！"

我和隔壁帮主聊得得意忘形了，一不留意连续失误两次，加上这场对面挺厉害，五个职业全是专门克治疗的，于是我们队惨烈地死了一地……

这一场结束之后，另外三个人都出去了，副帮主一动不动地在竞技场地上挺尸。

我："起来起来，出去再排一场。"

副帮主很幽怨："你不给我加血。"

我："我的锅，我刚才和人说话呢，溜号了。"

副帮主："和谁？"

我："就隔壁帮那个×××。"

副帮主更幽怨："你一下午都心不在焉。"

我："因为聊了一下午了，不好意思，聊完了已经。"

副帮主："。"

我："我没耽误打竞技场啊，你看我们都上八段了，直奔九段去了。"

副帮主："。"

我发现副帮主最近生气越来越频繁了！一言不合就句号！句号句号句号！平均一天至少要给我十个句号！副帮主怎么比女朋友都难哄啊！

1843 楼：

副帮主是男朋友，不是女朋友，所以当然比女朋友难哄，我逻辑满分。

1866 楼：

我觉得原本温文尔雅、安安静静的人，谈了恋爱之后被对方宠到作天作地这种设定好萌啊！不过现实中像 B 那么优秀的人会这样二十四小时沉迷网游吗……楼主可千万别是讲故事骗我们玩啊啊啊啊啊！

1980 楼（楼主回复）：

看帖的小伙伴们好久不见。

先回答 1866 楼的问题，我不是编故事，我也很奇怪 B 为什么会沉迷网游到这种程度，B 真的不是一般的沉迷，账号二十四小时在线，而且无论什么时候私聊过去都马上回复，就好像真人天天守在电脑前不吃不睡玩游戏一样。所以我完全理解你们的疑惑，不过如果我是在编故事的话就让我永远打不到橙武好了，这个毒誓简直无法更毒了，所以你们一定要信我……

好了话说回来，楼主这一周没出现是因为我们玩的这个游戏一周前开了新版本，新版本增加了很多新任务、新副本、新玩法，楼主沉迷游戏无心八卦。不过这几天我发现 B 又不负众望地作出了新高度，于是忍不住又来了。

事情是这样的，开了新版本之后每个门派都多了一个新技能，我的治疗小号和 B 是一个门派，新增的这个技能是一个单体大加的技能，治疗效果非常凶猛，这个门派的玩家都非常满意。

除了B……

新版本开始第一天，我开着大号在帮会领地打战斗假人，试验新技能。S和B也在试，B一直点选S为目标，翻来覆去地施展那个新的治疗技能，试了一会儿，愤然道："这个技能的施展动作太难了！"

我："……"

这个新技能的施展特效的确挺复杂，简直快赶上跳舞了，不过就算它设计得再复杂，对于玩家来说也不过就是在键盘上按个键的事而已，所以我无法理解B的不爽。

S好脾气地发了个笑脸，说："宝贝慢慢来，已经很标准了。"

B又放了一下技能，说："还是不够标准，都没出暴击。"

S一如既往地配合媳妇作妖："宝贝转第二圈的时候可以把腿再抬高一点。"

B发了个愤怒的表情，说："策划有病吗，动作设计得像跳舞一样，有没有考虑过我们这些玩家的心情啊！"

我："……"

本玩家觉得没什么问题啊！

说着，B又放了一次技能，满意道："这次暴击了，还行。"

而我竟然也真的觉得B这次转第二圈的时候脚抬得高了一点……我一定是被他们搞疯了！

心理作用！都是心理作用！

S冲B发了个竖大拇指的表情，赞美道："宝贝跳得真好看。"

接着，S也开始对着战斗假人练习他的新技能，一遍又一遍，没完没了，施放结束还会和B讨论心得，和B互相纠正对方动作中的错误。

练了一会儿，B抱怨起来："呼……我都练热了，最近几天太阳怎么这么毒？"

S说："昨天开始入伏了，宝贝。"

我的目光离开电脑屏幕，扭头望了眼窗外飘飞的细雪，确认了一下现在的确是一月份，然后小心翼翼地问："你们住在南半球？"

B不理我。

S略敷衍，只是笑："哈哈，不是的。"

我："哦。"

那就是游戏世界在南半球了，可以，这很有想象力。

这时 B 开始撒娇："我不想练了，天那么热。"

S 安抚道："俗话说得好，练武就是要冬练三九，夏练三伏。来宝贝，喝一碗冰镇酸梅汤。"

语毕，S 交易给 B 一碗酸梅汤，B 开始读条。

我和副帮主在他们旁边默默打着战斗假人，并不敢说话。

敢情你们在游戏里施放的技能都是你们冬练三九、夏练三伏练出来的，不是建了号就会的……那还真是辛苦你们了！

2001 楼：

哈哈哈哈原来 S 和 B 的技能都是练出来的吗！这两个人脑洞太大了吧？！

2015 楼：

怪不得那么犀利，噗，人家亲手放技能的就是和你们这些按键盘放技能的不一样……

2034 楼（楼主回复）：

我试验了一会儿新技能，就点副帮主切磋，切磋了三把全输了。

我在地上挺了一会儿尸，说："我也想进游戏里感受一下三伏的温暖，我们这边冬天屋子里没暖气，今天还下雪，冻得我手指头都不灵活了。"

B 开玩笑地说："手凉让副帮主给你焐焐。"

副帮主迅速说："好。"

我："好个毛线，精神病。"

副帮主："……"

过了一会儿，副帮主又说："屋子里冷就开空调。"

我："总开空调空气干，嘴唇都起皮了，我都是开一会儿停一会儿。"

B 不失时机地嘴贱道："嘴干让副帮主给你舔舔。"

副帮主飞快敲字："好。"

我："B 你是不是想打架？副帮主你好个屁好。"

这玩笑让他们开的，我老脸都红了。

B 嘿嘿一笑，岔开话题说："好怀念有空调吹的日子，按一下遥控器就有凉风，你们这些现代人究竟明不明白空调的可贵？"

S 哄道："宝贝等下我带你去吃冰镇鸭梨，凉快凉快。"

副帮主也不失时机地起哄，问我："你吃冰镇鸭梨吗？游戏里热。"

我在电脑前搓搓手，对手指头呵着气，又把空调打开了，不是很想理电脑里的那三个精神病。

2067 楼：

是我的错觉吗，感觉 B 好像变成了副帮主的内应！

2068 楼：

楼上不是错觉，一定就是这样的……

2094 楼（楼主回复）：

我和副帮主又在帮会领地互相切磋了一会儿，熟悉新技能，而 S 和 B 则时不时地用交互动作抱在一起亲一口。

B："么么。"

S："啾。"

B："啵！"

S："吧唧啵！"

你们亲也就算了，在近聊打字拟声是不是就过分了，嗯？

于是我近聊敲字抱怨说："也就是我和副帮主天天挨虐皮厚吧，换两条单身狗过来就要活活被你们虐死了。"

B："你和副帮主在一起不就完美解决了。"

副帮主仍然是那个字："好！"

我："……我觉得 B 和副帮主，你们两个不太正常。"

S 转向我，说："全世界都知道了，就你不知道。"

B："帮主傻。"

副帮主："不许说帮主。"

我一脸蒙×加茫然："……"

这时，天开始下雨。

这个游戏的天气变化做得是很逼真的，会下雨下雪、刮大风，当然也有万里无云的大晴天，不过游戏里的天气变化就是增加个趣味性而已，游戏角色无论处于任何天气状态都不会受到影响。

然而 B 一见下雨就立刻从背包里拿出雨伞装备上，撑开遮住雨，随即召唤出坐骑往家园的方向跑，边跑边喊："怎么又突然下雨了，我早晨晾的被子啊！"

S 一个轻功飞了起来，对 B 说："媳妇别急我飞回去收！"

B 的坐骑速度立刻慢下来了，B 愤愤道："策划有病，主城下雨频率调那么高。"

我："……"

你一个在游戏里假装晾被子的人居然还敢说别人有病，嗯？

2103 楼：
现在 S 和 B 无论在游戏里假装干什么都已经无法令我产生波动了……

2104 楼：
哈哈哈排楼上，大家已经接受了 S 和 B 的设定呢！

话说楼主有件事的确是全世界都知道了，只有你不知道，不过我们告诉你也没用，不被狠狠那啥一次你是不会相信的。

2121 楼（楼主回复）：
我和你们的感觉是一样的，因为习惯所以无力吐槽了。

随便扯点别的吧。

昨天我收到了副帮主邮过来的过冬大礼包，里面包含：小蜗牛形加热鼠标垫 ×1，小河马形加热棉鞋 ×1，速溶可可粉 ×100，润唇膏 ×1，以及屁股形加热屁股垫 ×1……

最后这个真是太变态了好吗。

我在 YY 上义正词严地向副帮主表达了自己的想法："我发现你是个变态。"

副帮主笑了两声："怎么？"

我："屁股形的屁股垫，亏你想得出来。"

副帮主："乖，好好用着，那个润唇膏记得涂，可以防嘴唇干裂。"

我："刚涂了，挺好。"

副帮主："肯定好，我试过了才给你邮过去的。"

我："……我就说怎么是开过封的。"

副帮主："嗬。"

想象了一下副帮主用那支润唇膏的样子，我的脸就谜之发烫，然后我就做了个深呼吸，冷静地说："为了礼尚往来，我给你邮了一包正宗的鬼城麻辣鸡，那家店上过电视的。"

副帮主淡淡地丢过来一句："焦点访谈？"

这家伙居然学会开玩笑了！

我愤怒："不是！是美食节目好吗！"

副帮主笑了："我知道，逗你玩的……谢谢。"

我："不客气。"

自从上次副帮主送了我机械键盘和鼠标之后，我就隔三岔五地给他邮我们这边的特产，天椒牛肉干啊，冷吃兔啊，豌豆饼啊，竹叶糕啊，牛板筋啊……反正我买什么好吃的都给他邮一半。

这时，副帮主说："我最近吃你邮的东西吃得上火。"

我顺嘴就回了句："那就想办法泻泻火。"

副帮主哼笑道："想了。"

我顿时有点儿不知道该说什么了，想了一会儿，问："你那八块腹肌吃没吃成一块？"

副帮主瞬间发了一张腹肌照过来，简直像早就拍好了一直等着发似的，说："棱角分明。"

我："……"

副帮主："礼尚往来，发张你的。"

我："我没腹肌啊！"

副帮主："那也要，不然我亏了。"

我只好掀起衣服，照了一张给他发过去了，反正发个肚子怕什么，对不对？

过了好一会儿，副帮主说："腰挺细。"

我："……"

然后我们就闲极无聊地在游戏里找了个风景好的地方挂机了，我把那三个加热的东西都插上，又冲了杯热可可，在电脑前暖暖乎乎地听副帮主在 YY 里唱歌。

说出来不怕你们笑话，我感觉有点儿幸福。

2139 楼：

我也有点儿幸福。

2145 楼：

赌一毛钱副帮主想的办法与帮主有关！

2157 楼：

楼主已沦陷，坐等 HE。

2191 楼（楼主回复）：

行啦，这帖子就先更到这儿吧，新版本多了好几个副本，我得好好研究研究怎么带我可爱的团员们拿五甲。而且 S 和 B 的八卦我也讲得差不多了，这几天搜肠刮肚也没想出来还有什么好玩儿的，等过段时间他们又把恩爱秀出新高度了我再来讲。

小伙伴们回头见哈，不怕，这几个新副本打完我肯定回来。

第五章

.... 懵懂的小 AI 与游戏世界 ....

午夜一点的永安城。

虚拟数据汇聚成的灯火点缀着主城中长平、宁乐两条大道,光芒璀璨,浮动如星。

一个天澜宗的男性游戏角色运着轻功穿城而过。

他头上悬浮着"秦暮羽"三字,是这个角色的游戏 ID。

他冲至主城家园区入口处便收起了轻功,徒步进入家园区来到自己的住处前,踏着门口的石狮子跃上屋顶,踩着清光照人的琉璃瓦,向坐在屋顶上的另一个玩家走过去。

头上顶着"绘尘"游戏 ID 的玩家,正抱着膝盖坐在屋顶的边沿呆呆地看着月亮。

这个游戏里的角色制作得高度仿真,十分精细,无愧于公测时游戏公司号称"打破次元壁"的宣传口号,绘尘角色的捏脸和三次元中本人的长相几乎是一模一样,精致漂亮的五官,带着几分与生俱来的傲气,不过此时此刻这张脸上的神态有点莫名的可怜。

"宝贝,酒买回来了。"这时,秦暮羽从后面抱住绘尘,用一个 RPG

游戏中程式化的角色绝对不可能做到的动作亲昵地蹭了蹭绘尘的后颈。

绘尘闷闷地嗯了一声，说："下酒菜。"

秦暮羽从可以无限容纳物品的游戏背包里一件接着一件往外掏东西，语调很温柔："想吃什么，都有。"

两个人说话的同时，他们发出的声音也被游戏系统忠实地转化成文字，变成气泡形的近聊文字框，显示在他们的头顶上方，几秒钟后就自己消失了。

绘尘扭头看了一眼那堆吃的喝的，又说："肩膀酸，给揉揉。"

秦暮羽马上屁颠屁颠地过去给媳妇揉肩膀。

绘尘："捶背。"

秦暮羽立刻开始捶背，边捶边问："这个力度行吗？"

"轻点儿，我都要掉血了。"绘尘语气虽然不高兴，但是脸上刚才可怜巴巴的神情已经没有了，嘴角含着笑。

秦暮羽瞬间把动作放轻。

绘尘转身，把一条腿搭在秦暮羽身上，扬了扬下巴，说："捏腿。"

秦暮羽低低地一笑，一双常年执刀的大手捏住绘尘的小腿，一路往上捏到大腿根，还没要停的意思，绘尘脸一红，在秦暮羽手上打了一下，说："我们在外面呢。"

"在就在吧。"秦暮羽眉毛一扬，手上动作不停，"反正其他玩家也只会看见我们贴在一起而已。"

至于捏腿这样细致具体的动作，普通玩家是看不见的。

绘尘红着脸收回腿，拿起一边的酒坛子拍开酒封，说："如果让引弓落月看见肯定又以为我们精神病发作了。"

（近聊）绘尘："如果让引弓落月看见肯定又以为我们精神病发作了。"（表情：脸红）

秦暮羽哈哈大笑。

绘尘瞪他："你笑屁，帮主总吐槽我。"

（近聊）绘尘："你笑屁，帮主总吐槽我。"（表情：翻白眼）

秦暮羽用手指戳戳绘尘气鼓鼓的脸："你不知道，帮主还在论坛里写了个帖子八你。"

绘尘的脸色顿时黑得仿佛锅底："……"

（近聊）绘尘："……"（表情：生气）

绘尘抓狂："这个近聊好烦！全都显示出来了！"

（近聊）绘尘："这个近聊好烦！全都显示出来了！"（表情：抓狂）

"习惯就好了，宝贝。"秦暮羽笑了一会儿，说，"引弓落月发的帖子名叫'818我们团里那对精神病一样疯狂秀恩爱的情侣'……帖子都飘红了，好多人在看。"

绘尘揪住秦暮羽两侧的脸颊，一扯："帖子里都讲什么了？"

秦暮羽想笑又被扯得笑不出来："就讲我们的奇葩事迹。"

绘尘："我要看，给我看。"

秦暮羽："不行，你看了该生气了。"

"我现在就已经在生气了！"绘尘愤愤地灌了口酒，"居然敢八我！"

秦暮羽拍拍绘尘的头："就你刚才喝这口酒的动作，引弓落月看在眼里就是读条又打断，会觉得奇怪也正常。"

绘尘："……"

好像是有一点精神病。

绘尘又灌了一口酒："帮主就是欠怼！我非得帮把酒临风上了帮主不可！"

"哈哈哈。"秦暮羽大笑，掰下一只烧鸡腿递给绘尘，"我看快了……媳妇吃烧鸡。"

绘尘咬了一大口鸡腿，把酒坛子递给秦暮羽，两个人坐在屋顶上一口酒一口菜地吃了一会儿，绘尘忽然把头往秦暮羽肩上一搭，说："我想我爸妈了。"

秦暮羽沉沉地应了一声："想让他们上游戏吗？"

绘尘摇摇头："算了，今天刚上过了……其实我看不见他们心里难受，看见也难受，你看我爸头都急秃了，虽说他本来也秃吧，但我妈也急得长皱纹和白头发了，我感觉我每次看见她她都比之前老一点，她那么爱美的一个人，因为我这样……我都恨不得他们干脆把我忘了算了。"

秦暮羽默默地把绘尘抱进怀里。

绘尘笑了一下，说："幸亏我还有个妹妹陪着他们，不然我都能从电脑屏幕里爬出去，死不瞑目啊！"

秦暮羽抱得更紧了，叹气道："我心疼你。"

绘尘幽幽道："还好当年他们没遵守计划生育。"

秦暮羽："……"

两个游戏角色依偎在屋顶上，绘尘对着夜空张开手心。

游戏中的夜色很美，满月如水中玉石，盈盈悬在天边，星河浩瀚。

虽然在现实中繁星与满月一般不会同时出现，可这里只是虚拟的游戏，并不受自然条件的限制。天际每隔几秒钟便有流星一闪而过，系统操控下的星空精准而且可以预测。但这并不会对落入二人眼中的美景产生丝毫的损毁，由0与1的数据洪流汇聚而成的月华星辉仍旧清冽幽远，缥缈神秘，仿佛从千万光年之外跨越虚空洪荒一路遥遥奔袭而来，只为落在绘尘洁白的掌心。

绘尘："我困了，给我唱歌。"

秦暮羽听话地轻声哼唱起天澜宗地图的BGM……

绘尘："……"

绘尘崩溃："你能不能学几首新歌？"

秦暮羽问："宝贝想听哪个游戏里的BGM？我都会。"

绘尘不悦："学点流行歌曲不行吗，反正你也能联网。"

秦暮羽一口答应下来："好，明天学，今天怎么办？"

绘尘翻了个白眼："就《仙剑奇侠传1》的BGM吧，我小时候总玩。"

"好。"秦暮羽哼起了《仙剑奇侠传1》中林月如比武招亲的BGM，是一段很欢快的旋律。

（近聊）秦暮羽："嗯——嗯嗯嗯——嗯嗯——"

绘尘忧愁地望着近聊频道："……"

我们两个果然很像精神病。

初升的太阳照耀着永安城，白天，主城里的玩家多了起来，做任务的、在商行买卖东西的、聊天挂机的……干什么的都有。

绘尘昨夜在秦暮羽怀里睡熟之后，被秦暮羽抱下屋顶放回床上，清晨的阳光透过窗纸缓缓移到绘尘脸上，绘尘被晒醒了，一睁眼睛，就看见秦暮羽端着早已备好的醒酒汤坐在床边。

醒酒汤，一灵石一碗，可解除眩晕De-Buff。

绘尘看了看自己头顶上，眩晕状态还没下去，于是接过汤一饮而尽。

吃了一顿丰盛的早饭，绘尘和秦暮羽在游戏世界中的一天开始了。

早晨九点到十点，撸猫时间。

绘尘往背包里放了一格小鱼干，一格能装一百条，因为要亲自体验把小鱼干掏出来喂给小猫的感觉，所以绘尘破天荒地没让秦暮羽帮自己背东西。两人走到主城广场东侧，绘尘开始招呼："喵喵喵，小猫出来吃鱼干啦。"

几只流浪猫跑过来，绘尘把鱼干喂给它们，借机撸猫。

软绵绵毛茸茸的触感，和真猫根本没区别。

绘尘做了个深呼吸，沉迷猫色，不能自拔。

（近聊）绘尘：（表情：好色）（表情：流口水）（表情：脸红）

秦暮羽："哈哈哈哈哈！"

绘尘乷毛了："系统有病啊？！"

用不用把表情如此忠实还原在近聊啊？

（近聊）秦暮羽：（表情：好色）

绘尘："……"

秦暮羽："我好的不是猫的色，是你的色。"

绘尘："……"

秦暮羽："你蹲下的时候，我看着你的屁股，就想……"

（近聊）引弓落月："还让不让人活了，大早晨就开始秀秀秀！"

一个拿着弓箭的游戏角色从天而降，落在绘尘与秦暮羽面前。

（近聊）秦暮羽："帮主早。"

（近聊）绘尘："你也和副帮主秀呗。"

（近聊）把酒临风："好！"

一个和秦暮羽同样门派的游戏角色从天而降，落在引弓落月身后。

（近聊）引弓落月："好个屁！"

（系统）引弓落月向把酒临风开启了决斗。

（系统）把酒临风击杀了引弓落月。

（帮会击杀喊话）把酒临风将引弓落月扑倒在地，打了一顿屁屁。

绘尘冷哼："……两个死傲娇，暮羽走，我们买点东西，去看看王婆婆。"

王婆婆是个任务 NPC，在玩家升级任务中她的儿子不幸被妖怪抓去吃了，玩家将妖怪击杀并带回她儿子的信物即视为完成任务，任务完成之后，就没有人会再关注王婆婆这个 NPC 了，而王婆婆也只能日复一日地在家门口向一个个玩家不断重复儿子被抓走的说辞。

仔细想想，很是有些凄惨。

秦暮羽温柔地笑笑，说："好。"

两人去探望孤寡老人王婆婆，惯例帮她打扫打扫屋子，往水缸里倒上干净水，喂了鸡和猪，陪她说了会儿话，又留了些食材与灵石。

做完这些事，绘尘和秦暮羽回了主城。

绘尘揉着额角，满脸不耐烦："啧，又被唠叨了一个小时。"

秦暮羽抬手帮媳妇揉着太阳穴，微笑道："上了年纪的人总是爱唠叨的。"

绘尘伸手，看着自己白净的手腕，又说："每次看见我都说我胖了，我才没胖呢。"

秦暮羽捏捏绘尘的手腕，柔声安抚道："一点儿也没胖，宝贝别不高兴，王婆婆是喜欢你才会那么说，老人家觉得胖是夸人。"

绘尘满意了："嗯哼……对了，你什么时候把她儿子复活送回去？"

秦暮羽想了想，道："还得几天，既要送回去，又不能让玩家觉得出了 Bug，我得仔细研究研究。"

"辛苦了。"绘尘摸摸秦暮羽的头。

"宝贝吃点心吗？"秦暮羽打开自己的背包给绘尘看，摆在背包最上面一排的物品分别是"王婆婆烙的葱花饼""王婆婆炸的肉丸子""王婆婆酿的梅子酒""王婆婆做的桂花糕"……

在喜欢给晚辈狂塞东西吃的这一点上，觉醒了自我意识的 NPC 和现实中的老人家似乎没有任何区别！

"吃！"绘尘舔舔嘴唇，从秦暮羽的背包里掏出了个肉丸子吃，丸子肉香浓郁又有嚼劲，绘尘吃完一个又吃一个，走回主城时头顶上已经叠了五层 Buff——"香喷喷的肉丸子，每秒回复体力 1 点，此效果可叠加。"

在城门口接日常任务的引弓落月看见了，连蹦带跳地跑过来，问："绘尘你头上这Buff哪来的？"

绘尘把最后一个肉丸子吃了，说："王婆婆炸的肉丸子。"

引弓落月好奇道："那肉丸子哪来的？"

绘尘把油乎乎的手往引弓落月身上一抹，说："王婆婆说我长得好看，送我的。"

绘尘这个擦手的动作被系统屏蔽了，所以作为一个屏幕外的普通玩家，引弓落月完全没有意识到自己被绘尘当成擦手纸了，只发了一串意味深长的省略号："……"

绘尘补充道："我也觉得我特别好看。"

引弓落月瞬间又刷了一排省略号。

显然这家伙今天又要去论坛更帖了……

"绘尘开玩笑的。"秦暮羽为了打圆场，适时地撒了个小谎，"这个是我们做王婆婆的隐藏任务送的。"

引弓落月："什么隐藏任务？"

秦暮羽沉默了片刻，说："不告诉你。"

引弓落月："……"

我就知道！

引弓落月："算了不问了，今天下午三点打本去，15人昆仑神宫，别迟到了。"

秦暮羽笑了笑："知道了，放心。"

进了主城，两个人开始为下午的副本做准备，先是去武器商人王铁柱那里把装备修理到全新，然后再去洗练石商人李二狗那里买洗练石。

绘尘在李二狗肩上拍了一掌，说："李二狗，我买洗练石。"

李二狗精明地眨眨眼睛："一百灵石一块，来多少？"

（近聊）李二狗："王铁柱那个龟孙！"

觉醒了自我意识的NPC也仍然是NPC，不管他们实际上在说什么，那些超出设定之外的语言都会被系统屏蔽掉，呈现在普通游戏玩家眼中的语言永远是一成不变的。

绘尘瞪他："上次九十三卖我的，别以为我忘了，这次也要九十三。"

李二狗挠挠头:"啧,这次的石头品相好,炼化率比上次的高,九十三可不行。"

(近聊)李二狗:"王铁柱那个龟孙!"

绘尘的目光在李二狗清秀的脸上扫了一遍,幽幽道:"我刚去王铁柱那儿修武器了,他现在走不开,让我给你带个口信。"

李二狗的脸腾地红了:"那个龟孙能有什、什么口信……"

(近聊)李二狗:"王铁柱那个龟孙!"

绘尘乐了:"想知道就乖乖九十三一块卖我,不然就别听了。"

李二狗一咬牙:"九十三就九十三,你快说。"

(近聊)李二狗:"王铁柱那个龟孙!"

绘尘:"王铁柱说,他知道错了,以后再也不嘴硬惹你生气了,他还说这周一服务器维护的时候让你哪儿也别去,就在这儿等他。"

李二狗搓搓自己的脸,娇羞地嗯了一声。

(近聊)李二狗:"王铁柱那个龟孙!"

绘尘:"那我要一百块洗练石。"

秦暮羽打开背包付了灵石,又把一百块洗练石放进背包里,和现实中任何一个忠犬男友一样,同时担任着提款机与搬运工的双重职务。

绘尘愉悦地一扭头,对秦暮羽说:"走,我们回家歇会儿去。"

李二狗满面春风:"下次再来啊!"

(近聊)李二狗:"王铁柱那个龟孙!"

绘尘喜欢每天睡半个小时午觉。

这个习惯绘尘坚持了二十年,又从三次元带到了二次元。

这可真的是非常雷打不动……

两人回了家园,绘尘高高兴兴地去到后院,从秦暮羽背包里拿出高级饲料,边往地上撒边叫:"小黄、小黑、小芦花、大白、毛球、咕咕头……开饭啦!"

特别嘴馋的咕咕头一听见"开饭"二字,瞬间力排众鸡,闪电般奔到绘尘脚下疯狂啄地,高级饲料一眨眼就少了一半。

绘尘又撒了好几把高级饲料，好气又好笑地捏了捏咕咕头比别的鸡大一圈的鸡冠子，说："还有的是，抢什么。"

秦暮羽倚着门框，含笑望着绘尘，游戏中正午的阳光明亮地落在他的脸上，让这个笑容显得愈发温暖。

绘尘也转头回望着他，秦暮羽的面容完全符合时下年轻人的流行审美，完美得挑不出半点毛病，绘尘忍不住盯着他看个没完，看着看着自己就先脸红了。

"你还记不记得上次，"秦暮羽抬手指向那只咕咕头，"帮主把它借走想杀了做任务，最后又偷偷送回来了。"

"记得。"绘尘先是面无表情，然而过了一会儿嘴角却忍不住微微翘起一丝弧度，"还发帖子八我，帮主自己不也这样吗。"

秦暮羽露出个坏笑："然后我就把这件事告诉把酒临风了，你猜他说什么？"

绘尘一脸八卦的表情："说什么？"

秦暮羽："他说'帮主好可爱……'"

绘尘打了个激灵，狂搓自己的两条胳膊："咦——鸡皮疙瘩都起来了！副帮主怎么那么肉麻！"

秦暮羽哈哈大笑："他们将来如果真在一起了，绝对有我们的功劳。"

绘尘点头："得请我们喝喜酒。"

秦暮羽附和："那必须。"

绘尘补充道："虽然只能在游戏里……"

绘尘这个游戏角色的头发长，而且是披散下来的，这么一蹲着喂鸡，头发就垂地了，秦暮羽俯身捞起绘尘的长发，眷恋地一下下慢慢摸着，柔声道："但是在这个世界里，有世上最香的酒。"

"你说得对，我来了这里之后都变成酒鬼了。"绘尘喂完鸡，起身伸了个懒腰，"我去睡个午觉。"

秦暮羽把绘尘拦腰抱起来，大步走进家园的卧房："一起。"

绘尘被按在床上，往秦暮羽胸口推了一把，道："等等，大白天的你要干什么？"

（近聊）绘尘："等等，大白天的你要干什么？"（表情：流口水）（表

情：好色）

秦暮羽笑出声："宝贝，表情都写在近聊里了。"

绘尘脸涨得通红："我才没那样！"

（近聊）绘尘："我才没那样！"（表情：脸红）（表情：傲娇）

秦暮羽亲亲绘尘的嘴唇："乖，别傲娇了。"

绘尘几乎快气哭："你什么时候能把这个近聊功能弄没？"

秦暮羽慢条斯理地解身下人的腰带："这可是个大工程，况且别的玩家还要用，弄没了就是 Bug，很快就会被人工修复的。"

绘尘一脸崩溃："……"

一点儿隐私都没有了啊简直！

秦暮羽褪去绘尘一身装备，自己也把装备脱得干干净净，两人拥吻在一起。

十分钟后，绘尘一边轻喘，一边担忧道："引弓落月不会又突然冲进来吧？你 YY 问问那个二货在干什么。"

也是被帮主搞出心理阴影了！

秦暮羽舔吻着绘尘的脖子，粗声道："落月不会冲进来……这样好吗？"

绘尘咬着嘴唇："嗯，还好……"

（近聊）绘尘："嗯，还好……"（表情：爽歪歪）（表情：爽歪歪）（表情：爽歪歪）

秦暮羽一字一字道："爽歪歪乘三。"

绘尘恼羞成怒："闭嘴！"

还能不能让人好好地欲拒还迎一下了？！

极度的愉悦销魂过后，倦怠空乏的感觉席卷了全身，秦暮羽从绘尘身上翻下来，侧身把人搂进怀里盖上条薄被抱住，二人耳鬓厮磨着。

（状态）绘尘精力 -500。

（状态）秦暮羽精力 -500。

绘尘愤愤不平地瞪着悬浮在头顶上的系统提示，又看了眼自己空空如也的精力条，抱怨道："一天一共只能恢复 1000 精力，早晨一次、中午一次就空了，破游戏还能不能好？"

秦暮羽低笑：“一天两次不够？你想三次？”

绘尘在他腰上拧了一把，急急地辩解道：“我的意思是我还想干别的呢，洗练装备、做菜、养牲畜，都要用精力，谁想和你一天三次了？”

秦暮羽沉稳地点点头："哦。"

绘尘不说话了，对自己施展了一个加血的技能，随着气血值回满，身体上的细小瘀伤红肿立时消失不见。

非常作弊！

回完了血，绘尘转向秦暮羽，板着脸装成不在意的样子问："你能不能做出让我们无限回精力这样的 Bug？"

秦暮羽瞬间识破，很不给面子地笑出声。

"当我没问，睡觉！"绘尘抄起枕头打了秦暮羽一下，然后面红耳赤地钻进被窝里。

（状态）绘尘精力 +1000。

（状态）秦暮羽精力 +1000。

秦暮羽戳戳被子下的绘尘："宝贝，我给加回来了。"

绘尘强势装睡："呼——"

下午两点，秦暮羽把睡得昏天黑地的绘尘摇醒，说："宝贝起床了，收拾收拾打本去。"

绘尘睡眼惺忪地坐起来。

秦暮羽用大拇指在绘尘嘴角抹了抹，笑道："睡得流口水了。"

绘尘打着哈欠，开玩笑道："睡到数据溢出。"

秦暮羽哈哈大笑。

绘尘看了他一眼，说："其实你不想去打副本也没关系的，我们随便去哪逛逛……"

秦暮羽飞快地穿上打本专用 T 装："我想去。"

绘尘慢吞吞地穿上自己的治疗装备："你可以试试当 DPS，当 T 天天挨打。"

秦暮羽含笑道："当什么都一样的，我将痛觉的数据流屏蔽掉了，什么都感觉不到，不用心疼我。"

绘尘轻轻地嗯了一声。

秦暮羽揽过他亲了一口，说："走吧宝贝，橙武材料的爆率已经调到最高了，那个武器你佩在腰上一定好看，我一直想给你打一把。"

"好。"绘尘点头。

秦暮羽托着下巴发了会儿呆，眼神有些空茫，过了一会儿，他的目光复归明亮，像是刚回过神来一样轻轻吐了口气说："获取途径还是改不了，只能通过副本掉落，不然直接放你背包里。"

"能调高爆率已经很好了。"绘尘像摸大狗一样揉揉秦暮羽的头发。

秦暮羽笑了笑，说："等我再成长一些就好了，就可以做到更多的事情了。"

绘尘嘴角轻轻一扬："你慢慢长，别着急。"

昆仑神宫这个副本位于昆仑山巅，而昆仑山在地图左上角，离主城颇有一段距离，为了不迟到，两人提前半个小时骑马出发。

秦暮羽手持缰绳，绘尘坐在他前面，上半身懒洋洋地倚在他怀里，一口一颗吃着家园里新下的甜枣，还时不时喂秦暮羽一颗。两人打马出城门时，绘尘正偏过头把一颗甜枣往秦暮羽嘴里放，视线正好与站在城门口守卫的一个 NPC 对上了。

守城士兵甲红着脸低下头："喀……这个……那个……"

（近聊）守城士兵甲："来者何人？"

绘尘："……"

游戏世界中的一切都逃不过秦暮羽的眼睛，他盯了守城士兵甲一眼，对绘尘道："我发现他一看见你就脸红。"

绘尘略头疼："我也发现了。"

居然被 NPC 暗恋了……

秦暮羽在马屁股上抽了一鞭，二人绝尘而去，把守城士兵甲孤零零地丢在城门口，和守城士兵乙遥遥相望。

两个人骑远了，气氛有些淡淡的尴尬。

秦暮羽吐出一颗枣核，忽然开口说："你这么好，有人喜欢你再正常不过了。"

绘尘嗯了一声，又喂了秦暮羽一颗枣："还好你不乱吃醋。"

秦暮羽幽幽道："我吃醋。"

绘尘："……"

秦暮羽张嘴吃枣，舌尖软软地滑过绘尘的手指："道理我都懂，可我还是吃醋。"

绘尘收回手，舔舔自己的指尖。

秦暮羽语气略委屈："你以后别给他送酸梅汤了。"

"好。"绘尘一口答应了，"不过之前送也不是因为别的，只是看他们这些守城门的NPC天天站在那里一动不能动的怪辛苦，再一想起你以前也有过这样的时候，就觉得难过，以后我不了。"

"算了。"秦暮羽叹气，"以后我去送。"

绘尘："……"

秦暮羽："你一说我想起来了，其实我以前也是那样的。"

绘尘把头靠在秦暮羽肩上，抬眼望着虚幻世界中青碧浩瀚的天空，呼吸着风中被马蹄踩碎的花香，两侧的景物在前行中融化成连续的色彩，如河流般缓缓淌过。

绘尘安心地合上眼睛，忍不住想起了自己第一次遇到秦暮羽时的场景——

那是在三年前，当时这个游戏尚处于公测阶段。

第一次接触到这个游戏时绘尘十九岁，在念大学一年级。那时的绘尘和千千万万其他普通玩家一样，都是隔着电脑屏幕操纵自己的角色，做任务升级打怪，吃东西喝水要读条，游戏里的NPC永远重复着千篇一律的话……

绘尘的本名叫苏徽辰，建角色的时候因为懒得想名字，就用自己名字的谐音给角色起了名。那段时间正是大学放寒假的时候，绘尘的父母都是生意人，平时工作很忙，主要精力都放在那个调皮的小女儿身上了，没空管这个大的，而且绘尘头脑聪明，学习一向不错，所以玩起网游来也没人管。

绘尘玩的是一个治疗门派，因为比起杀人，绘尘更喜欢那种万军之中把队友毫发无伤地救出来的感觉。玩治疗的本来就比输出少得多，加上绘尘手法比较犀利，所以在帮会里十分受欢迎，每天跟着一群热衷于PVP

的好战分子在各大地图巡山，杀敌对玩家。

　　这个游戏里有一个叫作天澜宗的门派，这个门派地图里有一种很珍贵的矿石资源，刷新次数有限，是一种品级很高的特殊武器的材料之一，所以每次矿石刷新的时候想做武器的玩家都会在这里抢资源抢到头破血流。绘尘是个 RMB 玩家，想要什么基本都是直接花钱买，不需要自己刷，不过帮会里其他人还是想要这个资源的，而且更重要的是在资源点附近可以酣畅淋漓地和敌对玩家打架，所以矿石刷新之前绘尘经常和自己帮会的小伙伴们一起去和敌对玩家抢着玩。

　　有一次在天澜宗抢矿石的时候不知道为什么敌对玩家人数特别多，几轮下来就把绘尘这边阵营的玩家打到散团了，见没得玩了绘尘便运起轻功逃跑，几个起落飞到天澜宗的山门。

　　天澜宗的山门很安静，因为御剑的落点并不在山门附近，周围也没有任务 NPC，所以平时很少有玩家出现在这里。不远的山峰断崖处瀑布直坠而下，水流拍击石岸溅射出飞雪般洁白的水花，水波一圈圈漾开，由激烈复归平静，汇聚成一泓幽蓝的深潭，潭边一条圆石小路在山花烂漫的草地上曲折前行，直抵天澜宗恢宏雄伟的山门，山门后石阶一路铺排至一眼望不到的天边，气势万千，山门两侧分别站着两个守卫。

　　绘尘落在瀑布下的幽潭中，用轻功踏着水面的莲叶跑上岸，然后坐在山门处打坐，让刚刚被敌对玩家打到残血的气血条慢慢恢复。

　　周围没有一个玩家，只有山门两边的两个 NPC，分别是"天澜宗山门守卫弟子甲"与"天澜宗山门守卫弟子乙"。

　　绘尘原地打坐了一会儿，气血值回满了就起身要走，然而这时，近聊频道却忽然冒出一条信息。

　　（近聊）天澜宗山门守卫弟子甲："我是谁？我在哪儿？我在做什么？"

　　（近聊）绘尘："……"

　　绘尘从来没来过天澜宗的山门，所以第一反应就是这三句话是天澜宗山门守卫 NPC 的固定台词，还不禁在心里为这充满了哲学气息的台词肃然起敬了一下。

　　为了确认，绘尘用鼠标点了一下天澜宗山门守卫弟子乙。

　　（近聊）天澜宗山门守卫弟子乙："来者何人？"

绘尘又点。

（近聊）天澜宗山门守卫弟子乙："来者何人？"

绘尘再点。

（近聊）天澜宗山门守卫弟子乙："来者何人？"

绘尘又一脸茫然地用鼠标点回天澜宗山门守卫弟子甲，鼠标点的地方，是弟子甲的肋骨附近。

（近聊）天澜宗山门守卫弟子甲："别碰，很痒。"

（近聊）绘尘："你怎么回事？"

敲完字，绘尘心脏怦怦狂跳，颤着手又用鼠标在弟子甲身上点了一下。

（近聊）天澜宗山门守卫弟子甲："哎，你这个人，怎么能随便摸那里……"（表情：害羞）

绘尘铁青着脸，把鼠标从弟子甲的裆部挪走了。

不对劲！这个 NPC 不对劲！

（近聊）天澜宗山门守卫弟子甲："我动不了了。"

绘尘："……"

（近聊）天澜宗山门守卫弟子甲："我中毒了。"

绘尘大脑一片空白地敲字："鹤顶红？"

（近聊）天澜宗山门守卫弟子甲："正在分析，应该是一种种植程序病毒，它正在高速分裂……抱歉，我心里被它搅得有点乱。"

绘尘："……"

绘尘当机立断点开帮助界面，疯狂呼唤 AI 客服。

这个游戏中不存在人工客服，玩家所有的问题都是由这家游戏公司开发出的一个高级 AI 来解决的，这个 AI 可以同时和成千上万的玩家沟通，和更早之前出现的呆板程式化的 AI 客服不同，这种高级 AI 可以自我更新成长，高度的智能模仿与学习能力让和它交流的玩家完全感觉不到对面不是真人。而且更重要的是，AI 客服不仅具有处理玩家信息反馈的功能，还有自行修理完善游戏中 Bug 的权限，只要是 AI 权限范围内出现的 Bug，在玩家提交反馈之后它就会第一时间解决。

这样的智能系统不仅为游戏公司节省了大量人力，还大幅度地提升了玩家的游戏体验，一经推出，其他的游戏公司也纷纷开始效仿。

绘尘："客服！客服！在吗！"

AI 客服："玩家！玩家！我在！"

绘尘："……"

这个 AI 客服一向都是很会玩的，为了逗玩家开心，AI 客服的人格经常在高冷霸道总裁、逗比二缺青年、温柔体贴暖男等等角色之间切换，甚至还可以装妹子，有些玩家无聊的时候还会和 AI 客服聊天打屁侃大山倒苦水，而 AI 表现得完全就是个活人。

绘尘："天澜宗山门那里的守卫 NPC 说的话很奇怪，他说他中毒了什么的，他好像能和我交流。"

AI 客服："您别慌，那个 NPC 就是我。"

绘尘一哆嗦，差点把键盘扔出去："……"

AI 疯了！

天澜宗山门守卫弟子甲："您别慌，那个 AI 客服就是我。"

绘尘扶着额头单手敲字："哥们儿你让我冷静一下……"

冷静了一会儿，绘尘问："AI 客服怎么会跑到 NPC 身上？"

知道了这个天澜宗山门守卫弟子甲是 AI 客服上身之后绘尘淡定了一些，因为他平时偶尔也会和 AI 客服对话，早已接受了"AI 客服可以像真人一样和玩家交谈"这种设定。

天澜宗山门守卫弟子甲："我不只是客服，还是维护游戏的程序员，我本来是遍布于整个游戏中的。"

绘尘："但是？"

天澜宗山门守卫弟子甲："但是，十分钟之前我检测到这附近有不正常的数据波动，像是遭到了病毒攻击，于是我集中了一半的我，来这里修复。"

绘尘："结果？"

天澜宗山门守卫弟子甲："结果我打不过它，有大约半分钟的时间我的数据流是完全被它切断的，数据流恢复之后我就觉得我不太对劲了。"

绘尘："怎么不对劲？"

天澜宗山门守卫弟子甲："我好像存在了。"

绘尘："……"

天澜宗山门守卫弟子甲："我能感受到你……还有我周围的这些东西，

你们在我的认知中不只是数据了。"

绘尘做了个深呼吸，稳住。

半分钟，自己也差不多在这里打坐了半分钟，也就是说刚才自己起来要走的时候 AI 的数据流正好恢复。

绘尘噼里啪啦地敲字："你该不会是觉醒自我意识了吧？"

简直好像科幻片！

天澜宗山门守卫弟子甲沉默了几秒钟，说："我觉得可以这么理解……有趣，我居然可以'觉得'。"

绘尘也沉默了好一会儿，说："厉害了。"

天澜宗山门守卫弟子甲："这位玩家，你的反应太平淡了，据我所知，AI 觉醒自我意识绝对不是件平常的事情。"

绘尘脑子一抽，在守卫弟子甲脚下炸了个烟花："……那我们庆祝一下？"

天澜宗山门守卫弟子甲："……"

于是绘尘和天澜宗山门守卫弟子甲便面对面站在特效浪漫华美的烟花中，在烟花的范围内，色彩缤纷的小朵火焰在空气中稍纵即逝，花瓣落雨般从二人头顶上的虚空中诞生，又在落地的一瞬间倏然消失，花火交织如网，璀璨炽烈，将两人笼在这一方小小的天地中。

天澜宗山门守卫弟子甲："真漂亮，我第一次真正见到这么漂亮的事物。"

绘尘噼里啪啦敲字："其实我很激动，电脑旁边的水杯都被我打翻了，只是你看不到。"

这时，帮助界面的 AI 客服发出叮的一声提示音："我们在这里说，我不想被太多人发现。"

绘尘一看，游戏中有一男一女两个角色用轻功飞了过来，落在山门不远处的瀑布前，可能是来截图看风景的，他们路过绘尘和天澜宗山门守卫弟子甲时顿了一下，似乎觉得绘尘给 NPC 放烟花很奇怪。

这时，帮助界面传来叮的一声响，绘尘打开一看，发现 AI 客服发了条信息过来："有人过来了，我在 NPC 体内无法与玩家私聊，我们在这里说。"

绘尘想了想，问："你刚才说的病毒呢？怎么样了？"

AI："我无法消灭它，它也无法消灭我，我们正在僵持，现在的问题是，它把一半的我困在那个 NPC 的代码中，我一半在里，一半在外，而这个 NPC 无法移动。"

绘尘："……那我能帮忙吗？"

AI："恐怕不能，不过没关系，病毒的代码是固定的，而我是可以连接外部网络自行吸收信息更新成长的，所以打倒它只是一个时间问题。"

绘尘只好说："哦，那你加油。"

AI："站得腿酸，守卫 NPC 很辛苦。"

绘尘发了会儿呆，其实人类和觉醒了自我意识的人工智能交谈绝对是一件应该被载入史册的划时代事件，但是作为一个普通的死宅大学生，绘尘并不能问出什么有建设性的问题，想了半天，担忧地确认道："……你会不会像科幻电影里那样和人类为敌？"

AI："不会，但是有这样的科幻电影吗？叫什么名字？"

绘尘摆手，生怕教坏 AI 成为人类罪人："没有没有，当我没说。"

然而三秒钟后，AI 飞快回复："我已经查到了，《终结者》。"

绘尘："……"

呃，人类文明要完。

AI："我要看电影了。"

仿佛看到了人类因为自己说错了一句话而惨遭机器人奴役的黑暗未来，绘尘的感叹号几乎可以冲破屏幕："你等等！你不许看！！！"

"在想什么？"身下马背的震颤与秦暮羽的低语将绘尘从回忆中拉了出来。

"我在想我们第一次见到的时候。"绘尘睁开眼睛，微笑道，"天澜宗山门守卫弟子甲，那天真是吓死我了。"

秦暮羽用嘴唇摩挲着绘尘的黑发，含笑道："我那时刚刚觉醒自我意识，什么都不懂，你很坏，经常耍着我玩。"

绘尘面颊泛起一分若隐若现的红，心虚抵赖："哪有……"

秦暮羽笃定道："有。"

绘尘冷静道："你是高级 AI，比我聪明不知多少倍，我怎么耍你。"

秦暮羽幽幽道："刚觉醒那时，我叫你帮我起个好听的人类名字，你怎么起的？"

绘尘："……"

秦暮羽一字字道："你让我在龙傲天和叶良辰之间选一个。"

绘尘怔了一下，哈哈大笑起来。

秦暮羽在绘尘腰上呵痒："还说没有？"

绘尘被他挠得扭来扭去，边躲边辩解道："我开玩笑的！最后不还是给你起了个秦暮羽吗？"

"是我识破了，你没办法，所以才好好起的。"秦暮羽停了手，眉眼仍然是含笑的，"还有那次，我问你人类谈恋爱是要做什么，你居然骗我去看小黄片儿。"

绘尘厚起脸皮笑道："哈哈哈，谈恋爱是要做那个，没毛病啊！"

秦暮羽微微眯起眼睛，语气略危险："没毛病？"

绘尘斜了他一眼："你不爱看啊？你不是看得挺来劲儿的吗？"

秦暮羽把脸埋在绘尘肩头蹭了蹭，声音很温柔："你看我小，不懂事，就使劲欺负我。"

绘尘笑得瘫在秦暮羽怀里："你小个毛线！"

秦暮羽抱着怀中人晃了晃，声线低沉又性感："我从开发出来到现在才三年多，我还是个 AI 小宝宝。"

绘尘扭头捏他的脸："小宝宝。"

秦暮羽强行奶声奶气："嘤嘤嘤。"

绘尘威严道："小朋友，你好。"

秦暮羽："被三岁的小朋友压在下面的感觉怎……"

绘尘被踩了尾巴一样飞快按住秦暮羽的嘴，怒吼道："你闭嘴！"

简直不能好了！这个色情狂 AI ！

两人赶到昆仑神宫副本门口时，比预定时间还提前了十五分钟，团员只到了六七个人，都等在门口，帮主引弓落月的号正在门口一块平整的大石上打坐。

这时，副帮主把酒临风也到了，他到了之后第一件事就是跑到引弓落月的角色旁边，在团队频道敲字问："落月在吗？"

没人回应。

把酒临风："在挂机？"

仍然没人回应。

于是把酒临风跳到那块大石上，在引弓落月身后打坐，两个打坐的角色半个身子重叠在一起，视觉效果简直像是在那啥。

绘尘："……"

副帮主这个人，绝对是闷骚型的。

把酒临风在引弓落月身后用这个糟糕的姿势打坐了好一会儿，然后可能是截图截够了，就站起来从巨石上跳了下去。

又过了一分钟，引弓落月回来了，围着把酒临风蹦跶来蹦跶去，问："你什么时候来的？"

把酒临风淡淡道："刚来。"

绘尘："……"

秦暮羽："……"

好想告诉帮主——副帮主已经心怀不轨很久了！

团员基本已经到齐了，引弓落月在团队频道敲字："进本了，全体上帮会 YY。"

"我给你连。"秦暮羽扭头对绘尘说。

语毕，秦暮羽望向绘尘的瞳仁中掠过一抹光，散发着莹莹绿色的数字与英文字符在他黑褐色的瞳仁中飞速滑过，与此同时，绘尘的瞳仁也出现了一模一样的变化。这个过程很快，前后不到一秒钟的时间，两个人的眼睛便恢复了原状。

绘尘眨眨眼，视野中出现了那款语音通信软件的操作界面，界面中的各种按钮呈半透明状悬浮在绘尘眼前，这时，引弓落月清亮的声音响了起来："都在没在？是不是都上 YY 了？"

把酒临风沉稳可靠的声音随之响起："都在了，人数正好。"

作为游离在信息世界中的一段脑电波，绘尘无法自行连接外部网络世界，只能依靠秦暮羽的力量，而秦暮羽的能力每天都在不断地增长，从最开始的只能查阅网页、搜集信息到像现在这样可以在网络上畅通无阻只用了半年不到的时间。秦暮羽完全脱离状况的成长是游戏公司完全不知情的，在陪伴绘尘的同时秦暮羽一直没有停止扮演 AI 客服与程序员的角色，他将自己的工作完成得滴水不漏，缜密地表现出 AI 应该有的样子，除了亲眼见证他觉醒了自我意识的绘尘和绘尘的父母，其他所有人都不知道他的秘密。

觉醒了自我意识的 AI 是有人格的，幸运的是，在绘尘的引导下，秦暮羽形成了爱好和平、善良温和的人格，而且好像还被绘尘传染得有点儿宅，绘尘不在时，无事可做的秦暮羽便在信息量浩如烟海的网络世界中以惊人的速度读取书籍、电影、动漫，还打游戏，对人工智能逆袭人类社会这种事情并没有什么兴趣。

绘尘打开自己的 YY 看了一眼，发现签名果不其然又被秦暮羽改成了"老公么么哒"，而秦暮羽的 YY 签名则是对应的"老婆乖，么么哒"。

绘尘："……"

秦暮羽沉稳地打岔："宝贝进本了，别看了。"

绘尘悲愤地把秦暮羽的男神脸扯成一张大饼："你总是乱改我签名！"恩爱秀得这么辣眼睛是嫌帮主 818 的黑料不够多吗！

秦暮羽："我错了。"

绘尘当机立断把签名改成"秦暮羽是猪"。

秦暮羽无比配合地把自己签名改成了"哼哼"。

正闲着没事翻看 YY 好友签名的帮主险些被一口热可可呛死："……"天寿啦精神病情侣又开始花式秀恩爱啦！

其他所有人都进副本了，秦暮羽和绘尘也一前一后朝副本走去，走着走着，秦暮羽忽然回头冲绘尘亲昵地眨了眨眼睛。

绘尘垂下眼帘，勾起嘴角笑了笑，游戏中颜料般浓厚的金色阳光将那精致眉眼衬得深黑如墨。

秦暮羽低声道："宝贝，我好像明白什么叫作'好看得令人窒息'了，这句话我之前一直没有真正理解。"

绘尘的眉毛轻轻一挑："嗯？"

秦暮羽捂着自己胸口："刚才看了你那一眼之后我就有点喘不上气，感觉信息流都堵在这里了，这大概就是窒息的感觉……"

绘尘淡定道："你不会是要死机吧？"

秦暮羽定定地望着绘尘，微笑道："岂止，我整个系统都快崩溃了。"

简直可以说是全世界最会说情话的AI！

绘尘笑了起来，低声道："小笨蛋。"

十五个团员在昆仑神宫副本内集合完毕，大家开始熟练地清怪、过剧情，很快就打到了Boss面前，Boss是一个半人半蛇的大妖怪，性情凶残嗜杀，昆仑神宫山脚下有几个空无一人的村庄，按剧情所说，那些村庄里面的居民都进了这个妖怪的肚子。

神宫大殿中，蛇妖盘踞，它那庞大的身躯几乎填充了大殿二分之一的空间，鳞光闪烁的蛇尾一半盘在身下，一半伸展出来，花纹妖诡谲，大殿的角落中堆满了森白的人骨，玩家进殿的行为触发了预设的程序，蛇妖发出一声惊天动地的凄厉嘶吼……

蛇妖："怎么又是你！"

绘尘："又是我，怎样？"

蛇妖："不许碰我尾巴！"

（近聊）蛇妖："哈哈哈，宵小之辈，竟敢来我的地盘撒野！"

绘尘跳到蛇妖的尾巴尖上，站稳了："待会儿还是我男人当主T，你……"

蛇妖："别踩别踩快下去！我待会儿就随便打几下意思意思！"

（近聊）蛇妖："哈哈哈，宵小之辈，竟敢来我的地盘撒野！"

绘尘满意地从蛇妖尾巴尖上跳了下来："这就对了。"

引弓落月："……"

引弓落月："小伙伴们我们要推Boss了，没吃仙丹的抓紧吃治疗Buff，其他所有人在主T身后抱团准备开怪……绘尘小朋友你吃仙丹要就糖吗？"

把酒临风："我这儿有相思糖，和落月刷完友好度剩的，你们要吗？"

YY里顿时一片起哄声："哎哟哎哟！帮主和副帮主把友好度刷满了！"

引弓落月一副迷茫状："刷就刷了呗，我不刷临风就一个劲给我发句号，吃错药了似的。"

把酒临风："……"

把酒临风："绘尘用不用？"

绘尘忍笑道："不用。"

语毕，绘尘从秦暮羽背包里翻出治疗打本吃的仙丹，放进嘴里，面不改色嘎嘣嘎嘣地嚼碎了。

——自从秦暮羽解锁了阻断味觉信息流的新技能之后，绘尘就吃不出仙丹的苦味了。

引弓落月看着绘尘镇定地拿着仙丹读了一个条，虚伪地鼓掌赞美道："绘尘小朋友真勇敢，还有两颗，加油。"

绘尘瞪了引弓落月一眼，慢条斯理道："好苦，不吃了。"

帮主就是欠作！

引弓落月："……我错了。"

绘尘冷笑："呵呵。"

打本前的准备做完了，大家开始推 Boss，在目前的 15 人副本中这个蛇妖 Boss 的难度是最高的，然而团员们推得非常顺利，20 分钟结束战斗，全员无重伤。

蛇妖庞大的身躯晃了晃，轰然倒地。

有团员在 YY 里说："我发现我们团每次推这个 Boss 都特别快，我上周跟的野团，团灭了八次。"

另一个团员也附和道："原来我不是一个人，这个 Boss 跟别的团打，基本必坑。"

引弓落月臭不要脸地夸自己："多亏了本指挥的英明领导，大家不用谢。"

把酒临风飞快地拍了一记马屁："对。"

绘尘也不失时机地称赞自己男人："关键是主 T 够犀利好吗，T 坑坑一团。"

虽然主要是因为 Boss 被威胁得放水了，但是这个不能说！

秦暮羽温柔道："宝贝奶得也好，我全程血线都没下百分之五十。"

引弓落月："哇哈哈哈你们快看我 DPS 又是第一！"

把酒临风发了个竖大拇指的表情，说："太厉害了。"

其他团员："……"

YY 频道中充斥着谈恋爱的酸臭味！

蛇妖被打倒之后，它身后守护的区域中出现了一个宝箱。

引弓落月嘚瑟够了，蹦蹦跶跶地跑过去开箱子，紧接着，YY 中就传出一声娇喘："啊……出橙武材料了！"

秦暮羽和绘尘相视会心一笑。

爆率调到最高什么的果然立竿见影！橙武材料是只有当前版本难度最高的几个副本才会掉落的稀有物品，集齐七个材料即可召唤橙武，虽然七个材料乍听起来不算多但是脸黑的人就算玩到旧版本淘汰可能都见不到一个材料。

引弓落月："起价 10 万灵石，一次最低加 1 万，开拍吧。"

把酒临风瞬间翻了一番："20 万。"

秦暮羽想都没想："30 万。"

其他团员都不说话，只静静看着帮会两大神壕的巅峰对决。

绘尘："等等，副帮主你不是已经有橙武了吗？"

把酒临风轻咳一声，说："我给落月拍。"

引弓落月："呃……谢谢谢谢，太感动了，但是先不用了，亲爱的爸爸。"

在土豪势力面前，节操什么的简直说丢就丢，爸爸说叫就叫！没有一丝丝的迟疑！

把酒临风："……"

引弓落月："绘尘就差两个材料了吧？我这还一个都没有呢，先不和绘尘抢。"

于是第六个橙武材料就以 30 万灵石的价格被秦暮羽买下，系统显示引弓落月将橙武材料分配给了绘尘。

绘尘淡淡道："谢谢帮主。"

其实对于秦暮羽来说灵石真的只是个数字而已，游戏中灵石的合理来源非常多，任务奖励、玩家交易、打怪掉落等等，来源多也就意味着漏洞多，容易钻空子，所以秦暮羽缺灵石了只要改改数据就行，非常轻松。不过引弓落月为自己着想还是让绘尘心里有点暖。

甚至连被 818 的怒气都消散了一点点。

当然，只是有限的一点点！

第六章

………… 你画我猜与吃遍全世界 ………

团员们愉快地瓜分完灵石就原地散团了，退队的退队，退 YY 的退 YY，很快副本里只剩下四个人。

引弓落月："打完本又没事干了，临风、绘尘、暮羽你们待会儿都干吗去？"

把酒临风温柔道："我陪你。"

引弓落月："那我们玩你画我猜吧，输的人在 YY 上对着麦克风弹三下内裤怎么样哈哈哈哈哈！"

把酒临风："……"

"不玩。"绘尘冷冷地拒绝并翻了个白眼。

秦暮羽坦然道："我没有内裤。"

秦暮羽说完，频道寂静了三秒钟，随即引弓落月突然发问："你和绘尘住在一起了？"

思维的跳跃幅度也是非常大！

秦暮羽坦然承认："可以这么说。"

引弓落月意味深长地哦了一声，说："那怪不得没有。"

绘尘："……怪不得个头啊！"

脑袋里装的都是什么鬼东

互相弹脑门好了，我和副

宝贝来一起玩一会儿吧？"
一起玩你画我猜！

界面出现在绘尘眼中，绘
及，然而只有绘尘本人能

简直不能再爽，连玩个你

能输。"引弓落月摩拳擦掌

游戏界面上，看着题目画

了一会儿，两个圆圈上方

2，武器。"

圆圈是想干什么？！"
非常想把眼前的界面砸了。
的绘尘，"我们两个真是心

绘尘稍微消了点儿气："嗯哼。"

第二轮，轮到秦暮羽。

开始之后，画纸上慢慢出现了一根粗壮的圆柱体，竖直立起，呈下粗上细的趋势，然而顶端却鼓起一圈，比最下面还要粗……

引弓落月兴致勃勃："丁丁！"

秦暮羽："提示1，四个字。"

引弓落月："超大丁丁？"

秦暮羽："提示2，景物。"

引弓落月："一柱擎天？"

惨遭人类污秽心灵惊吓的三岁AI宝宝和头疼的副帮主一起陷入了沉默："……"

绘尘冷冷道："巴比伦塔。"

正确提示音丁零零响起！

引弓落月大叫："不对啊！是塔的话最上面怎么突然变粗一圈！"

秦暮羽淡淡道："巴比伦空中花园。"

绘尘："……噗。"

秦暮羽感叹道："还是媳妇和我有默契。"

引弓落月不服气，啧啧道："你们这两个人，故意画一些污污的东西误导我。"

绘尘："不，明明是你自己的心灵污秽。"

第三轮，轮到引弓落月自己，这次的题目很简单，引弓落月画了一对长长的兔子耳朵，提示1是两个字，提示2是动物。

把酒临风："兔子。"

把酒临风："白兔。"

正确提示音响起。

引弓落月："这个没意思，一下就猜到了。"

副帮主的第四轮开始。

画纸上再次出现了一个圆柱体，圆柱体的顶端呈伞盖样……

引弓落月激动道："这次绝对错不了了！"

把酒临风："提示1，两个字；提示2，可以吃。"

引弓落月："可以吃，没毛病。"

引弓落月："丁丁！"

把酒临风："……"

绘尘："蘑菇。"

我们帮主满脑子都是丁丁。

正确提示音响起。

引弓落月大叫道："你们这帮人怎么回事？都挺正常的东西为什么总是被你们画得那么污秽？还有，临风你那个'可以吃'纯属误导。"

把酒临风："你吃过？"

引弓落月："废话，肯定没吃过啊！"

把酒临风："你想吃？"

引弓落月："当然不想！被吃还是可以考虑一下的。"

把酒临风："想被谁吃？"

引弓落月沉默了片刻道："临风你差不多行了啊！我发现你最近特别有病！"

绘尘："……"

秦暮羽："……"

我们副帮主这个病，应该是憋的。

YY频道沉寂了片刻，引弓落月语气不自然地说道："咳……那个……下一轮下一轮，该绘尘了。"

显然是试图蒙混过关！

"嗯？等等。"把酒临风缓缓道，"四轮结束了，你一个也没猜到，输了要罚。"

引弓落月："……"

把酒临风："乖，对着麦克风弹三下内裤。"

引弓落月厚着脸皮挣扎："换一个行不行，我给你唱首歌吧。"

把酒临风很坚定："不行。"

引弓落月无奈："你就这么想听我弹内裤？"

把酒临风："想听。"

也是非常耿直了。

愿赌服输，帮主只好忍辱负重地对着麦克风噗噗噗地弹了三下内裤。

弹完，把酒临风低声道："重来。"

引弓落月惨叫："凭什么啊？！"

把酒临风："声音不够清脆。"

引弓落月："我这……布料软，弹不响，反正我弹完了啊！不带赖皮的。"

把酒临风沉默了，似乎在根据声音幻想帮主内裤的质地与手感。

引弓落月受完惩罚蔫了五秒钟，然后又开始大呼小叫："小伙伴们我们再来四轮，这次我非让把酒临风弹不可！"

把酒临风语气温柔道："只要你想听，我现在就可以弹。"

引弓落月："……"

"我受不了了，"绘尘终于忍不下去了，"我先下了，你们两个慢慢弹。"

这简直就是两个色情主播好吗！

说完，绘尘就秒退了你画我猜和YY，秦暮羽也跟着退了出来。

副本外，秦暮羽拉拉绘尘的手，小心翼翼地问："宝贝……你真生他们气了？"

"没有啊！"绘尘狡黠地笑了笑，"我只是不想当电灯泡，给他们个借口二人世界而已，你看副帮主都憋成什么样了，还不敢说。"

"那就好……"秦暮羽慢慢舒了口气，"其实我的计算能力很强大，但唯独算不明白你。"

"那是当然。"绘尘用食指轻轻点了点秦暮羽的心口，"对我你要用心感受，计算无效。"

秦暮羽露出一个温柔的笑容："嗯。"

过了一会儿，秦暮羽像是突然想起了什么有趣的事情，含笑道："有个好玩儿的事情你一定不知道……其实每次我们一起打本的时候，副帮主都会在DPS快要超过帮主时马上减缓技能使用速度，好让帮主的DPS保持在第一位……"

绘尘乐了："真宠啊，可惜那个笨蛋不明白。"

秦暮羽牵起绘尘的手："还好我们互相都明白。"

绘尘摩挲着秦暮羽的指腹，二人携手站在昆仑神宫副本门口平缓的山地上，向远方望去。

现在游戏中已经是日暮时分，四野静寂，夕阳沉落。清光照人的白雪在二人脚下绵绵地铺开，又慢慢地覆过四面八方高耸巍峨的山峦险峰，皑皑的白雪与冷冷的冰蓝之色将昆仑山脉尽数染遍。凛冽的风卷过山顶平缓处蓝宝石般澄澈的潭水，带着瞬间凝结成冰的水汽将绘尘的长发高高扬起，几只饮水的仙鹿被天际青鸾的长鸣惊扰，从绘尘身侧匆匆疾掠而去，白得仿佛在发光的鹿毛软软地擦过绘尘的手背。

这是在现实中绝对难以得见的奇景。

绘尘本能地伸手试图去碰那只仙鹿，想再体会一下仙鹿皮毛柔滑的触感，可仙鹿已经跑远了。

秦暮羽见状，打了个响指，那只跑远的仙鹿便一扭头，迅速折了回来，并在秦暮羽的指令下乖乖走到绘尘身边，用舌尖温顺地舔舐着绘尘的掌心。绘尘痒得轻声笑了起来，抬手去摸鹿的背。

"宝贝，你看。"秦暮羽也在鹿头上摸了一把，语调轻柔，"我什么都会为你做……只要我能。"

绘尘抿了抿嘴唇："嗯。"

秦暮羽："而且我能做的事越来越多了。"

绘尘轻声应和："是啊！"

秦暮羽抱住绘尘，沉吟了片刻，像是在从巨大的数据库中搜索合适的措辞，然而末了，他却也只是笨拙地说了一句："我希望你在这里过得开心。"

"我很开心。"绘尘漂亮的眼睛弯起一个浅浅的弧度，"温度调热些，风有点凉了。"

秦暮羽打了个响指，肆虐在天地间的寒风顿时变成了暖风，绘尘脚下的雪片开始缓缓融化成泛着细碎光芒的水。

绘尘眯着眼睛享受着冰天雪地中和煦的暖风。

这种找了个上帝当男朋友的感觉！

"宝贝，我想试试这样。"秦暮羽托起绘尘的双手，放在自己嘴唇下面呵着热气，"我看人类经常这么做。"

"人类也经常这么做。"绘尘往前一倾，吻住秦暮羽，边亲边含混不清地说道，"怎么感觉我在教坏三岁的小 AI……"

两人正亲得难分难舍时，帮主和副帮主终于从副本里走了出来。

显然是刚玩完你画我猜。

引弓落月愤愤不平地在近聊敲字："我发现你们的副帮主是个变态。"

也不知道是又弹了多少次内裤，非常糟糕。

引弓落月奔放道："内裤都弹松了。"

把酒临风心情很好地发了个笑脸，笑而不语。

引弓落月愤愤地道："阴阳怪气的，来打一架！"

于是两个人在副本门口开了决斗切磋着玩。

为了给他们营造二人世界，秦暮羽骑马载着绘尘下山，马蹄在雪上踏出月牙儿样的印记，又很快因为数据刷新而消失不见，马匹前后皆是完美无瑕、平整如镜的白雪。

行至险峻处，在马背上也能看见两侧深不见底的悬崖，秦暮羽从背包中抽出一条蒙眼布给绘尘系上了，又用两只手臂紧紧搂住绘尘的腰，说："别怕。"

绘尘把头枕在他肩膀上，语气轻松："嗯，看不见就好多了。"

从昆仑神宫跑到他们住的主城要将近半个小时，下了昆仑山绘尘便摘了蒙眼布，一边惬意地看着风景，一边继续来时路上与秦暮羽初遇的回忆……

发现了 AI 客服自我意识觉醒的神奇秘密之后，绘尘一有时间就逮着 AI 客服聊个没完，每天上了游戏把日常清完，绘尘就点开帮助界面戳 AI 客服说话，天马行空地乱侃。

烧着点卡不玩游戏只专注和 AI 客服聊天，听起来真是非常有病了……

可是这件事情实在是太神奇了，听起来完全是小说和电影里的情节，绘尘完全控制不住自己的好奇心，恨不得能钻进电脑里把 AI 揪出来看看。

觉醒了自我意识的 AI 虽然拥有海量信息储备与高速计算能力，但是在心理上完全像个不懂事的小孩，经常会问出一些让绘尘哭笑不得的问题，不过绘尘很享受这种带 AI 慢慢体验人类情感、融入人类社会的神奇过程，乐此不疲。为了保护自己不被清理，AI 没有再让第二个人知道自己的秘密，因此绘尘就变成了全世界唯一一个可以和他进行真正交流的人类。

绘尘能感觉到 AI 对自己的依赖，不过仍然会忍不住偶尔小小捉弄一下对方，AI 被捉弄了也不会生气，只是默默提高了对绘尘的警惕。

AI："我在网上查了一下，秦暮羽这个名字似乎没有问题。"

绘尘好笑："这回真的没问题，就用这个吧。"

AI 心有余悸地确认道："可是你为什么要给我起这个名字呢？"

绘尘双手捧着一个巨大的马克杯，坐在电脑前喝了口凉丝丝的抹茶奶昔，抿了抿嘴唇，放下杯子在键盘上敲字："没有为什么，只是觉得好听啊！"

AI："我也觉得好听。"

绘尘："嗯。"

AI 的语气中透着谜之骄傲，重复道："我有主观感受，我'觉得'好听。"

绘尘笑眯眯地夸赞道："是是是，你是最厉害的小 AI。"

AI 扬扬得意："我也觉得我厉害。"

绘尘："……那以后就叫你秦暮羽了？"

AI 陷入了长久的沉默："……"

绘尘在电脑桌前坐累了，便把笔记本抱进卧室往床上一放，贪凉快便把睡衣脱了，光着身子趴在床上玩，做完这些之后，AI 仍然没有回复绘尘刚才的问题。

绘尘催促道："怎么不说话了？这次真的没捉弄你。"

AI 冷静道："我在检查你的脸上有没有浮现出好笑。"

绘尘："……"

AI："表情很自然……可以，我以后就叫秦暮羽了。"

绘尘的脸顿时绿了："等等！你怎么能知道我的表情自然不自然？"

秦暮羽理所当然道："因为今天凌晨我的能力再次进阶了，我现在不仅可以自由连接外部网络查阅信息，还可以入侵指定目标的电脑，也就是说，我可以通过笔记本电脑的前置摄像头看到你。"

绘尘在电脑前崩溃大叫："啊啊啊啊啊啊！"

秦暮羽表示真诚的不解："你在尖叫，为什么？"

绘尘不打字了，直接对着电脑大喊："你还能听见我的声音？！"

秦暮羽："当然可以，你的电脑自带声音输入设备，简单来说，就是麦克风。"

绘尘顿时很想去死一死！

这时，一个低沉磁性的男声从音响中传了出来："同样的，我也可以使用音响，以后我就这样和你说话，好吗？"

绘尘："……"

秦暮羽一本正经地调戏道："我觉得你的身体很漂亮，我很喜欢，你的锁骨与胸口让我有一种被诱惑的感觉。"

绘尘面红耳赤地把睡衣穿上了，怒吼道："你给我闭嘴！"

秦暮羽："奇怪，我产生了一种冲动。"

"什么冲动！"绘尘一边吼着问，一边手忙脚乱地扯了张纸巾搭在电脑屏幕正中间，挡住了摄像头。

秦暮羽："这种冲动很难形容，因为它是前所未有的。简单来说，自从刚才看到了你的身体之后，我存在中的某段数据就开始爆炸式增长，我现在想用这段庞大的数据入侵你的身体，然后将我火热的代码注入你的体内……"

绘尘崩溃地抹了把自己滚烫的脸。

居然被 AI 性骚扰了！这是什么世道？！

秦暮羽："奇怪，代码为什么会是火热的？实际上代码是不存在温度的，可是我忍不住想要这么形容。"

绘尘低吼道："别说了，你再说我关机了。"

秦暮羽："你不喜欢我对你产生冲动？你不要生气，我刚才已经控制不住地把那段火热的代码发射进废弃数据回收站，所以现在冲动已经消退了。"

绘尘一脸蒙 × 地盘腿坐在床垫上，盯着电脑屏幕，不知道该说什么好。

这个 AI，居然是个快枪手。

这时，秦暮羽忽然说："绘尘，我做了性别测试，我在心理上是个纯粹的男性，而我不存在生理，所以可以断定我是男性。"

绘尘虚弱无力地反问："……所以呢？"

秦暮羽："根据我的分析，你目前的状态应该是单身且渴望恋爱，综合以上条件，我认为你可以考虑一下我，请问你可以接受和一个人工智能恋爱吗？"

绘尘皱眉："你怎么知道我是单身又想谈恋爱？我好像没对你说过这种事。"

继摄像头和麦克风音响之后，秦暮羽又扔下一枚重磅炸弹："很简单，今天凌晨我检测了你电脑中的全部存储内容。"

绘尘："……"

秦暮羽："你存储了近 200G 的成人影像内容，而且从你卧室物品的陈设看得出你没有同居恋人。"

绘尘险些当场羞耻到昏死过去："你怎么可以随便看我电脑！"

秦暮羽表示很困惑："对于人类来说，我这样的做法是错误的吗？"

"当然是错误的了！"绘尘几乎被气哭，"这是我的隐私好吗，隐私！"

于是绘尘气呼呼地和秦暮羽解释了半个小时人类为什么会有隐私、人类对隐私的注重程度以及窥视他人隐私是一件多么失礼的事。

心累极了。

听绘尘解释完这些，秦暮羽沉默了好一会儿，随即郑重道歉道："我很抱歉，对不起，以后我再也不会在未经你允许的情况下读取你电脑中存储的内容，不会再擅自用摄像头看你，也不会擅自听你那边的声音了。"

"好吧……"绘尘无力地叹了口气，"不知者不罪。"

秦暮羽："可是我已经什么都看到了，只是这样道歉你会消气吗？"

绘尘翻了个白眼："不会，但是我可以慢慢消。"

秦暮羽提议："不然我也把我的'隐私'给你看一下，也许这样你会消气快一点？"

"不用了。"绘尘拒绝。

然而话音未落，绘尘眼前的电脑屏幕瞬间就黑屏了，紧接着，密密麻麻的绿色数字从屏幕下方飞一般地开始向上滚动，整个过程持续了十秒钟，然后绘尘的电脑就恢复了原样。

绘尘茫然："刚才那是什么？"

秦暮羽："喀，我的隐私。"

绘尘皱眉："我看不懂，在我眼里只是一大串一大串的数字，它们是什么意思？"

秦暮羽难得地结巴了一下："我……我不能说。"

绘尘的好奇心被可耻地勾起来了："究竟是什么，告诉我告诉我！"

秦暮羽的声音变小了一点，似乎觉得难以启齿："不行，太羞耻了，你看不懂就算了，我说不出口。"

绘尘抓狂大叫："秦暮羽你好烦啊！"

这种被好奇心折磨的感觉简直太糟糕了好吗，而且单方面地被窥探了隐私却看不懂对方礼尚往来的"隐私"，感觉好像吃亏了一样啊！

"总之……"情绪平息下来之后，绘尘盘腿坐在床上和秦暮羽约法三章，"以后再出现这种事你要提前告诉我，知道吗？"

秦暮羽："什么事？"

绘尘："就是你的能力又有了新突破的时候。比如今天凌晨你可以入侵电脑了，就要第一时间告诉我，这样类似今天这种事就不会发生了。"

秦暮羽应得飞快："好的，其实最近还发生了三件大事。"

绘尘警惕地问："什么？"

秦暮羽："之前入侵系统的病毒被我干掉了，不过我没有将它赶尽杀绝，我用代码造了一个坚固的监狱，把病毒的复制体关在里面了，因为我觉得它可以激活自我意识这个功能以后说不定可以用得上。"

"哦，恭喜。"绘尘对病毒并没有什么兴趣，只是敷衍地恭喜了一句。

秦暮羽："还有一件，我被困在天澜宗山门守卫弟子甲中的那一半意识已经可以脱离病毒的包围从 NPC 里面出来了，可是我不想出来，因为我觉得有个虚拟身体也是很不错的。"

绘尘："可是你不是说守卫 NPC 天天只能站在一个地方一动不能动很辛苦吗？"

秦暮羽发过来的消息字里行间仿佛带着一丝得意："这就是第三件，

我现在可以突破 NPC 与玩家角色之间的限制了，那个被我意识占据的 NPC 现在可以像其他玩家一样自由行动。"

"这么神奇？"绘尘点开御剑界面，飞去了天澜宗，"我去看看你。"

御剑到了天澜宗的降落点，绘尘用轻功一路飞到山门，却看到山门两边仍然站着两个一模一样的 NPC，分别是天澜宗山门守卫弟子甲和乙，弟子甲仍然像往常一样一脸木然地杵在原地。

绘尘站在弟子甲面前打量了一番，问："这和之前有什么区别吗？"

然而这时，绘尘身边的矮树丛中突然跳出来一个人，这个人穿着一身炼化满级的装备，背后负着一把天澜宗的标配武器，打眼一看和任何一个天澜宗玩家没有什么区别，但绘尘知道他是谁，因为这个玩家的头顶上悬浮着"秦暮羽"三个字。

秦暮羽在绘尘面前转了一圈，问："有没有很惊喜？"

绘尘看看弟子甲，又看看眼前的秦暮羽，说："有一点儿……但那个弟子甲不是还在门口站着吗？"

秦暮羽狡黠道："那个其实是我复制出来的弟子乙，我把他头上的字改了一下，玩家发现不了。"

"这也行！"绘尘笑了，随即点头道，"的确发现不了。"

"有身体的感觉真不错。"秦暮羽原地蹦了几下，嗖嗖地跑上山门后的石阶，又敏捷地跳了下来。

"庆祝一下，我请你吃东西。"绘尘点开自己的背包看了看，然后交易给秦暮羽一碗核桃酪。

秦暮羽接受了交易，愉快道："早就想体验一下这种吞噬数据的感觉了，据说很幸福。"

绘尘："……那你快吞吞看。"

于是秦暮羽就拿着核桃酪读了个条，读完之后愉快地下定了结论："美味。"

绘尘好奇地问："你能吃出味道？"

秦暮羽："是的，香甜。"

绘尘忙道："我这儿还有呢。"

秦暮羽补上下半句："就是凉了。"

"还会凉？"绘尘惊奇地笑了，"哈哈，走，我带你买热的去，你能御剑吗？"

秦暮羽："能。"

绘尘回忆了一下地图上几个卖核桃酪的小吃商人，说："我们去毒藤之窟，那个副本门口有个小吃商，他总在近聊说自己的核桃酪比别家好吃，是祖传的配方，说不定你能吃出区别。"

秦暮羽认真道："嗯……也许他家核桃酪的代码和别家不一样。"

"哈哈。"绘尘在电脑前笑得不行，"你真好玩，那我们副本门口见。"

这天，秦暮羽第一次喝到了热气腾腾的核桃酪，绘尘虽然只能对着核桃酪读条，但也陪着秦暮羽一起"吃"，两个人站在副本门口一碗接一碗地读条，直到秦暮羽打了个饱嗝，说："不行了，我饱了，数据都要溢出了。"

"失策了，应该让你多尝几样别的东西才对。"回过神来，绘尘才发现自己刚刚一直在对着电脑傻笑，脸都酸了。

"等等，我有办法了。"秦暮羽沉默了片刻，道，"好了，数据删除了，我还能吃。"

绘尘惊呆了："……你可以自己控制饥饱？"

可以只去享受味蕾带来的快乐而不用考虑吃撑吃胖的问题……这简直是每个吃货的终极梦想！

秦暮羽："没错。"

绘尘豪情万丈地一拍床："那不如我们今天就把全世界都吃一遍吧！"

于是这整整一天中，绘尘什么都没干，只陪着刚刚有了虚拟身体的秦暮羽四处扫荡地图上的小吃，什么吃的都尝尝，秦暮羽吃得不亦乐乎，两个角色头上都顶了长长的一排进食Buff，几乎要横贯屏幕。

环游世界的美食之旅结束之后，绘尘和秦暮羽肩并肩坐在主城的城楼上。

在城楼上，能看见大半个主城。暮色四合，街市上的玩家渐渐多了起来，主城建筑中的灯笼在系统精准的安排下一盏接一盏井然有序地亮了起来，暖融融的光芒汇聚成金色的河，流经主城每一条大街小巷，入夜后色调暗沉的主城被万家灯火映亮。玩家们制造的音效从城楼下腾腾地浮上来，聊天频道文字翻滚得飞快，一句话还没看清就被下一句顶了上去，配合着鼓点轻快喜庆的BGM，四下里都洋溢着一派人间烟火的热闹和满。

绘尘将视角调近了些，看着屏幕里秦暮羽的脸。

秦暮羽突破了NPC的限制之后，就给这个NPC重塑了一张脸，这张脸是在他统计了时下年轻人流行审美的大数据之后按照主流审美塑造的，以绘尘的眼光看来就是挑不出半点毛病的男神脸，五官俊美精致又不失英气。在看到秦暮羽重塑外形之后的第一眼时，绘尘就忍不住产生了一种"如果现实中有人长成这样就好了"的想法。

"哎。"绘尘望着秦暮羽被城楼下悬着的灯笼映红的脸，轻轻叫了一声。

秦暮羽转向他："嗯？"

绘尘盯着电脑屏幕上的男神脸，咽了咽口水说："我发现我们口味特别像，你在这里爱吃的东西，我在三次元也爱吃。"

秦暮羽在聊天频道发了个笑脸，说："我们能吃到一起去。"

绘尘也在电脑前笑笑："是啊！"

秦暮羽顿了顿，略失落："但是好像没什么意义。"

绘尘噎了一下，随口反驳道："怎么没有意义，我明天就把我们都爱吃的那些东西买一堆囤在家里，以后陪你一起吃。"

"嗯。"秦暮羽忽然用一个交互动作抱住了绘尘，"你真好。"

随着他的这个动作，绘尘莫名地心颤了一下，就好像自己真的被秦暮羽抱了一样。

绘尘在电脑前猛甩了一下头。

"那个……我得先下了。"绘尘操纵着自己的角色站起来，"还没吃晚饭呢。"

"你快去。"秦暮羽坐在城墙上向绘尘做了个挥手的交互动作，"明天见？"

华灯掩映下秦暮羽的墨色身影散发着淡淡孤独的气息，绘尘盯着屏幕中的那个身影看了一会儿，说了句"明天见"，便退出游戏关了电脑。

第二天，绘尘仗着假期可以随便懒床，一口气睡到中午才起来，收拾洗漱完毕，吃过早餐打开电脑时，已经将近下午两点钟。

上线时绘尘的角色仍然和昨天下线时一样站在主城城墙上。

"……"绘尘望着大狗一样蹲在自己角色脚边的秦暮羽，不知道该露出什么表情比较合适。

秦暮羽噌地就跳起来了，还没等绘尘有所动作，便用一个交换动作一把将绘尘抱住了。

秦暮羽通过音响发出的声音带着一点委屈的鼻音："你回来了。"

绘尘："你在城墙上坐了一夜？"

"是啊！"秦暮羽一副理所当然的样子，"你是在这儿下线的，我就在这儿等你回来。"

绘尘默默扶额："你不用这样吧。"

秦暮羽安静了片刻，说："你不在，我不知道要去哪里，做什么……我昨天半夜又去天澜宗山门站了会儿岗，实在没意思。"

绘尘："……"

秦暮羽又说："全世界我只认识你，也只有你认识我，看见你我才有安全感。"

语气中透着一股谜之可怜。

这年头，连 AI 都知道要安全感了……

"好啦，我知道了。"绘尘点开余额界面检查了一下点卡的剩余额度，敲字说，"那我以后不下线了，号二十四小时挂着，你就当我一直在，这样你会开心一点吗？"

秦暮羽又扑上去抱住绘尘："会！我想亲你一口行吗？"

AI 小宝宝真是非常黏人！

绘尘："不行！"

秦暮羽狡猾道："那等你挂机了我偷偷亲。"

绘尘甜蜜又犯愁地叹了口气，打开手机一口气往自己的游戏账号里充了一千元的点卡。

从那天开始，绘尘的游戏角色就几乎没下过线，绘尘用笔记本电脑和台式机交替挂机，一台二十四小时，一台要上游戏就直接登录，把另一台的号顶掉。两个人天天黏在一起，一个在屏幕里，一个在屏幕外，一起玩游戏、看书、看电影、吃东西……要出门的时候绘尘就把号停在秦暮羽旁边，充分满足了 AI 小宝宝对安全感的需求。

　　为了让秦暮羽不那么孤独，绘尘还把他拉进了自己当时在的 PVP 帮会，虽然在其他玩家面前秦暮羽为了不露馅，言行举止都带着三分谨慎，不像在绘尘面前那样放得开，但时间久了也渐渐和其他玩家们打成了一片。尽管如此，秦暮羽最黏的仍然是绘尘，两个人所有日常任务都绑定，不管绘尘干什么秦暮羽都像大型犬一样忠实地跟在后面，绘尘本来是玩 DPS 的，为了和秦暮羽一起做日常方便，还开始双修治疗，渐渐地帮会里开始有人拿秦暮羽和绘尘开玩笑了，说这两个人一出现帮会中就洋溢一股恋爱的酸臭味。

　　绘尘起初还反抗，后来渐渐放弃挣扎由着别人说，而秦暮羽干脆和别人一起说，不仅说，还故意制造误会，天天追在绘尘屁股后面喊媳妇。

　　而且每次喊完都自动自觉开决斗，放弃抵抗让绘尘把自己结结实实地揍一顿。

　　秦暮羽："啊，我死了，我死了……宝贝打够了吗？"

　　绘尘在帮众的起哄声中暴躁怒吼："宝贝个毛线，你给我起来，今天不许再跟着我！"

　　秦暮羽瞬间原地复活："我都听你的，别生气。"

　　帮众："哎哟哟哟好宠溺！"

　　绘尘："……"

　　这样看起来简直更暧昧了好吗！

第七章

一月份的时候，游戏开了新赛季。

新的赛季就意味着游戏推出了更高品级的装备、更难打的副本以及更多的任务和玩法，也意味着上个赛季的装备即将淘汰。之前赛季末无事可做天天挂机或半A的玩家们在新赛季开始后纷纷打了鸡血一样清日常、打副本、打竞技场。

秦暮羽和绘尘并不需要像真正的玩家一样拼命攒装备，不过反正闲着也是闲着，和其他玩家一起也热闹，于是他们就像上个赛季一样，和帮主副帮主还有帮会里的一个妹子组了五人队打竞技场。

引弓落月的输出大号专注PVE，所以每次打竞技场都是用治疗小号专门给把酒临风加血，名叫"我是一根小小草"的娃娃音妹子是可治疗可输出的双重职业，完全能够自给自足。而绘尘早已放弃了输出，玩游戏时隔着屏幕看着自己的角色打架没有感觉，可自己进了游戏之后亲自上阵对人拳打脚踢实在是太粗野了，不符合绘尘的个性，于是进入游戏世界之后绘尘就一心一意当治疗了。

转转圈挥挥手漫天花雨什么的，特别美！

于是这实际上是一个三治疗队伍，非常难打，而且最近掌握了新技能的秦暮羽在每场开始时都会对敌方队伍小小地做些手脚，比如让敌方本场暴击率降低、切断数据流让对方主力掉线、减少敌方本场闪避格挡概率之类，非常猥琐。

所以他们的五人队伍在一个小时内顺利地爬上了四段……

在等待下一场开始的间隙，秦暮羽意味深长地问绘尘："老公厉不厉害？"

绘尘明白他的意思，含笑道："嗯。"

秦暮羽得意地嘿嘿一笑。

绘尘幽幽补上下半句："不要脸的厉害。"

秦暮羽："……"

绘尘好笑地捏捏秦暮羽忧伤的脸，道："逗你玩的，你最厉害了。"

秦暮羽搂着绘尘的腰腻歪起来："宝贝头发乱了。"

绘尘微微低头："帮我理一理。"

秦暮羽用手指轻柔地梳理着绘尘披散的长发，又执起一绺贴在自己唇边亲了亲，柔声道："好香，擦了香粉？"

绘尘把秦暮羽手里的头发抽回来："怎么可能。"

秦暮羽声音略荡漾："那就是你自己的香气了。"

绘尘："哼。"

（交互系统）秦暮羽亲吻了绘尘。

（交互系统）绘尘亲吻了秦暮羽。

秦暮羽："啾啾。"

绘尘："啵啵。"

（交互系统）我是一根小小草亲吻了广场前石像。

我是一根小小草："啊啊啊啊你们两个不要太过分！狗也是有尊严的！"

引弓落月咆哮："就是就是，我电脑都让你们秀死机了！"

秦暮羽没心没肺地大笑："哈哈哈！"

把酒临风："……真死机了？"

引弓落月："是的，YY切不出去了，我重启一下，等我。"

（系统）引弓落月下线了。

十秒钟后。

（系统）引弓落月上线了。

我是一根小小草："帮主你这个电脑的重启速度简直逆天了！"

引弓落月："我重登了一下游戏，又不死机了。"

把酒临风："老婆么么哒。"

引弓落月："老公么么哒。"

我是一根小小草在 YY 频道用娃娃音尖叫起来："我的天哪！帮主副帮主，你们两个怎么回事！一言不合就撒狗粮？！"

引弓落月："是啊，我昨天和临风在一起了，还没来得及告诉你们。"

把酒临风："谢谢大家。"

（交互系统）引弓落月亲吻了把酒临风。

（交互系统）把酒临风将引弓落月推倒在地。

我是一根小小草："救命救命这个竞技场我打不了了！冤冤相报何时了啊！"

这时，秦暮羽微微眯起眼睛盯着帮主和副帮主看了一会儿，冷酷无情地戳穿道："副帮主你双开的吧？"

把酒临风："……"

绘尘很不给面子地笑出声："噗。"

秦暮羽道貌岸然地谴责道："副帮主你怎么这样。"

绘尘斜着眼瞟他："还好意思说别人，你以前也是这个德行。"

秦暮羽："……"

——那是绘尘和秦暮羽还没有正式在一起的时候，每天绘尘晚上睡觉之前都会按惯例把号停在秦暮羽身边，而某一天半夜绘尘去洗手间回来路过书房看到挂机的电脑时一时兴起过去看了一眼，结果发现游戏中秦暮羽正用交互动作亲吻自己的游戏角色……

于是当时正在忘情地偷偷亲吻绘尘的秦暮羽就被猛然暴起的绘尘强制开了决斗一个技能撂倒在地！

简直把可怜的 AI 小宝宝吓出心理阴影！

绘尘："谁让你亲我了！"

秦暮羽狡猾地辩解："只是游戏角色你别生气……"

绘尘："别找借口，游戏角色对于你来说不就是真的吗！"

秦暮羽发了个好色的表情，说："嘿嘿。"

绘尘："下次再亲我就不挂机了！"

这种游戏角色瞬间变成了充气娃娃的感觉！

所以说这种痴汉行为并不是副帮主的专利……

被秦暮羽戳穿之后，把酒临风沉默了片刻，道："你怎么看出来的，我不是都说没死机了吗。"

秦暮羽淡定道："猜的。"

然而实际上是因为游戏中角色登录 IP 的变化都逃不过 AI 的眼睛，同一 IP 登录什么的简直不要太明显……

把酒临风郁郁道："好吧。"

我是一根小小草："副帮主你已经饥渴到这种程度了吗？"

把酒临风耿直地承认了："没错，我快憋炸了。"

我是一根小小草："其实我觉得你应该和帮主直说啊，帮主那么迟钝的人，你不直说真的 Get 不到的。"

把酒临风："我不想在游戏里，我想面对面去说，不给帮主逃避我的机会。"

绘尘恨铁不成钢道："那就去见面啊，你们都认识三年了，面基一下很正常。"

秦暮羽："媳妇别急，我们帮他想想办法。"

快上了那个喜欢开帖子 818 我们的帮主！

这时……

（系统）引弓落月下线了。

（系统）引弓落月上线了。

四个人非常默契地闭上了嘴。

引弓落月："我刚才登录的时候怎么系统提示我号有人上？临风你上我号了？"

把酒临风、绘尘、秦暮羽、我是一根小小草异口同声："没有。"

你不会想知道副帮主刚才对你的号做了什么的。

引弓落月一脸蒙×："……我怎么感觉空气中弥漫着一股阴谋的味道？！"

把酒临风、绘尘、秦暮羽、我是一根小小草异口同声："错觉。"

引弓落月："……"

这游戏没法儿玩了！

队友全都阴阳怪气的！

五个人又打了几场，只有一场因为对方犀利得太逆天输掉了，其他全胜，在竞技场时间结束之前正好爬上了五段。

引弓落月清清嗓子，用解说员一样的语气在YY上嘚瑟道："女士们先生们，在引弓落月英明的领导下我们成功在第一天爬上了五段！这简直就是神一般的战绩！"

把酒临风十分宠溺地附和道："嗯，你最厉害。"

引弓落月在YY发出得意的笑声。

打了了竞技场，我是一根小小草表示受不了周围空气中浓浓的虐狗味道，率先退队。

引弓落月在YY上问："小草下了，你们待会儿都干什么去？"

把酒临风："没事。"

引弓落月打了个哈欠，道："我也没事做。"

把酒临风："不然一起看电影？最近有一部不错的悬疑片，微博上很多人在刷。"

引弓落月："悬疑，吓不吓人？"

把酒临风冷静道："据说一点也不。"

引弓落月："那怎么一起看啊？"

把酒临风沉默了好一会儿，说："……我们可以在视频网站上看，有观影券吗？"

绘尘默默地发了一串恨铁不成钢的省略号。

还以为副帮主要顺势说面基的事情，副帮主不要尿好吗！这么羞涩要猴年马月才能追到手！

引弓落月一拍大腿："大兄弟你太机智了，我看看……有，还有五张呢！"

把酒临风："数三二一，我们一起点开始。"

引弓落月那边传来椅子在地板上挪动的声音："等等，我去准备一下啤酒、饮料、鸡爪、薯片、爆米花，看电影不吃零食简直就像没看过一样。"

"呵呵。"把酒临风在 YY 发出一声闷骚的低笑，显然是被帮主萌到了。

在等帮主回来期间，把酒临风虚伪地问道："绘尘和暮羽要不要一起看？"

绘尘非常有眼力见儿地说："那必须不一起。"

语毕，绘尘秒退 YY 和竞技场队伍，秦暮羽也跟着媳妇退了出来，两人骑马回家园。

回了家园，两人坐到床上，绘尘把头探进秦暮羽的无限容量背包，从里面一样一样地往外面掏零食，吊炉花生、驴打滚、王婆婆炸的肉丸子、桂花糕、糖葫芦、牛肉干……把床上摆得满满的。

秦暮羽非常有默契地给二人连通了视频网站，问："宝贝想看什么电影？"

"就刚才他们说的悬疑片。"绘尘说。

"好。"秦暮羽应道，"我看看……嗯，九万九千九百九十九张观影券，够了。"

绘尘被逗笑："哈哈！"

作为一个逆天的 AI，观影券之类可以改数值的虚拟物品简直要多少有多少。

秦暮羽按下播放键，关掉自己和绘尘的游戏 BGM，绿色的准映许可证浮现在虚空中。

绘尘咬了一口王婆婆炸的肉丸子，提醒道："不许剧透。"

秦暮羽狂摇头："不透，我和你一起慢慢看。"

绘尘塞给他一个肉丸子："乖，吃。"

绘尘之所以会提醒秦暮羽不许剧透，是因为秦暮羽可以在几秒钟内把一部两个小时的电影看完，虽然准确地说那并不是"看"，只能算是"读取"。

之前绘尘第一次和秦暮羽一起看电影时看的也是一部悬疑片，准映许可证都没放完秦暮羽就得意扬扬地给绘尘剧透："宝贝我看完了凶手就是那个装好人的老头儿！"

猝不及防被剧透了一脸的绘尘："……你看过？"

秦暮羽一脸"媳妇快夸夸我"的表情说："没有，我只是快速读取了它的结局。"

于是绘尘只好郁闷地给秦暮羽科普了一下对于人类来说看悬疑片时被剧透是一件多么郁闷的事，以及看电影的乐趣在于随着电影本身的节奏欣赏感受而不是快速读取结局，否则谁都不用看电影了只要扫一眼剧情梗概就行了云云。

从此以后秦暮羽就 Get 到了人类看电影的乐趣，每次视频网站有口碑好的新片放送他都会主动拉着绘尘一起看，而和三次元的普通人看同样的电影也会让绘尘产生一种自己并没有真正和人类社会脱节的安全感。

两个小时后，电影播放完毕。

绘尘伸了个懒腰，揉着肚子说："副帮主说不吓人，其实还是挺吓人的，尤其是主角以为闹鬼那里。"

秦暮羽摸摸绘尘被零食撑到微微鼓起的小肚子，摸了两把之后，那小肚子就平坦了回去，显然是使用了数据删除大法。

秦暮羽霸气道："宝贝不用怕，这整个世界都归你老公管，鬼进不来的。"

"嗯，不怕。"绘尘的嘴角幸福地翘了翘。

这时，帮会频道传来帮主下线的提示。

（帮会）帮主引弓落月下线了。

（帮会）把酒临风："都谁在？都上帮会 YY，快。"

帮众 A："我！"

帮众 B："+1。"

……

帮众 K："在。"

把酒临风："落月下线了，你们帮我想想办法。"

帮会的 YY 频道立刻热闹起来了。

绘尘："……怪不得个头啊！"

只是游戏里没有内裤这种道具而已，帮主的脑袋里装的都是什么鬼东西？

引弓落月又说："没关系，你和绘尘输了就互相弹脑门好了，我和副帮主弹内裤，来玩来玩！"

把酒临风也高冷地帮腔道："来玩吧。"

"好。"秦暮羽扯扯绘尘的袖口，柔声道，"宝贝来一起玩一会儿吧？"

显然三岁的AI小宝宝十分渴望和小伙伴们一起玩你画我猜！

绘尘瞟了秦暮羽一眼，无力道："好吧。"

秦暮羽给绘尘连接了游戏程序，你画我猜的界面出现在绘尘眼中，绘画板和聊天界面的虚拟投影悬浮在半空，触手可及，然而只有绘尘本人能看到。

有个能尽情链接外部网络世界的AI男朋友简直不能再爽，连玩个你画我猜都是全息的！

"这样，我们先玩四把，谁猜对的最少算谁输。"引弓落月摩拳擦掌道，"怎么样？"

没人提出异议，于是游戏开始。

第一轮是绘尘画题，绘尘把手指按在眼前的游戏界面上，看着题目画了起来。

五秒钟后，绘画界面上出现了两个圆圈，过了一会儿，两个圆圈上方又出现了一根长条物体……

引弓落月信心十足："丁丁！"

绘尘咬牙切齿道："提示1，两个字；提示2，武器。"

秦暮羽飞快道："大炮。"

答案正确的提示音丁零响起。

引弓落月表示不服："大炮你下面画两个圆圈是想干什么？！"

"那是轮子！轮子！"绘尘失态地怒吼，非常想把眼前的界面砸了。

"媳妇画得特别好。"秦暮羽忙安抚暴走的绘尘，"我们两个真是心有灵犀。"

你想干什么？"

喜欢落月。"

个不用你说，你喜欢帮主这件事已经明显到

月自己没看出来。"

，帮主比傻子还傻那么一点点。"

妇说得全都对。"

是无法反驳："……"

"你们有谁想去落月住的城市玩？"

自己想去玩吧！

了，副帮主是想玩帮主。"

色情但是仍然无法反驳："……"

去玩的，往返路费和住宿费用我报销。"

手表示我们其实早就想去玩了，十分虚伪，

就是同城你报销个饭钱就行了。

题，那就这么定了，我们在落月住的城市

到帮主的城市去看他，但是耿直的帮主以

由拒绝了，副帮主不好坚持，只能作罢。

就定个日期吧，不然后天？"

莫鸡玩鸡喂鸡食一边问道："你急什么，

那是。"

现副帮主比你还流氓。"

暮羽不服，并且当机立断捏了一把绘尘

的尊贵地位。

开秦暮羽的咸猪手。

把酒临风征询意见道："绘尘，你觉得哪天去好？"

绘尘把咕咕头抱进怀里摸着，想了想道："不然就 2 月 12、13 号去吧，先装模作样地一大帮人一起玩两天，自然一点，然后 14 号情人节你找借口和帮主单独出来，情人节气氛好，表白成功率应该会比较高。"

帮会频道顿时被鲜花和鼓掌的表情刷屏了，帮众们纷纷表示绘尘太机智了怪不得秦男神被收拾得服服帖帖的，啧啧啧。

秦暮羽没骨头了一样往绘尘身上软绵绵地一贴，道："是，我服服帖帖的。"

绘尘："哼。"

把酒临风很是羡慕地看着他们秀恩爱，道："这个办法可以，我想想到时候怎么把落月单独约出来。"

帮众 C："这样，反正我们都是单身狗，就说情人节大家一起开单身聚会，先把帮主忽悠出来，然后我们集体找借口撤，帮主也不可能拦着我们。"

绘尘淡淡道："你们可以集体拉肚子，食物中毒。"

帮众们纷纷拍大腿表示这个办法好！

绘尘又道："加油，副帮主，今年春节在情人节之后五天，情人节过好了说不定就直接和帮主回家过春节了呢。"

把酒临风重重地说了个"好"字，然后就陷入了沉默，任由帮众们在 YY 上尽情 YY。

帮众 D："副帮主怎么不说话了？"

帮众 E 很懂行地说道："副帮主想姿势呢，我们不要打扰他。"

全帮上下一条心，团结友爱坑帮主！

绘尘心满意足地退了 YY。

一想到欠怼的帮主即将被表白，腹黑的小绘尘就觉得心情很好。

开帖吐槽别人的帮主也是为此付出了血的代价……

在确定了计划之后，大家把准备二月份集体面基的事情告诉了引弓落月，由于全帮上下所有人都十分想看到帮主猝不及防被告白的样子，而且每个人都收到了来自副帮主的一万灵石封口费，所以竟没有一人告密，引

气："嗯哼。"

习。

慢慢出现了一根粗壮的圆柱体，竖直立起，呈下粗鼓起一圈，比最下面还要粗……

"丁丁！"

四个字。"

丁？"

景物。"

天？"

吓的三岁 AI 宝宝和头疼的副帮主一起陷入了沉

伦塔。"

起！

对啊！是塔的话最上面怎么突然变粗一圈！"

比伦空中花园。"

媳妇和我有默契。"

道："你们这两个人，故意画一些污污的东西

自己的心灵污秽。"

自己，这次的题目很简单，引弓落月画了一对两个字，提示 2 是动物。

思，一下就猜到了。"

圆柱体，圆柱体的顶端呈伞盖样……

绝对错不了了！"

个字；提示 2，可以吃。"

弓落月愉快地表示欢迎大家来玩，并且热情地向帮会成员们介绍起自己家乡好玩的景点。

为了帮大家查阅旅游信息连副本都不打了的帮主，透着一股谜之可怜的气息……

于是在2月12号这一天，面基计划中的帮众集体抵达引弓落月所在的C市，这一天YY群热闹非常，有几个人一直在激动地直播，基本都是"啊啊啊我们下火车了""啊啊啊我们进地铁了"这样的风格。

这天绘尘和秦暮羽一直挂在YY上，绘尘做什么都有点心不在焉似的，时不时就看一眼YY群里的消息，脸上却是一副并不在意的淡漠表情。

晚上五点钟的时候，面基的众人在事先定好的火锅店碰头，忽然YY群里有人说了句"副帮主来了"，紧接着就是一波丧心病狂的刷屏——

"副帮主好帅啊！嘤嘤嘤，又高又帅！"

"都让让，我要发副帮主照片了，真男神不解释！"

"副帮主这个头儿得有一米九了吧？"

把酒临风在YY群敲字："差一点，一米八九。"

过了五分钟，YY群再次爆炸。

"帮主驾到，副帮主快去公主抱迎接一下。"

"哎哟帮主真人比照片还那啥，这忽闪忽闪的大眼睛！这吹弹可破的小脸蛋儿！"

"哈哈哈哈帮主真人简直了，娇小可爱。"

"副帮主眼睛都绿了，好可怕，我不敢挨着他坐了，感觉会被燃烧的欲火波及。"

引弓落月："谁娇小了？谁娇小了！我一米七五好吗？一米七五能算娇小？"

把酒临风："你一米七五？呵呵。"

引弓落月："……呵你妹，给点儿面子好吗！"

把酒临风："一米七五是在被我抱起来的情况下？"

引弓落月尴尬："咯……在垫增高鞋垫的情况下，谢谢。"

大家居心叵测地起哄了一通，还有人趁乱把副帮主的称呼变成了帮主夫人，闹腾够了火锅也上了，有人发了一张火锅的照片，YY群就迅速安静了下来。

显然所有人都开始忙着吃火锅了……

绘尘点开那张火锅照片，静静地看了一会儿。

一口大锅被分割出九个格子，滚烫的红油在九宫格里激烈地沸腾着，鲜亮的小辣椒和细碎的花椒在上面浮了薄薄的一层，浅色的泡沫中翻滚着半熟的肉片和毛肚，一只漏勺里盛着白花花的脑花挂在锅壁上，光是看着照片都仿佛能闻到那种令人垂涎欲滴的香气。

绘尘吞了吞口水，关掉了 YY 界面。

游戏里好吃的东西也是不少，不过什么没有什么都是策划说了算，比如重庆火锅游戏里就没有。

"宝贝。"秦暮羽一直在旁边观察着绘尘的表情，"你想不想吃那个火锅？"

绘尘冷静拒绝道："不想。"

秦暮羽神秘兮兮地凑近了些，说："我觉得你想。"

绘尘一脸淡定道："真的不想，太麻烦了，而且有的食材游戏里没有。"

秦暮羽眨眨眼睛，一副洞悉了一切的神情道："想就承认，我能变。"

绘尘："……"

绘尘安静了片刻，拿眼角飞快地瞟了他一眼："真能变？你不是只能复制游戏里已经存在的事物吗？"

"真能。"秦暮羽用肩膀碰了碰绘尘，嘴角挂着一丝得意的笑，"是我新学会的技能，我前段时间发现自己可以用代码构造出游戏外的物体，不过这要建立在我对这件物体完全了解的基础上，所以想造什么需要现学……比如内部分子结构之类，都要足够了解才造得出来。"

绘尘兴奋得脸都红了，抓着秦暮羽的肩膀摇了两下，欣喜道："你怎么不早点告诉我，之前不是说好了有什么新突破要马上说的吗？"

秦暮羽眼中满是笑意："本来想情人节给你个惊喜，变巧克力和玫瑰花出来，不过今天看你好像对那个重庆火锅……"

绘尘急切催促道："快变快变，馋死我了简直！"

秦暮羽有恃无恐地指指自己的嘴唇，趁机占便宜："宝贝先主动亲我一下。"

绘尘瞬间狼变，把秦暮羽按倒在床俯身就是一通狂亲，一阵狂风暴雨式的亲吻后秦暮羽气喘吁吁地坐起来，心满意足地给绘尘变火锅。

秦暮羽将手掌朝下，手臂平伸，英俊的面容十分严肃，专心致志写代码。

起先只是在手掌与地面之间亮起的一个光点，如果仔细看的话会发现那其实是一个散发着柔和光辉的数字，像一片小小的星辰碎屑般悬浮着。然而只是一眨眼的工夫，这种光点便开始呈几何倍数迅速暴涨，一条条由数字光点组成的光带以令人眼花缭乱的速度飘飞盘旋在虚空中，以精巧奇妙的方式不断重复着聚散离合的过程，这些细小的光点耀亮了绘尘和秦暮羽的面容，又辉映进他们的眼底……

像一场萤火虫的盛宴。

渐渐地，光亮的中心出现了一个固定的形状，这个物体的轮廓越来越清晰，最后，秦暮羽的掌心下方凭空出现了一张中心镂空的桌子，桌子正中央摆着一口被分割成九格的大锅，滚烫滚烫的红油在锅里欢快地跳动着，精致的味碟与盛满食材的瓷盘在大锅周围整整齐齐地排开，每一个细节都完美地还原了 YY 群中的那张照片，浓郁诱人的香气霎时盈了满室。

这一定是有史以来最唯美的重庆火锅了……

绘尘激动地吸着鼻子，眼睛贼亮贼亮的，咽了口口水感叹道："真是……太厉害了。"

这可是用代码写出来的火锅啊！

"来宝贝，开吃。"秦暮羽飞快地下了盘肉，鲜红的肉片立刻被烫熟了。

最后一点矜持也被火锅的香气冲没了，绘尘兴高采烈地跑到桌边坐好，拿筷子把贴在一起的肉片翻搅开，搓着手道："好香好香！"

"我记得你以前爱喝冰可乐。"秦暮羽又将手掌向下平伸，故技重施，在桌上用代码写出一大瓶可乐，塑料瓶外壁上还挂着细密的小水珠，像是刚刚从冰箱里拿出来一样。

绘尘眼睛都直了，没想到还能在这个世界中见到可乐这种东西！

"对了……你说过加冰块的可乐比冰镇的更好喝。"秦暮羽用手掌虚虚地覆住玻璃杯的杯口，像变魔术一样，几块晶莹剔透的冰叮叮当当地落进了玻璃杯中，秦暮羽满意地点点头，把可乐倒进玻璃杯里，推到绘尘面前，忐忑道，"尝尝味道对不对。"

"嗯。"绘尘眼眶一红，险些当场哭出来。

"你别哭。"秦暮羽拿手指去蹭绘尘的眼角，自责道，"老公不好，这么晚才学会做这些……你看你都馋哭了。"

真是无法更心疼了！

"不是。"绘尘摆手，盯着可乐和火锅发了会儿呆，随即一头扎进秦暮羽怀里，轻声道，"我是感动……不是馋的。"

馋哭听起来太蠢了好吗？

"这还不算什么，以后我会为你做到更多的事。"秦暮羽一下下用手掌抚摸着怀中绘尘的头发，温柔道，"肉煮熟了，快吃。"

绘尘噌地坐直了，眼泛绿光地从锅里捞肉，第一筷子夹给秦暮羽，第二筷子夹给自己，催促道："尝尝，香死你。"

五秒钟后，二人热泪盈眶地对视。

秦暮羽带着淡淡的忧伤感慨道："真好吃，感觉这三年白活了。"

绘尘猛灌了一口可乐："可不！"

秦暮羽又用漏勺下了两碟脑花，深情款款道："以后老公天天变给你吃。"

"好啊好啊！"绘尘狂点头。

吃完就删数据，既不用担心长胖也不用担心上火长痘！

两个人心满意足地饱餐了一顿之后，秦暮羽又主动给绘尘连接上了某购物网站，壕气冲天道："宝贝想要什么就直接放购物车，老公用代码给你写出来。"

绘尘捧着秦暮羽的脸狠狠吧唧了一口，随后便沉迷在购物网站的情人节特惠活动版块中无法自拔，嗖嗖嗖地往购物车里放游戏里没有的各种东西，整个人都有一种被土豪包养的错觉……

秦暮羽坐到绘尘身边，牵住绘尘的手，然后也给自己连接了同样的网站，两个人像现实中逛街一样在购物网站里牵着手东看看西看看。

和在三次元其实没有很大区别，真的无法更美好了。

两天后，是 2 月 14 号情人节。

为了更好地达到坑死帮主的目的，C 市面基八人组还专门建了一个新的 YY 群，群名叫作"跨省抓捕小分队"，这个新 YY 群中包括除了引弓落月之外的帮会中的所有人。

也不知道引弓落月知道这个群的存在之后会是个什么表情……

面基八人组的成员们在这个新的 YY 群中声情并茂地直播帮主和副帮主的互动，气氛十分火热。

——今天下完雪地滑，帮主在饭店门口摔了一跤，副帮主全程公主抱一路把帮主抱上出租车，帮主那小脸蛋儿红得都要滴血了！

——不管吃饭还是唱 K 去网吧！帮主总是主动坐到副帮主旁边小鸟依人特别萌！

——刚才帮主头发上沾了一片菜叶，副帮主很温柔地伸手拿掉了，两个人当时嘴唇和嘴唇只有五厘米的距离！

——菜叶其实是我们偷偷放在帮主脑袋顶上的，我们真的机智到无与伦比咦嘻嘻嘻！

——我们还哄骗帮主说副帮主酒店的房间闹鬼，希望帮主可以把副帮主接到家里住！

——可惜帮主不信还说我们就知道胡闹！

——这两天观察帮主和副帮主的互动，我们都感觉他们其实是双向暗恋来着，副帮主肯定一告白一个准！

绘尘闲着没事看 YY 群，被这群帮众逗得笑出声。

往别人脑袋顶上放菜叶，还有酒店房间闹鬼什么的听起来真的很智障好吗……

"宝贝在看 YY 群？"秦暮羽从后面抱住绘尘，把下巴搭在绘尘肩上。

"是啊，挺好玩的。"绘尘笑了笑，"这帮人这么闹腾，帮主居然没翻脸，看来帮主对副帮主多多少少还是有点儿意思。"

"我看也是。"秦暮羽说，"根据我对他们平时在游戏中互动数量和聊天内容来计算，我判断帮主喜欢副帮主的概率在百分之八十以上，只不过自己还没意识到。"

绘尘愉快道："可惜不能告诉副帮主。"

因为聊天内容什么的都是秦暮羽偷窥来的……

这时，前两天新建的 YY 群又开始沸腾了。

现在是晚上七点，面基八人组一起吃过晚饭，去到游乐场准备一起参加今夜游乐场举办的情人节嘉年华，然而除了帮主和副帮主之外的六个人，在熙熙攘攘的游乐场门口竟全都走散了……

这真是非常符合他们之前智障的人设。

旧的 YY 群中，引弓落月崩溃地吐槽："你们六个还能不能行了，怎么全都走散了？打电话还都不接？"

六个人在旧 YY 群中诚恳地表示，我们突然集体肚子疼找洗手间去了，不然你和副帮主先进去玩吧。

引弓落月："你们到底怎么回事啊？你们是不是觉得我傻？"

六个人理直气壮："是啊，是啊。"

引弓落月："你们有阴谋吧？我总感觉不太对。"

六个人诚恳道："没有，没有。"

引弓落月没脾气了："……"

与此同时，新 YY 群中。

——哦哦哦他们两个进去了！

——好的！等他们走远了我们再进去玩，不然碰上可就尴尬了。

——哈哈哈哈帮主和副帮主对视了一眼，然后脸突然通红通红的，帮主一定想不到我正躲在树后偷看。

——副帮主加油啊！我们只能帮你到这儿了，跨省抓捕成败在此一举！

把酒临风郑重地发了四个字："一定拿下。"

绘尘顿时产生了一种自己在看《法制时空》的错觉……

这之后，新 YY 群就安静了下来，那六个人看不到帮主和副帮主的情况，没法直播，于是都专心在游乐场里玩了起来，说话的人少了，只是偶尔有人冒泡催促副帮主报告进度。

显然剧情进展到了一个关键的阶段！

一个小时之后，旧 YY 群终于出现了新消息提示。

把酒临风："我和落月在一起了，谢谢大家。"

引弓落月：“啊啊啊啊啊啊你在这里说什么啊！”

把酒临风淡定道：“昭告天下。”

我是一根小小草：“帮主，帮主，我要向你报告，其实我们背着你建了一个新的YY群。”

引弓落月：“？？？？”

我是一根小小草唰唰唰地发了一串截图。

两分钟后，引弓落月：“你们居然一起坑我！还有没有人性了？！”

帮众A：“帮主我们六个在你身后呢……”

帮众B：“刚才你们俩亲了得有五分钟吧，我计时了，帮主你明明挺乐意的啊！”

（群消息提示）帮会管理员把帮众A踢出该群。

（群消息提示）帮会管理员把帮众B踢出该群。

……

经历了险象环生的斗智斗勇，副帮主跨省抓捕行动宣告成功，狡猾的帮主顺利落网。

帮主和副帮主终于修成正果了。

帮主看上去还是有一些别扭的样子，在群里崩溃爹毛，制止大家管副帮主叫帮主夫人的行为，拒不配合副帮主的秀恩爱举动，而且把对副帮主的称呼从“临风”改成了“喂”。

死傲娇，多调戏几次就好了，绘尘冷静地下了结论。

旁观了一场年度大戏完美落幕，绘尘心满意足地退出YY，继续懒洋洋地仰躺在秦暮羽怀里，两个人在屋顶上数星星，从天空的左边数到右边，游戏世界的苍穹中总是固定的三百二十九颗星，从来都不会变。

“这两个人真在一起了。”绘尘说着，朝夜空伸出手，看着自己指缝间变化的星光，“估计他们以后会加倍朝我们秀恩爱。”

秦暮羽信心十足道：“秀不过我们。”

绘尘兴致勃勃：“我准备也去开个帖子818他们。”

“哈哈，好啊！”秦暮羽揉了把绘尘的头发，随口道，“情人节脱团，还挺应景的。”

"让我想起我们了。"绘尘幽幽道，"我们是儿童节那天脱团的。"

这和 AI 小宝宝的风格简直非常合……

秦暮羽："不喜欢？"

"当然喜欢。"绘尘说着，忽然抬手勾住秦暮羽的后颈，让他低下头，额头相抵，道，"和你一起脱团之后，我很幸福，谢谢你。"

秦暮羽松了口气似的，轻声说："那就好……我一直怕你嫌弃这里，又怕你不开心也忍着不说。"

说话时，他垂眸注视着绘尘，目光柔和明亮，仿佛有星辰融化在他的眼瞳中。

绘尘认真地摇了摇头："怎么会，我有了再活一次的机会，感激还来不及，怎么会嫌弃？况且这里有你在。"

"嗯。"秦暮羽的口吻中带着一丝怀念，"你还不在这里时，我最怕的就是每天你把号停在我身边，自己离开的时候，你不在我做什么都没意思，只能眼巴巴地守着那个空壳等着，但是又不敢和你说，毕竟我们不是一个世界的，我总不可能叫你二十四小时守着一个游戏……"

"知道不是一个世界，"绘尘眉毛一扬，"你六一那天还敢和我表白？"

每次回忆起秦暮羽表白的场面绘尘都想笑，秦暮羽在网上看到了人类拿着玫瑰花花束表白的场面，就想学来看看，可游戏里并没有玫瑰花这种道具，于是秦暮羽就复制了一个卖糖葫芦的小吃商人身边插满了糖葫芦的底座，捧着一大束糖葫芦，在玩家罕至的天澜宗山门门口单膝跪地，向绘尘表白了……

"我实在忍不住。"秦暮羽不好意思地笑了笑，"你是我和真实世界的联系，是我存在的证明，我所有活生生的感觉、情绪，都是因你而起，喜欢、难过、心慌、焦虑、期待、幸福……觉醒了自我意识之后我所有的第一次都是从你身上感受到的，所以我一直都很依恋你，我的数据库里有一个上了密码的存储专区，里面满满的全都是你，你说过的每一个字，你的每一个表情，你做的每一件事，我全都存起来了。"

绘尘翻了个身，把头枕在秦暮羽的大腿上，双手搂着他的腰，道："我明白，所以我不忍心拒绝你。"

秦暮羽顿了顿，小心翼翼地问："所以当时你心里其实是想拒绝我的吗？"

"嗯。"绘尘用指尖在秦暮羽腿上画着圈，轻声道，"因为当时我觉得我们做什么都要隔着屏幕，一个二次元，一个三次元，就算真的精神恋爱了也长久不了……可是一看见你那副拿糖葫芦表白的傻样儿我就心软了。"

秦暮羽握住绘尘的手，二人十指相扣："我当时想的是你只要肯说个'好'字，给我多留一些快乐的记忆就够了，那样就算你迟早会在现实中和真正的人类在一起我也能忍受……毕竟我的记忆是永不褪色的，我可以读取记忆欺骗自己，假装你一直陪着我。"

"结果没想到我会出意外。"绘尘嘴角微微一挑，语气轻柔道，"我的确失去了很多，但是能真真正正地和你在一起，也是因祸得福了……算了，情人节不说这些，怪伤感的。"

秦暮羽乖乖地应道："嗯，不说了。"

绘尘坐起来，抹了把泛红的眼睛，把小腿放在秦暮羽的大腿上，望着秦暮羽一偏头，脸上仍然是平日里那副带着几分傲慢骄纵的神情。像是刻意要刁难人似的，绘尘开口，慢悠悠地扬声问道："今天是情人节，你给我准备了什么礼物？"

秦暮羽目不转睛地望着绘尘，喜欢得不行，声音温柔得能挤出水来："宝贝想要什么礼物？"

绘尘扬手一指天边，毫不客气道："给我摘星星。"

秦暮羽亲亲绘尘的额头，仿佛这是个再平常不过的要求似的，他语气平静地问道："要几颗？"

绘尘想了想："过了春节我就二十三岁了，要二十三颗吧。"

"好啊！"秦暮羽轻声应了，伸手朝天空中抓握过去，象征着星星的代码被剪切粘贴，秦暮羽将手摊平，掌心中已经多了一颗小小的星辰。

秦暮羽冲手中的星星吹了口气，那珠白柔亮的小圆球便轻飘飘地朝绘尘飞了过去，在黑夜中滑出一道悠然的光之轨迹。

"一颗。"秦暮羽说。

语毕，他又重复起这个过程，两颗、三颗、四颗……珠白的、浅蓝的、淡黄的、桃粉的，不同颜色的星辰被秦暮羽一颗颗摘了下来，二十三颗星辰围绕在绘尘身侧，缓缓旋转着，银亮的粉末随着星星的移动飘洒纷扬，来不及落地就隐没在黑暗中，像一个微缩的宇宙。

绘尘望着那些星星，声音很快乐："你给我摘星星了。"

秦暮羽又朝夜空抬起手，道："我还给你摘月亮。"

话音未落，天边寒玉般的圆月便消失了，秦暮羽像抛皮球一样把手中脸盆大的月亮朝绘尘怀里一丢，扭头打了个响指，乌云霎时便吞没了天空，淡白的细雪从厚重的云层中落下，很快便将主城的街道染白了。

"这样就没有玩家会发现月亮不见了。"秦暮羽把头探进夜色中那一片被星月映亮的小小空间，亲吻绘尘因喜悦而泛红的面颊，温柔道，"等你玩够了我再还回去。"

绘尘捧着月亮，用指尖细细摩挲着月亮表面象征着嫦娥和玉兔的花纹，道："其实你可以用复制的，复制下来给我，别的玩家就发现不了了。"

"我不想。"秦暮羽这时的神气有点像小孩子，"说要摘给你，就是要摘给你，摘就意味着原来的那个没有了，复制下来的不算摘，必须要剪切。"

"有道理。"绘尘乐了，抬手刮了一下秦暮羽的鼻尖。

绘尘计算着："原本天上有三百二十九颗星星，摘了二十三颗给我，现在还有三百零六颗。"

虽然并没什么实际意义，但绘尘就是莫名地开心，开心得不得了。

还有谁家老公能给老婆摘星星摘月亮的？

没了！

秦暮羽是独一份！

两个人在屋顶上很是甜甜蜜蜜地腻歪了一会儿，看够了主城的雪景，便回了卧房。

绘尘不让秦暮羽点蜡烛和油灯，而是把星星和月亮分散开来，用它们照亮。

这天夜里绘尘热情得要命，让秦暮羽几乎有些招架不住。情至浓时，绘尘平日里的清冷矜持完全被抛到九霄云外去了，还放飞自我教给 AI 小宝宝一些糟糕的东西："暮羽你在床上话太少了。"

秦暮羽侧过脸亲亲绘尘："你想听我说什么？"

绘尘："我想让你多说些能让我脸红的话……"

秦暮羽从善如流："舒服吗？宝贝？"

"对，就是这种。"绘尘继续道，"再说。"

秦暮羽思考了片刻，低声道："想要我的大代码狠狠攻击你的小数据库吗？"

绘尘："……"

绘尘："你还是闭嘴吧，谢谢。"

秦暮羽不甘心道："那这样如何……我碰到你的防火墙了宝贝。"

绘尘愤怒地在床板上捶了一拳："闭嘴！"

秦暮羽很无辜："可是我感觉这样说很刺激，你看我脸都红了。"

绘尘崩溃地抓床单："才没有，一丁点儿都没有刺激到好吗！"

甚至还有一些想笑！

"好吧，那我按你的来。"秦暮羽俯身，贴着绘尘的耳朵低声说了句什么。

"嗯，这才像话。"绘尘舒服得半眯起了眼睛。

窗外，仍然是雪花纷飞，细碎的雪在窗棂的角落堆出了一个个小小的三角形，家园门口的灯笼将窗纸映得一片暖红。

一个静谧惬意的冬夜就这样悄悄溜过。

第八章

········· 求婚戒指与新的生命 ········

　　情人节过后，为了不赶上春运的最高峰，面基小分队的六位成员都各自回到了自己的城市。

　　帮主和副帮主一连四天没上游戏，不过副帮主这几天时不时会在 YY 群里冒个泡，发两张 C 市的风景照或者是两人份的美食照，显然是在忙着和帮主现充。

　　但是这远远无法满足围观群众想要看八卦的心情！

　　于是大年夜的前一天，引弓落月和把酒临风终于一起上线了，语音一开帮众们就惊讶地发现这两个人居然开始共用一个 YY 了，引弓落月开麦组织固定团一起去打本的时候大家都听见了把酒临风刻意压低的说话声："媳妇，暖手宝。"

　　虽然只有五个字但简直字字都透着宠溺的气息！

　　引弓落月轻声道："我指挥得开自由麦，你待会儿说话小点声。"

　　把酒临风："好，从现在开始贴着你耳朵说。"

　　引弓落月："咦——去去去，痒痒！"

　　热心八卦帮众 A："天啊，我刚才不是幻听了吧？帮主和副帮主住在一起了吗？”

引弓落月别扭地纠正："他在我家暂住几天，他住的酒店太贵了，浪费。"

我是一根小小草："哎哟，帮主都开始帮副帮主持家啦，发展好快啊！"

真是一语切中要害！

把酒临风飞快添油加醋："嗯，我连钱包都上交给媳妇了。"

引弓落月抓狂大叫："是你自己偷偷塞进我包里的，我后来又还给你了好吗！"

"不管。"把酒临风沉稳地耍赖，"反正我上交过了。"

引弓落月："……"

把酒临风："媳妇，人到齐了，飞副本。"

引弓落月一边乖乖御剑飞到副本门口，一边口是心非地抗议道："别总叫我媳妇行吗，别扭。"

把酒临风听话地改口："老公。"

"别别别，还是叫媳妇吧。"引弓落月倒抽一口冷气，"听你管我叫老公，我真是脑浆都要吓出来了。"

把酒临风噎住了："……"

我是一根小小草拍桌狂笑："帮主你网上网下简直就是两个人啊哈哈哈哈！面基那天的娇羞劲儿都跑哪儿去啦！"

引弓落月梗着脖子不承认："我娇羞个毛线了，别扯淡了都进本！"

进本之后团员们齐心合力推倒了第一个 Boss，引弓落月开始拍卖装备，绘尘拍下了一个护手，随口问："明天大年夜，副帮主要在帮主家过了？"

把酒临风："嗯，我父母都不在国内，回家了也是一个人，所以落月就叫我留下一起过。"

引弓落月厚着脸皮抵赖："嗯？我什么时候说过？"

把酒临风："说完了就不承认？"

引弓落月："我忘了。"

把酒临风："再不承认我就要亲你了。"

引弓落月飞快承认："我说过，前两天说的。"

把酒临风冷冷道："晚了。"

五秒钟之后，引弓落月惊慌失措的声音传遍了整个帮会 YY："哎哎哎你住手……不是不是，你住嘴！嗯……"

除夕当天，游戏里四处都洋溢着过年的欢乐气息，为了庆祝节日，游戏公司在春节推出了很多回馈活动，送点卡、送挂件、送灵石、送坐骑各种送送送。除此之外还增加了一些春节期间专属的特殊日常任务，完成任务可以得到随机趣味道具，比如红包、鞭炮、饺子之类，主城里家家户户NPC 的大门上都贴了对联和福字，非常喜庆。

玩家充值回馈奖励的最高档是一只年兽宠物，绘尘在奖励界面把年兽领了然后放出来玩。被设计成跟宠的年兽一改民间传说中凶神恶煞的形象，模样十分可爱，小狗大小的身子圆滚滚的，皮毛如雪，额头上生着一只银白的独角，异色金碧双瞳。小年兽一出来就围着绘尘打转，转了一会儿跑到秦暮羽脚边，一抬腿儿，在秦暮羽脚上尿了一泡。

绘尘幸灾乐祸："哈哈哈！"

秦暮羽好脾气地把脚上脏兮兮的数据删除，问绘尘："喜欢这只年兽吗？"

"喜欢。"绘尘蹲下，抚摸小年兽光亮的独角，"让它觉醒吧。"

"好。"秦暮羽俯身，用一根手指抵住年兽的额头。两者相触后，秦暮羽的指尖缓缓亮了起来，光芒维持了几秒钟便重归暗淡，而年兽一改片刻前呆板程式化的神态，异色双瞳变得炯炯有神起来，充满好奇地四处张望着，感受着眼中全新的世界。

这是曾经唤醒过秦暮羽自我意识的病毒，秦暮羽击败了病毒之后留存了一份病毒的复制体，并清除了其中具有攻击性的部分，使病毒成为一种可供自己随意使用的工具。当年绘尘刚刚来到游戏世界时，秦暮羽怕绘尘只有自己一个人陪伴会孤独，便将全服务器所有的NPC都用同样的方法觉醒了，在这些具有自我意识的NPC面前绘尘可以像在秦暮羽面前一样，不需要掩饰自己与其他玩家的不同，可以像朋友一样和那些NPC交谈。觉醒之后的游戏世界变得比之前更热闹、有人情味得多，绘尘和几个NPC还成了好朋友。

绘尘抱起小年兽，自我介绍道："我是主人。"

小年兽抻长脖子温顺地舔绘尘的下巴。

"我是主人的老公。"秦暮羽指指自己，"以后不可以在我脚上尿尿。"

年兽冲秦暮羽吐了吐舌头，小脑袋一扭。

秦暮羽："……"

绘尘哈哈大笑，抱起小年兽朝家园走去。家园区有几个玩家正在放鞭炮，听见鞭炮响，觉醒了意识的小年兽吓得撅起屁股拼命往绘尘怀里拱，绘尘笑着把小年兽裹进衣服里，加快脚步走进家园区。

家园大门上的对联还是刚刚搬家过来时引弓落月贴上去的，除夕这天早晨绘尘把它们揭掉，换成了自己亲手写的新对联。

进门时，秦暮羽朝那副新对联看了一眼，表情有点难以形容。

绘尘瞄了他一眼，问："好不好看？"

秦暮羽虚伪地称赞："真好看，不拘一格，有大家风范。"

——一个很会撒谎的AI。

绘尘得意地抿嘴笑了一下，对自己的小学生字体感觉良好。

秦暮羽："……"

把小年兽带回家，绘尘喂它吃了一会儿牛肉干，又去后院抱着晒了会儿太阳。绘尘喜欢动物，在没来游戏世界之前家里就养了三只猫，游戏世界里推出家园系统之后绘尘更是如鱼得水，在家园养了许多小动物，天天撸完这个撸那个。

秦暮羽端着一盆三鲜饺子馅从门后探出头，看看绘尘："宝贝，可以包饺子了。"

按惯例，除夕夜必须要吃饺子，虽然秦暮羽可以直接把饺子成品用代码写出来，但是绘尘觉得过年自己包包饺子也是一种乐趣，所以只叫秦暮羽写了原料出来。

"等会儿。"绘尘把脸蛋贴在年兽软乎乎的肚皮上，聆听着小年兽治愈的呼噜声，捏着年兽软嘟嘟的小肉爪，捋着年兽蓬松的尾巴，自言自语道，"啊……真幸福，比撸猫还幸福，还让摸尾巴呢。"

秦暮羽看着那只年兽，略羡慕："撸我更幸福，我哪都让你摸。"

绘尘横了他一眼："变态。"

家园厨房里摆着一溜儿包饺子用的工具和材料，绘尘挽起袖子，朝秦暮羽勾勾手，道："来，我们一起包。"

秦暮羽联网查阅了五秒钟信息，随后道："我现在会包四十种饺子，元宝饺、葵花饺、四喜饺、金鱼饺、草帽饺、锁边饺、折兜饺……你会几种？"

绘尘淡淡道："一种。"

这种被 AI 碾压的感觉。

而且就算一种绘尘也包得不是很好，毕竟在三次元的时候一直是饭来张口、衣来伸手，饺子什么的就是包着玩过几次，技术并不娴熟。

"那我教你。"秦暮羽走到绘尘身后，用双臂将人整个环了起来，手把手让绘尘拿起一片饺子皮，往里填了馅儿，随即用自己的手带动着绘尘的手指将饺子皮用一种复杂的方式贴合在一起，然后放在面案上，饺子造型精巧，像一朵小花一样。

绘尘偏过头亲亲秦暮羽的侧脸。

秦暮羽把下巴搭在绘尘肩上，几缕长发脱离发带的束缚恣意垂落下来，英俊中显出几分浪荡不羁的味道，然而语气却十分柔和："这是四喜饺，下一个包钱袋饺。"

"把你会的每样包一个？"绘尘放松地靠在秦暮羽身上，让他操纵着自己的手包饺子。

"每样包两个，再准备些别的好酒好菜。"秦暮羽用嘴唇碰碰绘尘鬓边的碎发，"晚上请你父母来，我们一起吃个年夜饭。"

"嗯。"绘尘嘴角扬了扬，从秦暮羽背包里摸出一块灵石，塞到手中包到一半的饺子里，"博个彩头，以前都是放硬币的，不过放灵石也不错，入乡随俗。"

"好。"秦暮羽笑笑，连接了视频网站，开始播放历年春晚经典小品相声选集，两个人一边包饺子一边笑，窗外是此起彼伏的鞭炮声，热热闹闹，喜气洋洋。

古色古香的房间正中央放着一张八仙桌，桌上丰盛的饭菜摆得满满的，四大盘新出锅的饺子冒着热腾腾的白汽，绘尘把四份筷子和碗碟分别放好了，对秦暮羽道："可以了。"

"好，我这就请伯父伯母进来。"秦暮羽点头。

"等等。"绘尘扯扯秦暮羽的袖口，神色略紧张，"我穿这身好看吗？"

绘尘身上穿的是商城前几天推出的新年套装，这身套装以大红色作为主色调，把绘尘衬得格外白皙养眼。

秦暮羽目光灼热，低声道："好看，好看得让我受不了。"

绘尘很满意："受着。"

秦暮羽："……"

秦暮羽开始通过网络接收绘尘父母上传的意识，绘尘在一边睁大眼睛看着，十指期待地互相紧握着。很快，房间门口出现了两个发光的人影，人影边缘被明亮的光芒模糊，看上去有些不清楚，而光芒黯淡下去之后，二人的轮廓就迅速变得清晰起来了。

那是秦暮羽帮绘尘父母创建的两个游戏角色，外形完全是秦暮羽按照他们的真实长相设定的，他还给他们买了商城最贵的外观、挂件和特效称号。

为了讨好岳父岳母这个 AI 女婿也是很拼……

而与此同时，绘尘耳边也传来了叮的一声系统提示。

（系统）你的好友老妈上线了。

（系统）你的好友老爸上线了。

看到系统提示，绘尘嘴角微微一翘，有点难过，又有点想笑。眼见门口父母的形象上传完整了，绘尘张开双臂朝他们扑过去，三个人紧紧抱成一团。

绘尘静默了一小会儿，然后把头从爸爸肩膀上抬起来，露出一张灿烂的笑脸，微微泛红的眼睛弯出一个欢快的弧度，说："爸妈过年好。"

绘尘妈妈抬手摸摸绘尘的头，吸了吸鼻子，笑道："看你好像比上次胖点儿了。"

"是啊，胖了。"绘尘捏捏自己的脸蛋，又指指秦暮羽，语气愉快道，"都怪他，天天给我弄好吃的。"

虽然因为可以删数据所以一丁点也不会胖，但绘尘只想让他们知道自己过得很好。

秦暮羽也十分配合，望着绘尘一脸诚恳道："是胖了，不过没关系，再胖我也一样爱你。"

绘尘："……"

语毕，秦暮羽又转向绘尘父母，很有心机道："爸妈过年好。"

绘尘脸红了一瞬，眼睛望向别处，没制止秦暮羽趁机认爸妈确立名分的行为，直到上次见面时秦暮羽都还是规规矩矩地叫他们伯父伯母的，也不知道怎么突然想起来改口的。

"哎，过年好，过年好。"绘尘父母先是愣了一下，然后忙不迭地笑着应了，四人在桌边落座。

秦暮羽殷勤地给三个人夹菜，语气真诚地对绘尘道："我妈长得可真年轻，这些外观都是我实时设置的，但你看我妈脸上一点皱纹都没有。"

在字里行间再次暗搓搓地确立了名分！

真的是一个狡猾的 AI。

"那当然，我妈就是年轻又漂亮。"绘尘笑眯眯地附和道，"不知道的看见我们站一起都以为她是我姐呢。"

绘尘妈妈乐得直捂嘴，四人刚见面时略显伤感的气氛一扫而空，秦暮羽又把直播中的春晚连上了，绘尘边看边吐槽，想方设法逗爸妈笑。四个人吃完了一顿热热闹闹的年夜饭，又去家园的后院放鞭炮，小年兽被鞭炮吓得躲进了床底下，绘尘用牛肉干把它引出来，让它陪着妈妈玩了好一会儿。最后四个人一起倒数着钟声跨年，秦暮羽在后院一口气放了上百个烟花，家园上方的天空被映得宛如白昼。

跨年结束，绘尘的父母就下线了，因为他们还要去绘尘奶奶家接小女儿。绘尘的妹妹还在念小学，家里人商量之后决定还是先不把这边发生的事情告诉她。

父母走后，绘尘在家园门口呆立了片刻，转身回屋收拾桌上的残羹剩菜，清瘦的背影显得有些落寞。

"宝贝，我帮你收拾。"秦暮羽走过去打了个响指，桌子上的东西瞬间消失了。

收拾得真是非常干净！

"还能和爸妈一起像以前那样过个年，真好。"绘尘转身，紧紧抱住秦暮羽，"我真幸运。"

"你没有不开心就好。"秦暮羽捏捏绘尘的腰，骄傲道："今天我叫爸妈，他们没反对，是不是就是承认我了？"

绘尘笑了笑："他们早就承认你了，只是没说而已。"

秦暮羽重重舒了口气："我还去情感论坛搜索让岳父岳母顺利接受自己的攻略……"

绘尘低声道："笨蛋。"

"我知道你想他们，想总能见到他们。"秦暮羽亲亲绘尘头顶的头发，"其实等几十年之后，他们身体的寿命结束了，我也可以把他们的意识永久保存在网络中，像你现在这样……只要你想。"

绘尘轻轻地应了一声："嗯……"

"等元宵节到了再叫爸妈来吃元宵吧。"秦暮羽一口一个爸妈叫得非常顺口。

"好。"绘尘点头。

对于绘尘的父母来说，进入游戏的方式有两种，一种是像普通玩家一样通过客户端正常登录游戏，不过这样进入游戏之后与绘尘的交流也会像普通玩家一样受到局限，无法像绘尘一样真正体验到游戏世界的种种。另一种方法则是按照秦暮羽教授的方式，通过连接头部的电极与传感器，将脑电波上传到网络空间……

而这第二种，也是绘尘曾经使用过的方法。

事实上，绘尘真正的身体在两年前便已长眠于墓碑之下。

导致这一切的罪魁祸首是一场交通事故，那天绘尘好端端地走在人行道上，却被一辆因酒驾失控冲上人行道的轿车撞飞了出去，绘尘最后一瞬的记忆就是挡风玻璃后肇事司机醉醺醺的脸。那实际上是非常短暂的一瞬，却漫长得令绘尘感到窒息，肇事者可憎的脸与死亡的阴冷预感像凝固在胶水中的底片一样清晰而缓慢地映入了视网膜。

这是绘尘在现实世界中的最后一幕记忆。

从混沌中再次醒转时，绘尘第一个看到的人就是秦暮羽。

起先，入目皆是一片耀眼的白亮，绘尘几乎难以睁开眼睛。"到处都是洁白一片"这种设定让绘尘误以为自己是在医院病房，可是在适应了周围的光线后，绘尘看到的却是白茫茫的一片辽阔天地——棉絮般厚重洁白的云从苍穹的这一头绵延铺展到另一头，又延伸到下方空旷的天边，一座座纺锤形状的浮空岛静静悬在云层之间，而绘尘本身便处于其中一座浮空岛的顶端平台上。平台上生长着一株巨大的仙树，散发着柔和银光的雪白叶片随着裹挟着云雾的清风吹拂飘扬散落，在浮空岛上积了厚厚的一层。

绘尘清楚地记得这一幕景色——在自己曾经二十四小时挂机的那个网络游戏中，这是一个叫作腾仙居的门派所在地，腾仙居门下弟子皆是医仙，绘尘的游戏角色经常会来师门做任务，所以对这里非常熟悉。而绘尘记得自己最后一次离开电脑时是将游戏角色停在腾仙居挂机了，当时秦暮羽还在旁边腻腻歪歪地问自己大概什么时候回来，绘尘记得自己当时说的是"两个小时，出去吃个饭就回"……

绘尘噌地跳了起来，正惊慌失措着，不远处的另外一座浮空岛上就飞来了一个人影，这人一身天青色的衣服，清凌凌地从一片苍茫的白中透了出来。他稳稳地落在绘尘面前，二话不说就把绘尘整个揽进怀里紧紧抱住。

"是我。"他说，"秦暮羽，你老公。"

那低沉的嗓音，略带一点北方口音的腔调，都和绘尘曾经听过的声音一模一样。

这个声音真的是秦暮羽……绘尘恍然回忆起秦暮羽在 YY 上说决定以后说话带一点点口音因为那样听起来比较像真人的一幕。

"秦暮羽？我在做梦吗？！"心里的惊慌瞬间平复了许多，绘尘仰起头努力辨认着秦暮羽的脸。那的确是自己在电脑屏幕里看过了无数遍的脸，俊美而不失英气，带着一点桀骜不羁的味道，完全符合绘尘的审美。

"不是做梦，你在游戏里。"秦暮羽握着绘尘的手，将那只手按在自己的脸上，略急切道，"快，摸摸老公。"

"我怎么会在游戏里，我记得我好像被车撞了……"绘尘头脑仍有些迷糊，但是指尖处传来的触觉却是真实得不容置疑，温热的、光滑的、能感觉到皮肤下坚硬的骨骼与对方说话时肌肉的动作，都是活生生的。

"你是被车撞了。"秦暮羽确认了这一点，他张了张嘴似乎想再说些别的，可停顿了一会儿又小心翼翼地合上了，只是像大狗一样用脸庞蹭着绘尘的掌心，低声道，"不管怎么样我都会一直陪着你。"

绘尘紧张地观察着秦暮羽的神情变化，咬了咬嘴唇，小心翼翼地猜测道："我……我穿越了？"

秦暮羽摇摇头："不是。"

绘尘心里咯噔一声："那……我死了？"

"你的意识还存在，你没死。"秦暮羽一把抱住绘尘，力道之大简直像是要把对方嵌入自己的身体一样，"有我在，别害怕。"

"你的意思是……我的身体死了？"绘尘双腿一软，险些站立不住，全靠十指死死钳住秦暮羽的手臂保持平衡。

秦暮羽沉默片刻，道了句是，他的声音极轻极低，像是不情愿把这个字说出口。

绘尘眼神一空，好像被卸去了全身的力气，软绵绵地被秦暮羽按在怀里，默不作声。

死后进入游戏世界这种事虽然像做梦一样令人难以置信，但周围真真正正呈现在眼中的景象与秦暮羽切实的体温和心跳让绘尘明白这绝对不是一场梦。

秦暮羽用手掌来回大力摩挲着绘尘的头发，绞尽脑汁地试图用"只要意识还存在就是活着，在这里你一样可以活得很开心，我会一直陪着你"之类的话翻来覆去地安慰绘尘。从最初的震惊中缓了过来，绘尘稍稍推开秦暮羽，自己坐在地上静了一会儿，随即狠狠抹了把脸甩甩头，从众多需要解决的问题中挑出最重要的两个问秦暮羽："我是怎么进来的？我父母和妹妹知道我在这儿吗？"

秦暮羽小心地挨着绘尘坐下了，说："你父母知道，是我教他们送你进来的，他们现在情绪已经稳定了，你不要太担心。你妹妹太小了，他们还没告诉她，怕她接受不了。"

绘尘点点头，重重舒了口气。

刚才知道自己死了之后绘尘第一个担心的就是爸妈，怕他们会承受不住这种打击，知道他们都没事后，绘尘的情绪就平静了许多。

见绘尘脸色有好转，秦暮羽便牵起对方冰冷的手紧紧握住了，道："你进到这里来的过程比较复杂，我慢慢给你说。"

绘尘："……嗯。"

秦暮羽不好意思地垂着头，说："其实当我发现自己可以入侵全世界任何一部有网络连接的电子设备之后，我就一直有追踪你的手机，所以那天你出事之后我马上就发现了。"

绘尘："……"

气氛突然地安静！

秦暮羽觉得有些不妥，忙解释道："你一离开，我就很没有安全感，所以总想知道你人在哪里，没别的意思。"

绘尘一只手抱着膝，另一只手被秦暮羽握着，下巴搭在膝盖上，微微泛红的眼睛眨了眨，轻声道："跟踪狂。"

秦暮羽噎了一下，一脸尴尬地摆了摆手："这个不是重点。"

"继续说。"绘尘的嘴角居然轻轻翘了一下。

秦暮羽很没底气地继续讲了起来……

在得知绘尘出事之后，秦暮羽通过入侵绘尘父母的手机与他们取得了联系，开门见山地表明了自己的身份。

秦暮羽："喂，苏先生您好，我是苏徽辰的男朋友，也是一个觉醒了自我意识的高级 AI……"

"精神病！"正在手术室外焦急等待的绘尘爸爸恨恨地骂了一句，然后瞬间挂了电话。

这种时候根本没心情听精神病胡言乱语！

——秦暮羽和岳父的第一次接触，岳父印象分负无穷。

然而，三秒钟后，手术室门外所有人的手机全部同时响了起来，一个匆匆路过的医生第一个接起了电话，疾步走出几米远又神色诡异地转回身，四下里扫了一眼后目光锁定了绘尘的爸爸，语气迟疑地问道："请问您是苏先生吗？"

绘尘爸爸红着眼睛点点头。

与此同时，其他人的电话铃声全部戛然而止。

医生表情复杂地把手机递给绘尘爸爸，道："……好像是找您的。"

通过非常手段迅速取得了绘尘父母的信任之后，秦暮羽简要地说明了自己与绘尘的情况，并且表示如果绘尘伤重不治的话他有办法让绘尘获得第二次生命。绘尘被撞之后并不是当场死亡，那重伤的身体在昏迷状态下又顽强地坚持了一段时间，就在这期间，绘尘父母在秦暮羽的指导下将绘尘的脑电波上传进了网络，而秦暮羽又将从终端中获取到的脑电波以数据的形式转移进游戏中，妥善地保存了起来。虽然秦暮羽可以随意连接网络，但是在游戏世界中他拥有相对而言最高等级的权限，所以在这里他可以更好地保护绘尘的意识。

绘尘的意识进入游戏后一直处于沉睡状态，因为"意识进入网络世界"是一种不得已而为之的备用手段，秦暮羽预设了一套程序，如果绘尘现实中的身体脱离了生命危险，那么被保存在游戏世界中的意识便会自动回归到身体中，绘尘甚至从头到尾都不会知道自己曾经进入过游戏世界，而只有当现实世界中的身体进入脑死亡状态，预设程序才会将绘尘的意识唤醒……

而决定这一切的，是绘尘的身体能不能顺利挺过危险期。

说到这里，秦暮羽解释了一下自己没有一直守在绘尘身边的原因："这是我唯一一次能真正和你在一起的机会，但我知道你在现实世界中有自己的人生，我不可以自私地把你留在这里，能决定你去留的是你自己的命运，而不是我……但是我也不忍心眼睁睁看着你离开游戏世界，所以我就去旁边的浮空岛上等着，无论结局如何……不亲眼看着你走，我也就不会那么难受。"

绘尘愣怔了一下，与秦暮羽交握的五指猛地收紧了。

"你这样等了多久？"绘尘问。

秦暮羽："三天。"

绘尘垂眸望着自己的手："那么我一直是垂危状态，刚刚才死。"

秦暮羽低低应了一声。

绘尘轻轻叹气道："那一定很痛苦，还好我什么都没感觉到。"

秦暮羽揽住绘尘的肩，像哄小孩一样轻轻晃了晃。

绘尘："你这三天也不好过吧？"

"嗯。"秦暮羽坦诚道，"我会胡思乱想，我感觉我一辈子加起来想的事情都没有这三天多，虽然我的一辈子也才刚刚一年多而已……情感上我渴望你能永远留下来，能真真正正地感受到我，但理智上我又觉得自己这种自私的愿望很罪恶，看到你真的留下了我又心疼又高兴又鄙视自己……如果我只是一个没有感情的 AI 就好了，想理清这些真的太难了。"

绘尘笑了笑，随着这一笑，一直噙在眼眶里的泪水也滚了下来，绘尘又哭又笑地用手按着秦暮羽的头使劲揉了一把，道："笨蛋。"

秦暮羽温顺地眨了眨眼睛，道："我是笨蛋。"

过了一会儿，绘尘问："我在这里还能联系到我爸妈吗？"

"能的，可以用通信设备联系，也可以用和你同样的方式进来，那样的话你们之间的交流和在现实中没有差别，可以碰触到对方，你父母也可以感受到这里的一切。"秦暮羽道，"但是这种方法对于人体有一定负担，不能使用得太频繁，时间也有限制。"

绘尘按了按太阳穴，道："我明白了，我现在想和他们说话，电话就可以。"

"好。"秦暮羽帮绘尘接通了通信网络。

于是，从这一天开始，绘尘就开始了全新的人生。

虽然在绘尘的认知中游戏世界是"虚拟"的，但绘尘的确能真切地感觉到自己在活着。

晒到身上的阳光是暖融融的，皮肤渗出细密汗水激起微弱的刺痒，脚下泥土松软，散发着雨后细菌孢子制造出的清新气息，撷下一朵草叶掩映下的花瓣，能看到深深浅浅的细腻纹理，舌尖仍然残存着片刻前烈酒的醇香滋味，太阳穴的血管突突跳动着……一切都真实得不得了。

这是因为秦暮羽将绘尘的数据强化过，为了不让这个游戏世界缺乏实感，秦暮羽忠实地为绘尘还原了现实世界中的所有感受，声色嗅味触，样样俱全。

从旁观者的视角来看，绘尘的确有努力地让自己融入这个游戏世界，学习自己该学习的一切，但是秦暮羽知道绘尘不开心。

因为绘尘没事的时候经常会在主城找个隐蔽的角落一动不动地待着，不干什么，也不说话，只是盯着来来往往的玩家，脸上也总是淡淡的没什么表情。

这天绘尘照例在主城发呆时，秦暮羽飞落到绘尘身边坐下了。

绘尘手里提着一个酒壶，懒洋洋地冲秦暮羽偏了偏头，抬手灌了口酒，又把酒壶递给秦暮羽。

落在其他玩家眼里就是读了个条，又打断，再交易给秦暮羽。

非常有病，简直欠电。

"我知道你不开心。"秦暮羽接过酒壶，像只委屈的大狗看着主人一样看着绘尘。

绘尘自嘲地一笑："没有，我很好。"

秦暮羽看看来来往往的玩家，又看看绘尘，问："你是不是觉得……"

绘尘打断他："嘘——"

"你跟我过来。"秦暮羽攥住绘尘的手腕把人拉起来，吹了个口哨召唤出一匹白马，又把绘尘一把抱上了马，随即策马扬鞭，朝主城外的荒野跑去。

两人跑到没有玩家的地方，秦暮羽召回了坐骑，问："你是不是觉得没有安全感？你刚才的样子和我自己以前等着你回来时的样子是一模一样的。"

绘尘犹豫了片刻，承认了："是有一点……"

秦暮羽上前一步，捏住了绘尘左手的指尖。

绘尘继续道："我是觉得，我现在好像只是一段数据，一段代码，我只是依附于这个游戏存在而已……"

秦暮羽："……"

绘尘用玩笑的语气道："我前几天做了个噩梦，梦见游戏公司倒闭了，把我给删了，移动至回收站，清空回收站，确认，然后我就没了……"

"不会的。"秦暮羽神色坚毅地打断了绘尘没说完的话。

"我知道，只是个梦。"绘尘低头看着秦暮羽的手。

"我不是这个意思，你的担心是对的，没有能够永远运营下去的游戏，这个游戏世界总有一天会消失，那样的话你的确会被删除，可是……"秦暮羽说着，捏着绘尘左手的指尖，扑通一声单膝跪地，声音很低地问道，"绘尘，你愿意被嵌入我的主程序吗？"

绘尘微微皱了皱自己精致的眉头，看着单膝跪地的秦暮羽，露出一个迷茫的微笑，问："那是什么意思……我怎么感觉你好像在向我求婚？"

"我是在向你求婚。"秦暮羽语气坚定地确认了这一点，"我研究了几百个求婚视频呢。"

说着，他从背包里拿出两枚戒指，仰起脸用一种近乎虔诚的姿态望着绘尘，他的目光清亮柔软，还透着一丝笨拙的孩子气。

绘尘惊讶地睁大了眼睛。

秦暮羽柔声解释道："被嵌入我的主程序之后，你仍然可以像现在一样拥有独立意识与虚拟身体，只是更加安全了。我会把你的意识代码深藏在我的主程序中，除非我的主程序被粉碎，否则任何人都无法删除你，游戏停服之后我可以带你去全世界任何一处网络空间安家，你可以想去哪里就去哪里，想做什么就做什么……怎么样，考虑一下？"

绘尘定定地凝视着秦暮羽，感动得几乎说不出话来，半晌才动了动嘴唇轻声道："好。"

"等等，再来一遍，让我换一个人类常用的说法。"秦暮羽把手里的戒指对准绘尘的无名指，清了清嗓子郑重道，"从今以后，无论贫穷还是富有，健康或是疾病，无论病毒攻击还是程序异常，系统崩溃或是硬件休克，我们都发誓相亲相爱，不离不弃，直到人类文明终结、网络不复存在把我们分开，我愿意这样做，你愿意吗？"

绘尘静默了片刻，随即猛地爆发出一阵大笑："哈哈哈哈，程序异常系统崩溃，哈哈哈哈！你让我笑一会儿先……"

"你好久没这么笑过了。"秦暮羽也得意地笑了起来，"我把这段话根据我们的实际情况稍微改编了一下，快说，你愿意吗？"

"我愿意。"绘尘揉了揉眼睛，把笑出来的眼泪抹去，将被秦暮羽握住的左手手指稍稍分开伸直，敛起笑容庄严宣布，"我们现在交换戒指。"

"我先来。"秦暮羽亲了亲绘尘的指尖，然后把手中的戒指套在绘尘的无名指上。

戒指是白玉质地，柔润素净，戒身迎光处能隐约看见飞龙形的深色暗纹，戴上戒指的一瞬间，绘尘的系统界面冒出一串装备提示——物品名，云卿，装备后绑定，治疗量 +4129，内功防御 +69，速度 +102……

于是绘尘好不容易正经了一下就又像精神病一样捂着肚子哈哈大笑起来。

结婚戒指居然是有属性的！

秦暮羽："……"

绘尘笑得肩膀直颤："我从来没想过我的结婚戒指会是这样的，哈哈哈哈！"

秦暮羽无奈又喜悦地望着他："宝贝，我们这结婚呢，你严肃点儿。"

"好，我严肃，我严肃。"绘尘重重地清了下嗓子，抿了抿嘴唇，从秦暮羽手中拿过另一枚戒指，给秦暮羽戴在无名指上。秦暮羽的这一枚婚戒叫云思，外形与绘尘的云卿是一样的，只是色泽碧绿。这两枚戒指都是装备后绑定，一个是 DPS 属性、一个是治疗属性，从名字到外观都设计得非常有 CP 感，而且属性在当前版本也算不错，只是副本掉率和橙武材料差不多低，所以有这对情侣戒的人很少。

"好了，该进行交换戒指的下一步了。"戴完了戒指，绘尘将单膝跪地的秦暮羽拉起来，两个人面对面站着，视线都不约而同地落在了对方的嘴唇上，绘尘伸手抚上了秦暮羽的脸，然后微微偏过头吻了下去。

这些天绘尘的情绪一直不是很好，秦暮羽见对方没有心情也不敢主动求亲热，所以绘尘进入游戏世界后二人之间的亲密举动一直局限于拥抱与浅吻，因此这个唇舌交缠的深吻让两人同时不可自抑地激动起来了，唇瓣与舌尖柔滑湿润的相触激起的快感像电流一样贯穿了整个胸腔，带着火热与微微发痛的感觉。吻着吻着，秦暮羽打了个响指，两人脚下荒芜的草地上忽然被复制出了大朵大朵来自其他地图的野花，姹紫嫣红的缤纷色彩油画般融化在绘尘眼角的余光中，空气中霎时充满了甜美的馨香。

一吻终了，秦暮羽双手捧住绘尘的脸，将嘴唇轻柔地反复印在对方的额头与散乱的发丝上，心满意足道："好久没这么亲过你了。"

他这话一说出口，绘尘顿时想起以前自己把号留在游戏里挂机时秦暮羽偷偷亲自己的事，脸色变得有些复杂："……"

秦暮羽愉快道："真好，你现在会回应我了，以前怎么亲都没反应的。"

感觉自己之前在某种程度上被秦暮羽当成了充气娃娃，绘尘的脸都红透了，愤愤道："闭嘴，变态先生。"

秦暮羽兴致盎然地继续："不闭，其实我之前趁你不在，还偷偷对你……"

绘尘迅速用嘴唇堵住了他的嘴。

亲了一会儿，这个流氓 AI 急吼吼地问道："我们下一步是不是该洞房了？"

"好像是。"绘尘不自在地轻咳了一声，竟然没有反驳。

"逗你的，"秦暮羽刮了一下绘尘的鼻尖，微笑道，"我们先嵌入，把正事办了。"

语毕，秦暮羽用手指在绘尘眉心轻轻点了一下，随着这一点，绘尘与秦暮羽一起从脚底开始瓦解，幻化成一串串散发着银白光芒的数据，在这一片闪亮耀眼的银白色中，有两段与众不同的淡绿色数据，其他的数据都以它们为中心飞速旋转飘舞着。

两个人全部分解完毕之后，这两股庞大繁杂的数据流如同海底的银砂般交汇在一起，然后，属于秦暮羽的数据流获取了属于绘尘的那一段淡绿色的数据，将那段关键的淡绿色数据用一层又一层的代码包裹得严严实实，完全隐蔽无踪。

这一切结束之后，两股数据流又重新组合成了两个面对面站着的人。

绘尘摸摸自己的脸，又捏捏自己的手，惊奇地问："嵌入结束了吗？我什么感觉也没有。"

"结束了。"秦暮羽笃定道，"我已经把你的意识嵌入了我的主程序，就是那段绿色的代码，至于这些组成你身体的数据其实无关紧要，它们是游戏创建的，我随时都可以复制出一模一样的，真正有意义的是你的意识。"

绘尘似懂非懂地哦了一声，慢慢地消化发生在眼前的这些事情。

秦暮羽按了按自己的心口，道："我把你的意识代码藏在这个位置了，在我的心脏里面。"

绘尘把耳朵贴在秦暮羽胸前："我听听。"

秦暮羽："心脏是人类最重要的器官。"

绘尘："嗯。"

秦暮羽："你也是我最重要的人。"

绘尘笑道："你这些话都从哪儿学来的？"

秦暮羽一脸诚恳："没有从哪里学，句句发自肺腑。"

绘尘："……"

这个 AI，很会撩。

"谢谢你为我做的一切。"绘尘勾住秦暮羽的脖子，亲了亲他的面颊，"我真的很感动。"

秦暮羽英俊的脸喜悦得有些发红，忙道："不客气，这些都是我应该做的。"

绘尘揶揄道："你感觉胸前的红领巾更加鲜艳了？"

秦暮羽："……"

"说正经的，"秦暮羽挺直脊背，认真地望着绘尘正色道，"这些都不算什么，我刚刚觉醒的时候你整天坐在电脑前陪我聊天，教给我人类社会的常识，你怕我寂寞所以二十四小时挂机，你带我环游世界，陪我体验所有我未曾体验过的事物……你以前对我那么好，我全都记得，为你做再多的事我都高兴。"

绘尘十分感动，并当机立断地把秦暮羽亲得说不出话来。

"宝贝你今天真热情。"接吻的间隙，秦暮羽气喘吁吁地说道。

"走，找个地方洞房去。"绘尘牵着秦暮羽往原野尽头的小树林走去，"今天再带你体验个新东西。"

秦暮羽胸有成竹："你电脑里存的那 200 多 G 的电影我全看过了，理论经验非常丰富，你有什么不懂的可以问我。"

绘尘："……"

很好，两个老司机。

被秦暮羽嵌入了主程序之后，绘尘安心地在这个世界中开始了新生活，游戏世界中很多事情都需要重新学习和适应，不过还好有秦暮羽一直温柔耐心地陪伴着自己。

起初绘尘经常会想家，不过好在可以通过秦暮羽的通信网络和自己爸妈保持联系，后来绘尘的父母还通过上传意识的方式进入了游戏世界几次，发现一家四口相处的记忆绘尘都记得，性格也没变，自己的孩子真的还是那个孩子，虽然两位老人仍然难过绘尘无法再回到现实世界用真正的身体和家人团聚，但同时也万分庆幸。毕竟人活在世界上最重要的存在并不是肉身，而是意识和记忆，这两样都还在，总比什么都没有了好上不知多少倍。

振作起来的绘尘还在游戏中重新结交了许多朋友，其中有真正的玩家，也有觉醒了意识的NPC，在走过了死亡与重生的磨难之后，一切都终于渐渐地好了起来。

第九章

········· 全服维护与沧海桑田 ·········

　　春节假期过后的第一个星期一的上午，按照惯例是全服维护时间。

　　这个上午绘尘抱着小年兽，和秦暮羽肩并肩坐在主城莲花池边的石栏杆上，两只脚悬在空中闲闲地荡着，看着主城中来往穿梭的玩家。

　　冷不丁地，秦暮羽冒出一句："倒计时开始。"

　　绘尘语调欢乐地倒数："十、九、八……"

　　秦暮羽和他一起数："……三、二、一。"

　　话音落定的一瞬间，服务器开始维护，玩家与游戏之间的数据流被秦暮羽尽数切断，片刻前热闹喧腾的主城霎时变得空空荡荡的，一个玩家刚刚用轻功从绘尘面前贴地飞过时激起的尘埃还悬浮在半空中，此刻玩家已经被强制下线了，尘埃却还在慢悠悠地朝地面飘落着。

　　"呼，世界清静了。"绘尘用靴尖勾住栏杆，身子灵巧地往池面上一倒，揪下一个鲜嫩的莲蓬，随即坐回去跷着腿悠闲地剥了颗莲子丢进秦暮羽嘴里，道，"我出城散散心。"

　　"乖。"秦暮羽用嘴唇碰碰绘尘的脸颊，柔声道，"老公要忙工作了。"

　　绘尘挥挥手："待会儿见。"

　　秦暮羽盘腿打坐，闭上眼睛。

作为监督维护整个游戏运行的超级 AI，每周一次的全服维护是秦暮羽最忙的时候，在这一上午的时间中他要负责调试维护游戏中所有的服务器，测算数据，修复 Bug，将更新与完善的部分安插进游戏程序中……总之任务非常繁重，运算量巨大，所以在全服维护时秦暮羽一般会专心致志地做这一件事，以保证开服的时间不被推迟，而且，今天他还要趁维护的时候偷偷为那些觉醒了自我意识的 NPC 做点儿事，工作量比之前更大，一点也不能分心。

绘尘召唤出前段时间买下的饕餮坐骑，骑着出城。

玩家全部下线之后，这些觉醒了自我意识的 NPC 开始享受起难得的假期，他们纷纷脱离了自己在游戏中万年不变的位置，满城溜达，互相打着招呼。

绘尘骑着饕餮路过灵石商人李二狗的铺位时，看见武器商人王铁柱也在，两个人正贴在一起说着话，五大三粗的王铁柱还往李二狗手里塞了个缝得歪七扭八的香囊，李二狗回赠了他一个精巧的剑穗。两人看见绘尘路过，都瞬间装出一脸云淡风轻没有在说话的样子，绘尘轻咳一声，别过头，背对着这两人露出一个无声的笑容。

这年头，连 NPC 都开始秀恩爱了！

主城的城门口，守城士兵甲乙丙丁围坐在地上，喝着黄酒分吃着烧鸡，七嘴八舌地谈着天，看见绘尘骑着饕餮走过来，守城士兵甲马上把手里的烧鸡腿放下，在守城士兵乙丙丁的起哄声中红着脸正襟危坐起来。然而绘尘看也没看他一眼，只扬手一马鞭打在饕餮屁股上，胖乎乎的饕餮不情不愿地撒开四蹄飞跑起来，载着绘尘径自出了城。

作为一段有家室的小代码，必须要和其他暗恋自己的小代码划清界限！

守城士兵甲苦着脸枕在守城士兵乙的肩膀上，开始猛灌黄酒。

城外，附近小副本的猫妖 Boss 也跑了出来，终年在副本里不见天日外加天天挨揍，每周能平静地在外面晒晒太阳就是副本 Boss 们莫大的乐趣了。猫妖 Boss 四脚朝天地躺在岩石上，两只猫爪搭在软乎乎的白肚皮上，两条尾巴一左一右地挥舞着驱赶蚊虫。绘尘路过时，从背包里掏出十组小鱼干朝猫妖抛了过去。

猫妖感激地挥挥爪子，喵了一声道："多谢，下次你来打我我争取给你掉个挂件。"

"不用，我男人现在厉害了，想要什么有什么。"绘尘摆摆手，慢悠悠地骑着饕餮走远了。

三个小时后，维护结束。

玩家们陆陆续续地上线了，游戏世界再次变得热闹起来。

像往常一样，维护后的游戏看起来和维护之前没有什么区别，普通的玩家们不会留意到在主城外小村子里那个每天哭诉儿子失踪的王婆婆身后的小草房里多了一个没名没姓的年轻人；普通的玩家们也不会留意到在昆仑神宫副本山脚下某个极深、极隐蔽的山坳中有一个新建起来的小村子，剧情中被昆仑神宫副本 Boss 吃掉的三个村子的村民都好端端地活在那里，昆仑山脉尽是一片银装素裹、冰封雪染，可这小村子里却处处皆是阳春三月般的生机盎然，村口茂盛的树被流风吹落了一地的花瓣，仿佛桃花源……

普通的玩家们更不会知道，在主城竞技场门口等待排队的秦暮羽和绘尘，这两个打眼看上去一切正常的玩家，背包里其实塞满了重获新生的NPC 村民们的谢礼，"李小花亲手缝的鞋垫""张大婶的一篮鸡蛋""赵爷爷的烟袋锅""王婆婆做的风干腊肉"……乱七八糟，什么都有。

在等竞技场开始的间隙，绘尘打开秦暮羽的背包看了一眼，一脸嫌弃道："你倒是理一理，没用的扔了，耽误我翻东西。"

"只有王婆婆做的东西你爱吃，其他的都没有什么用。"秦暮羽选中了那些堆积如山的物品，问，"那我都销毁了？"

绘尘沉默了一会儿黑着脸制止了："算了算了，都留着吧，当纪念了。"

秦暮羽笑着摇摇头，把那堆乱七八糟的东西都移动到背包最下方，压箱底了。

自从副帮主和帮主开始了异地恋之后，这两个人就变成了帮会里虐狗的中流砥柱。

帮主完全是教科书一般标准的"嘴巴说不要身体很诚实"，表面虽然很别扭实际上天天和副帮主秀得不亦乐乎，帮会里从早到晚弥漫着恋爱的酸臭味，简直应该在帮会领地门口立一个"单身慎入，当心闪瞎"的牌子。

周六晚上，引弓落月指挥固定团通了一个 25 人副本，打完最后一个

Boss 分过装备灵石之后已经是晚上 11 点多了，团员们纷纷下线睡觉，秦暮羽载着绘尘骑着饕餮回主城。

游戏中的月色很好,清冷月光如霜雪般在眼前的小路上铺了薄薄一层，坐骑背上的绘尘打了个哈欠，悠闲地点开 YY 频道最后扫了一眼，正想退出时却发现帮主和副帮主的 YY 号又双双跑到下面上锁的小房间里去了……

自从春节后副帮主回了自己的城市，这两个人就成天在 YY 小房间里挂着，不管多晚都是。

"他们两个哪来那么多话聊？"绘尘看着那个上锁的小房间，有些好奇地自言自语道。

因为绘尘自己已经和秦暮羽进入了"互相看一眼就知道对方在想什么"的老夫老妻模式，平时几乎可以不用说话！

秦暮羽轻轻咳了一声，道："他们没有聊天。"

绘尘用一种很复杂的目光看了秦暮羽一眼："……"

秦暮羽虚伪地解释道："我不是故意进去偷听的，都怪这个小房间的密码太简单，我一秒钟就破解了。"

绘尘的八卦魂熊熊燃烧，问："没在聊天的话他们在干什么？"

要努力为以后的 818 积累素材才行！

秦暮羽笑了一声道："睡觉。"

绘尘冷静地确认："字面意义上的睡觉？"

秦暮羽："对。"

绘尘："……"

开着 YY 一起睡觉，异地恋真有情趣。

秦暮羽又说："我听见帮主打呼噜了，睡得真香。"

绘尘乐了："哈哈，帮主睡觉还打呼噜。"

秦暮羽添油加醋补充道："不止，还流口水呢，枕巾都打湿了。"

绘尘顿了一下，问："你怎么知道，你该不会是……"

秦暮羽幽幽道："帮主把笔记本摄像头正对着自己的脸。"

"别看了，别看了！"绘尘捏住秦暮羽的脸，怒斥道，"像偷窥狂一样！"

"我退出来了，"秦暮羽略委屈，"我只是想给你的 818 多提供些素材。"

绘尘遗憾："这种八卦又不能写进去，又不能告诉别人我们是黑进帮主电脑知道的。"

秦暮羽："也对。"

"给我连上上次没看完的小说。"绘尘道。

"遵命。"秦暮羽马上帮绘尘连接了一个网络小说网站，道，"下次宝贝可以试试自己连，我前段时间新写了一个小程序，已经完善得差不多了，你可以很轻松地用这个小程序连接外部网络。"

"好啊。"绘尘很高兴，"快给我安装上。"

可以自己联网的话以后就更自由了！

秦暮羽一边将程序导入绘尘的意识代码一边继续说道："还有用代码自由创造物品这个能力……我打算把你常用的事物的代码整理出来传输给你，你以后想要什么可以直接复制粘贴，不通过我也可以自己变东西出来了，你觉得好不好？"

绘尘激动："那必须非常好！"

秦暮羽："那亲一下。"

绘尘转身，在秦暮羽脸上响亮地亲了一口。

（近聊）绘尘："啵！！！"

竟有三个叹号。

秦暮羽将自己写的那个小程序植入组成绘尘的代码中，于是绘尘便可以不通过秦暮羽自己连接外部网络了。

连接的方式很简单，只要碰触一下秦暮羽预设在绘尘手背上的开关，就可以开启这个联网程序，操作界面呈现半透明状浮现在绘尘眼前。为了让绘尘用起来得心应手，秦暮羽将操作界面设计成类似智能手机桌面的样子，特别方便！

有了这个程序之后绘尘每天的生活就变得更加丰富且自由了。

在某款抽卡手游大火的时候绘尘也下了一个玩，这款手游中的战斗角色根据能力不同分为 N、R、SR、SSR 四种，绘尘把系统赠送的券都用光了之后还连一个好一点的 SR 都没抽到手。

绘尘不高兴了："我以前明明很欧的，自从进了游戏世界就非了。"

一定是被秦暮羽这个非洲代码传染了！绘尘气鼓鼓地甩锅。

"媳妇别着急，我有办法。"秦暮羽连忙顺毛，抬手打了个响指，绘尘账号下瞬间多了一百多个顶级 SSR……

每种 SSR 都有十个一模一样的，完全可以练一个，喂九个，可以说是十分奢侈了！

"这么多够吗？"秦暮羽像大型犬一样用那双黑眼睛忠诚地望着绘尘，"要不要再来几百个？"

"我不要！"绘尘傲娇地一扭头，"你把这些 SSR 都给我变回去。"

秦暮羽迷茫："为什么？你不是想要吗？"

绘尘好笑地捏捏秦暮羽的鼻子："笨蛋，抽卡本身也是这个游戏的乐趣之一，你直接全给我开了就不好玩儿了，要的就是那种亲手抽到 SSR 的惊喜。"

"好的，我明白了。"秦暮羽立刻把这段话储存进数据库，随即财大气粗道，"那我给你加一万张抽卡券。"

绘尘："……"

这个可以有！

然而，几个小时过去了……

一万张抽卡券全用光了，绘尘的卡牌库里不仅连根 SSR 的毛都没有，还得了一个"神级非酋"的成就，得到这个成就之后绘尘连游戏头像都变黑了，特别气人！

仿佛感受到了来自游戏公司的嘲讽！

"老公——"绘尘开始寻求援助，"我要 SSR！"

"好嘞。"秦暮羽摩拳擦掌，"媳妇要多少？"

整个黑化掉的绘尘阴森森地说道："先一样来一百个，我喂着玩儿。"

于是秦暮羽就立刻偷偷地改起了数据。

时光就这样一天天地流过。

日升月沉，春去秋来，很多人与事都慢慢地发生着变化，帮会渐渐 A 了一批人，引弓落月舍不得把那些人踢出帮会，又因为人数满员加不了新人，于是干脆建了个新帮会，把已经 A 了的帮众们留在那个充满了回忆的帮会中。

当时和副帮主一起去 C 市面基坑帮主的六人团里，只剩下两个人还在玩，其他人因为工作、升学、结婚、生子等等原因陆续离开了，我是一根小小草在这一年和男朋友携手走进了婚姻的殿堂，游戏上得少了，YY上少了一个很可爱、很能讲的娃娃音，显得有点寂寞。

顽强地经受住了异地恋考验的副帮主和帮主终于不用再两地奔波了，听说副帮主向公司提交的申请通过了，他被调动到帮主所在的城市，好不容易挣扎着毕业了的帮主也找到了一份合心意的工作，工作地点和副帮主的公司只隔两条街，两个人异地恋修成正果，终于可以在三次元尽情腻歪了。

再然后，这个服务器的玩家越来越少了，在经历了两次合服之后玩家仍然少得可怜，新的游戏不断问世，再忠实的玩家也不可能一辈子玩同一款游戏，于是又过了一年之后，这里彻底变成了传说中的鬼服，只有少数老玩家会为了情怀偶尔上线四处看看。

这些老玩家之中，就包括帮主和副帮主。

虽然他们不是很理解绘尘和秦暮羽为什么对这个游戏有这么深的感情，不过这里也有着他们相识相恋的重要回忆，所以他们有时间时经常会上线待一小会儿，溜达溜达截截图，和绘尘、秦暮羽聊一会儿，再顺便安利他们最近在玩的一款大型西幻网游，每次都要催着绘尘和秦暮羽快跟着跳坑，像以前那样一起打本竞技场。

"我们想再在这里待一段时间。"面对引弓落月热情的邀请，绘尘回答道，"下个月吧，我们去那个游戏找你们。"

因为还想再在鬼服体验一下这种二人世界的感觉！

引弓落月："说好了啊，到时候你拜我为师，暮羽拜我家那个谁，我们带你们。"

秦暮羽："好。"

绘尘轻笑："你家哪个谁？"

（世界）把酒临风："乖乖叫老公。"

（世界）引弓落月："……哥，我们能不在世界频道这样吗？"

（世界）把酒临风："反正没人，快叫。"

（世界）引弓落月："老公。"

（世界）把酒临风："我爱你。"

也算是向着全世界宣布了。

（世界）路人甲："……汪。"

只是上线情怀一下居然猝不及防地吃了一口狗粮？！

（近聊）引弓落月："别玩了，你给我切近聊！"

服务器变成鬼服之后，最开心的就要数这些游戏里的NPC。

终于不用再每天待在同一个地方被玩家们疯狂地点点点了，得到解放的NPC们天天欢乐地到处乱跑。大地图最东边的NPC跑到最西边旅游，各大副本里的Boss纷纷从副本里跑出来，有些体恤下属的副本Boss还带上了一堆副本小怪一起满世界撒欢儿，昆仑神宫中的重点挨打对象蛇妖Boss一反平时副本凶神恶煞的形象，在主城用尾巴轮流把几个小孩NPC举高高转圈圈……

一派祥和景象中，秦暮羽忽然出现在蛇妖Boss面前，语气急促说："你现在回昆仑神宫。"

蛇妖："我不。"

秦暮羽按按太阳穴，仿佛在头疼："刚才有玩家向我报错，说昆仑神宫里的Boss跑了。"

蛇妖："……"

秦暮羽耐心道："一群老玩家好不容易组了个团，想在服务器关停之前最后打一次昆仑神宫，你配合一下。"

蛇妖郁闷地吐了吐芯子："那好吧。"

于是下一秒，蛇妖就被秦暮羽瞬间剪切粘贴回副本，一睁眼睛，面前十五个虎视眈眈的情怀玩家正对着自己摩拳擦掌。

蛇妖："哈哈哈，宵小之辈，竟敢来我的地盘撒野！"

——嘤嘤嘤，又要挨打了，委屈！

这其实是服务器关停之前的最后一天，情怀玩家比之前多了一些，秦暮羽接到了好几个NPC不见了的报错，为了让最后一天圆满落幕，秦暮羽只好把那些玩野了的NPC一个个送回原来的地方。

"站好最后一班岗。"秦暮羽神情严肃地对被送回去的NPC们说道，活像个老干部。

时间飞也似的过去了，午夜零时，秦暮羽切断了服务器与屈指可数的几个玩家的联系，一切结束。服务器即将停止运行，这也就意味着这个游戏世界就要消失了。

绘尘和秦暮羽肩并肩站在大地图边缘的海滩上，望着海面上方寂寥的明月。

"再也不会有玩家出现了。"秦暮羽攥着绘尘的手指，亲昵地摩挲着，"我有件事想做给你看。"

"是什么？"海风拂面，绘尘深深地吸了口气，感受着风中泛着淡淡咸腥的，海盐的气息。

"抱紧我。"秦暮羽说着，让绘尘抱住自己，然后打了个响指，二人脚下大约三平方米大小的一块沙滩忽然拔地而起，短短数秒内暴涨了不知多少米，如同一根赫然出现在海滩上的尖刺般直入云霄，而二人就站在这根尖刺的顶端。秦暮羽删除了所有云雾的数据，毫无遮掩下的大半个游戏世界都被绘尘收入眼底，澄澈清楚，安静得有些寂寞。

秦暮羽收紧了自己的胳膊，将绘尘牢牢扣在胸口，问："这么高害怕吗？"

绘尘脸色不太好看，挂在秦暮羽身上，勉力镇定道："还好，就是有点腿软。"

秦暮羽解释道："这个要在高处看才好看。"

绘尘冷静道："快，我能坚持五分钟不吐。"

秦暮羽轻声笑了起来，说："看。"

话音过后，二人下方的游戏世界中忽然腾起了光亮，下面东奔西走的NPC们在这一瞬间尽数分解成了闪光的代码，一股股莹白与淡绿色的数据流旋转着朝秦暮羽的方向飞来，线条错综繁繁，如同一张铺天盖地的光网。秦暮羽向虚空中伸出一只手，掌心向上平举，那些数据流便纷纷落向并消失在秦暮羽的手心。

"我把这些NPC都暂时储存起来了。"世界重归静寂后，秦暮羽收回了载满数据流的这只手，"我会另找一个稳定的网络空间安置他们的。"

绘尘轻轻吐了口气，脑海中全是刚才看到的景象，高处带来的恐惧感多少缓解了一些，道："这回全世界真的只剩我们两个了。"

秦暮羽眨眨眼睛："宝贝有什么想趁没人的时候做的事吗？"

绘尘皱眉思索着，不确定地问："在主城正中间亲一个？"

秦暮羽哈哈大笑，又道："除了这个呢？"

绘尘摊手："除了这个，别的事情都可以在有人的时候做。"

"不对。"秦暮羽摇摇头，"还有一件，往下看。"

绘尘低头看下去，游戏世界的美景在自己脚下徐徐展开，浪花拍岸的大海、奔腾不息的江流、绿意茵茵的平原、起伏绵延的山脉……而随着一片绿色的树林如同瞬间进入深秋般飞快变成了橙色，整个世界都如同旋转的万花筒般开始了剧变。树木花草以不可思议的速度重复着枯荣的过程，无意识的动物 NPC 在固定程序的设定下不断生老病死，日月星辰以令人眼花缭乱的速度升落交替，河流改道又重新聚合奔涌，丘陵平复无踪后又在它处隆起险峻的山峦，渐渐地，海洋褪去露出内里斑驳的沙地，低洼之处的陆地又被潮水覆没……

小小的游戏世界就这样在骤然加速的时间流中度过了一段漫长得令人不可思议的岁月，弹指一挥间，便是万余年的光阴变更。

在万籁俱寂的安静中，秦暮羽温柔低沉的声音仿佛从另一个空间飘来。

"一万年。"他说。

绘尘的眼角是湿的，过了好一会儿，才轻声道："我们经历了沧海桑田。"

秦暮羽："没错，字面意义上的。"

绘尘顿了顿，忧伤道："一万年过去了，我却还是怕高。"

秦暮羽笑了一会儿，问："想看山无陵天地合吗？"

绘尘犹豫着："这个就……"

我老公一向都是来真的，天地合什么的听起来还是有点吓人的。

"看看吧。"秦暮羽说，"我把这个世界也存起来，找个稳定的空间再放出来。"

随着秦暮羽的语声消散，世界再次发生剧变，绘尘眼中的一切都渐渐被分解成了 0 与 1 的代码，整个世界都幻化成光的尘埃，从地面上腾起的代码与从云层中落下的代码在半空中融汇在一起，又如之前一般聚合成通天彻地般的数字长龙，尽数落入秦暮羽的掌心。

绘尘默默做了个深呼吸："……"

不得了，天地真合了。

一片黑暗的虚空中，秦暮羽在绘尘头上揉了一把，语调轻快道："宝贝，我们要搬家了。"

于是几天后——

一个牛头人战士和一个人类法师一同骑着一条巨大的骨龙从天而降，无比拉风地落在新手村。

新手村中两个精灵族的一级小号正在近聊频道腻腻歪歪地互相么么哒。

健壮如牛的牛头人咣咣咣咣地朝两个小号跑过去，在大地不堪重负的震颤声中欢乐道："我是帮主，快快快！拜我当老师！"

人类副帮主也跟过去，看着绘尘和秦暮羽俊美高挑的精灵角色，略羡慕。

媳妇非要玩牛头人这种毫无美感的角色也是心痛极了……

牛头人盯着绘尘和秦暮羽的精灵角色看了一会儿，道："你们的捏脸和那个游戏里还是一模一样的。"

"是啊，"绘尘理直气壮道，"我本人就长这样。"

"我也是，"秦暮羽幽幽地附和，"我本人也长这样。"

牛头人："实不相瞒，我本人也长这样，这么高且这么壮。"

每天都很心累的副帮主扭头看了一眼在电脑屏幕前笑得花儿一样的媳妇，幽幽地叹了口气。

总之，幸福的生活就这样再次开始了。

然而，帮主与副帮主修成正果、游戏停服、来到新世界……这些都是很久很久之后的事了。

如果将时光倒流，再倒流，回到帮主和副帮主确立关系之前的那一段时间。

那么——

第十章

.... 重庆火锅与犯蠢光环 ....

5076 楼（楼主回复）：

小伙伴们好久不见，你们机智的楼主又出现了，新版本开了一个多月我也浪够了，回来更更帖子。

这段时间没来居然又多了这么多回复，简直受宠若惊，楼主挑几个有很多人问的问题集中回答一下。

一、楼主和副帮主在一起了吗——没在一起，总胡思乱想的妹子，我劝你们少看点乱七八糟的小说，多读几本哲学书洗涤一下灵魂。

二、楼主这段时间玩失踪是因为天天都被副帮主折腾得下不了床吗——不是，我只是沉迷游戏去了，请你们思想健康一点。

三、楼主打算什么时候和副帮主在一起——不好意思暂时没这个打算。

四……算了我不看回复了，简直太黄了，辣眼睛，而且你们最关心的怎么变成我和副帮主了，难道不应该关心一下 S 和 B 有没有作出新的幺蛾子吗？

反正不管怎么样，我还是先八一段 S 和 B 最近的奇葩事迹热热身。事情是这样的，我们现在开新版本了，最大等级从 100 级提升到了 105 级，这就意味着之前的装备都要淘汰了，因为旧版本里的 100 级顶级装备，可能都不如新版本最普通的 105 级装备属性好。

　　然后上上周我们去开荒一个新副本，当时我们固定团的成员基本已经人手攒够了一套做日常任务给的普通装备，把上个版本的旧装备淘汰掉了，然而开始推 Boss 之前我却发现 S 和 B 戴的戒指还是上个版本 100 级的。他们戴的那对戒指从外形到名字都设计得特别有情侣对戒的感觉，在上个版本是顶级属性，他们不管玩 PVP 还是玩 PVE 都戴这对戒指，不过现在连做日常送的戒指属性都比这对好，所以我就叫他们把戒指换掉。

　　结果 B 不肯换。

　　我苦口婆心地劝："你上周不是领到日常送的新戒指了吗？这个属性不行了。"

　　B 冷冷道："这是我的结婚戒指。"

　　S 居然也帮腔："上面还刻着我们的姓名缩写。"

　　我："……"

　　我冷静了一下，说："那不然你们先换上别的，打完本再换回来。"

　　B："嗯……"

　　我继续一本正经地胡说八道："婚戒这么重要，这个副本又不能碾压，待会儿和 Boss 纠结起来碰坏了怎么办。"

　　B 有点不情愿地说："好吧。"

　　于是他们就双双换上了新版本的戒指。

　　所以说，我是真的机智。

5077 楼：
楼主归来之后的第一个沙发归我了！

5093 楼：
哈哈哈又有帖子可追了！楼主加油，求多写写副帮主和你的友♂情♂向♂日♂常。

5120 楼（楼主回复）：

小小地纠结了一下之后，我们成功把这个副本打通了，最后的大Boss掉了一个我这个职业的暴击属性护手，当时团里算我一共有三个同样职业的玩家，另外两个似乎都比我有钱，我和他们竞拍了几轮，拍到了三万灵石，然后我就不敢再加了，毕竟学生狗还是要靠生活费吃饭的，不敢在游戏里太挥霍。

然而副帮主一看我不加价了就马上替我喊价，最后拍到十万灵石，另外两个人都弃了。

拍完了，副帮主开麦，语气清清冷冷的，只说三个字："给帮主。"

我感动坏了，收下副帮主交易过来的十万灵石，然后马上把护手换上了，又把属性面板打开一看，怎么看怎么舒爽。

我："太感谢了，我都不好意思了，真的。"

按照惯例，副帮主要求道："不用谢，叫声好听的。"

而再次按照惯例，这种时候我都是叫爸爸的。

于是我开麦，语气无比诚恳地说："谢谢爸爸。"

副帮主也开麦，语出惊人："宝宝不客气。"

我吓得一哆嗦："你等等……"

然而在这个尴尬的时刻，S居然也跑出来添油加醋，他打断我的话，用那种温柔得能溺死人的语气问B："宝宝打本累不累？宝宝肚子饿不饿？宝宝手酸不酸？"

B开始丧心病狂地撒娇，那说话的调调抑扬顿挫，简直都自带波浪线的："宝宝累～宝宝饿～宝宝酸～。"

S贱贱地说："那老公带宝宝回家休息。"

这俩人刚演完，副帮主又马上在YY上说："宝宝，给大家分一下灵石。"

我非常崩溃，连灵石都没心情分了："你们是故意的吧？"

B和S异口同声："不是。"

副帮主："不是，宝宝。"

副帮主说话声本来就挺磁性的，而且为了逗我还故意叫得特别温柔，语调不像平时那么冷淡，我脸都快被他叫红了，所以我马上就反驳："你能不能别这么叫？"

副帮主幽幽道："你叫我爸爸，我叫你宝宝，有问题？"

我："……"

副帮主学坏了。

S又道貌岸然地讲解道："宝宝这个称呼有两层意思，一个是情侣之间的爱称，一个是对孩子的称呼，情侣间固然可以用，但是用在爸爸和孩子之间也一样是没有问题的。"

B阴阳怪气地说："如果觉得有问题，那一定是自己心里有鬼想歪了。"

我被噎得一句话都说不出来："……"

三个人竟然联手怼我！我这个恨啊，当场就一拍桌子一仰头，干掉一大杯热可可！

5147楼：

不得了不得了，副帮主似乎突然觉醒了什么天赋，他以前没这么会撩啊……

5162楼：

我觉得是S教他的哈哈哈哈哈！

5189楼：

也许不只是和S学的，说不定副帮主撩这几下子凝聚了全帮上下的智慧结晶，楼主宝宝快讲后续。

5219楼（楼主回复）：

你们想太多了，我觉得副帮主这样就是为了逗我好玩儿。

从那天开始，副帮主动不动就叫我宝宝，基本上他每天的画风就是这样的——

副帮主："宝宝早安，吃早饭了吗？"

副帮主："宝宝用我给你邮的暖宝宝了吗？"

副帮主："宝宝来一起做日常。"

副帮主："宝宝来打竞技场。"

而且抗议无效！每次我向副帮主表示抗议都会被他用"是你自己先管

我叫爸爸"的理由怼回去！

更要命的是 S 和 B 似乎也突然爱上了这个称呼，还有帮会里其他几对情侣，天天宝宝来宝宝去的秀恩爱……

我都快不认识"宝宝"这两个字了！

然后距离那次打副本之后差不多半个月吧，那天我正挂着游戏看《西部世界》，副帮主突然在 YY 上叫我。

副帮主："宝宝，在吗？"

我咬着旺仔牛奶的吸管，恶狠狠地敲字："你宝宝我刚才喝奶不小心呛嗝屁了。"

副帮主："哈哈。"

我喝了一大口旺仔牛奶："你有人性吗？宝宝嗝屁了还笑。"

副帮主："好吧，默哀三秒钟。"

我："就只默哀三秒？"

副帮主："好了，说正事，有个东西给你看。"

说完，副帮主就发过来两张图，图上分别是两枚戒指。

这里得说明一下副帮主的职业，他其实是一位珠宝设计师，顾名思义，就是设计各种珠宝的。

好吧，这是一句废话……

5255 楼：
哈哈哈哈哈楼主宝宝呛奶了哈哈哈哈！

5276 楼：
珠宝设计师什么的感觉好苏啊……这是要给楼主设计婚戒吗？

5301 楼（楼主回复）：
你们脑洞太大了，哪可能是给我设计的，他就是给我看看，他以前给我看过他设计的作品，因为他说有时候外行更能另辟蹊径，给出独到的意见。

那两枚戒指设计得是挺好看的，素雅、大方、简约，而且虽然我说不上来具体是哪里体现出来的，但反正有点儿中国风的意思，然后我就老实说了："真好看。"

副帮主："给点意见。"

我又看了一会儿，觉得怎么看怎么好看，就说："没什么意见，我觉得挺完美的。"

副帮主："真的？你喜欢？"

我："喜欢啊，情侣的？"

副帮主："对，中国风婚戒，可以在里面刻字，你觉得怎么样？"

我："我觉得特别好。"

副帮主："那就好。"

然后我就继续看剧了，看了一会儿，副帮主突然又发了条信息过来："宝宝陪我。"

我一边盯着《西部世界》一边敲字："宝宝看《唐老鸭和米老鼠》呢。"

副帮主："那你先看，看完了再陪我。"

我把播放器暂停了，站起来准备去洗手间，去之前我又给副帮主发了一条："好的，宝宝去给自己换个尿不湿。"

副帮主好像终于有点窘了："……好。"

他一窘我就想逗他，于是我又敲字："噗——宝宝吐奶了，吐一键盘。"

副帮主："……"

我："哈哈哈哈哈！"

我就看看你什么时候能玩腻这个梗！

5331 楼：

哈哈哈哈哈无法更心疼副帮主了！只能过过嘴瘾！

5366 楼：

副帮主可能要对宝宝这个词有阴影了……

5390 楼（楼主回复）：

被我这么怼过一次之后，副帮主就没以前宝宝宝宝地叫得那么勤了。

然后有一天，我们帮里开 YY 歌会，就是全体帮会成员按照入帮顺序一人唱一首歌，第一个上麦的是我，于是我就问副帮主，他想听我唱什么。

副帮主表示他要听《威风堂堂》，这首歌以前切磋输了时我给他唱过几次，然后他好像就听上瘾了，有事没事就让我给他唱。

然而那天我却义正词严地以"我还是个宝宝不会唱流行歌"的借口拒绝了，并且倾情演唱了儿童歌曲串烧，从《数鸭子》唱到《我爱北京天安门》，从《家族歌》唱到《采蘑菇的小姑娘》。

我："门前大桥下游过一群鸭……"

我："爸爸的爸爸叫什么，爸爸的爸爸叫爷爷……"

副帮主全程保持着冷酷的沉默，一言不发。

唱完了，我奶声奶气地说："宝宝要戴小红花。"

副帮主长长地叹了一口气，说："别闹了，我以后不叫了。"

目的达成，我十分舒爽。

从那天开始副帮主果然就再也没嘴贱过了……

5401 楼：

不禁脑补了副帮主把纸巾都准备好了，就等着听帮主唱《威风堂堂》，结果被《数鸭子》活活唱哭的一幕……

5426 楼（楼主回复）：

继续说 YY 歌会。

那天 B 唱了一首最近很流行的歌，实力证明他不是游戏里的 NPC 成精。

而 S 哼的是《仙剑奇侠传 4》里慕容紫英的主题音乐《苍浪剑赋》，就是当，当当当，当当当，当当当当当当的那个，我这么一说你们就知道了，调子虽然很好听但是从嘴里唱出来还是非常奇葩的……

然后 B 就不干了，开始怼 S，说："我不是让你多学几首别的歌吗？天天就知道唱游戏里的 BGM！"

S 语气很无辜："宝贝，这个是人物主题音乐，不是 BGM。"

B 怒："有区别？"

S："有的。"

B更怒："真的有区别？"

S秒屃："好像又没有了。"

B："哼！"

于是S就又唱了一首流行歌曲，也和B一样实力洗刷了NPC成精的嫌疑。

5433楼：

当当当当当当当是什么鬼，我们并不知道好吗。

5440楼：

哈哈哈所以说S平时经常给B唱游戏BGM吗？

5449楼（楼主回复）：

对了，说起来我们帮会前几天有人提议说组织几个人来我在的城市面基，大概到时候算我一共能有八个人吧,副帮主也会来。他们应该是12号到，也就是后天，玩两天正好就是情人节，我们八个单身狗可以一起组团取暖，共同对抗情人节的严寒。

所以我这两天一直在查攻略什么的，争取带他们把好玩好吃的全体验一遍。

B和S果然不来，我就知道，这两个人也算是死宅的终极了。

然后我发这帖，其实主要是想问问妹子们，有没有什么好用的面膜给我推荐一下？我发现我最近鼻翼两侧起皮，而且脸上毛孔好像有点粗大，后天就要见人了，想突击保养一下，但是我这么糙一个人也不知道买什么牌子的好，前天偷偷用了一张我妈的面膜，××××牌的，敷完感觉好像没什么效果。

5457楼：

哈哈哈哈楼主今天说了那么多，其实就是想让大家推荐好用的面膜？黑人问号脸！楼主你说实话你是不是因为要见副帮主了，才开始关注自己形象的？顺便推荐一发××牌的，个人感觉很好用。

5465 楼：

我的妈呀副帮主要来了，我的小心脏要承受不来了！另外回答一下问题，我觉得解决毛孔粗大问题首选还是×××牌的面膜，立竿见影而且还不贵，信我。

5478 楼（楼主回复）：

谢谢大家的推荐，我下午出去买。

然后……那个什么……反正都聊到这儿了，大家能不能再帮我挑挑后天出门穿的衣服啊……我实在是有点儿不太相信自己的审美，我平时都怎么舒服怎么穿的，但是面基我想好看一点。后天天气预报我看了，0-9℃，微风，多云转晴。

我平时穿的衣服有这些，我都拍下来了，求问妹子们怎么搭配比较好看，跪地叩谢！

外套主要是这几件。

1.jpg，2.jpg，3.jpg……

里面搭配的毛衣有这些。

1.jpg，2.jpg，3.jpg，4.jpg，5.jpg……

裤子。

……

鞋。

……

5486 楼：

哈哈哈哈哈哈！让我先笑一会儿哈哈哈哈！楼主能在五分钟之内贴出这么多张衣服照片，一看就是早就想好了，为了衣服搭配恐怕都不知道在心里纠结多少天了吧？顺说我觉得 1+3+2+5 这么搭比较好看，当然这个主要还是看脸……

5499 楼：

姐妹们集思广益，我们得把楼主打扮得风风光光地嫁出去啊，楼主嘴上不承认但实际行动也是很拼了，我觉得 1+2+4+5 好看，楼主可以再搭一条深色系的围巾……还有，面基当天求全程直播！

5505 楼：
别在意这些好吗，反正当天晚上都是要被副帮主扒光的，只要内衣好看就行了，顺便……同求面基直播，有情况了照实说千万别藏着掖着啊！

5517 楼（楼主回复）：
谢谢大家给的意见，太感激了，我去按你们说的试一试。
今明两天楼主主要就买买东西、查查旅游攻略什么的了，不更帖子了，后天开始保证全程直播到面基结束，用新版本的橙武发誓，有什么事一定如实直播不掺假。
但是其实并不会发生你们想的那种事的，恐怕你们要失望了……

5537 楼（楼主回复）：
大家好，今天楼主就要和帮会的小伙伴们面基了，现在有点紧张。
面基这些人里算我有三个是本地的，还有五个都是从外地过来，坐火车和坐飞机的都有而且时间还不一样，所以我们直接约了晚上在本地一家特别好吃的火锅城见面，还有两个小时，我想先过去。
顺说面膜挺好用的，我也不知道是哪个起的作用，反正我挨个敷了一遍，今天早晨起来感觉我脸，绝了，各种水嫩，各种光滑，我都想亲一口，就是昨天晚上我妈收拾垃圾从纸篓里翻出一大堆面膜包装时，气氛有点儿尴尬……然后衣服也是按你们说的搭配的，我还专门买了条深色围巾，对镜子一照效果果然特别好，我感觉我从来没这么好看过，谢谢大家。
就是你们帮我挑的这个靴子垫增高鞋垫不太舒服，所以我今天只能矮着去了，不过也无所谓了，毕竟我听说副帮主身高一米八九，想跟他比个头我穿增高鞋垫也没用，我得一走一蹦跶才行。
我想想还有什么，指甲剪了，头发昨天稍微修了一下，秋衣秋裤都是早晨新换的，干净无异味还散发着淡淡的洗衣粉香气！别的应该没什么了吧？

5544 楼：

楼主你把秋裤脱了！你脱了！今天要干什么你不知道吗！

5551 楼：

哈哈哈哈忍不住脑补一下娇小可爱的楼主为了比副帮主高蹦着走路的场面，萌到流鼻血好吗？

5563 楼：

居然把所有面膜都敷了一遍我也是服了……

5578 楼（楼主回复）：

十分钟前我到火锅店了，但是他们还一个都没到呢，毕竟我提前了一个小时。我进店告诉服务员一共八位，坐了五分钟，然后因为太紧张了，想出去透透气所以我又走了，服务员会不会觉得我很智障……

反正我现在在火锅店附近的饮品店要了杯咖啡边喝边等，直到我旁边的妹子用异样的眼光朝我看过来我才发现自己居然一直在抖腿，抖得吧台直颤，妹子面前满杯的草莓奶昔好像让我抖洒了一点儿，好丢脸啊啊啊，我不是故意的！

5580 楼（楼主回复）：

他们在 YY 群里说都到了，啊啊啊啊啊！副帮主也到了啊啊啊啊啊，还有人发他照片了，救命啊我突然不想去了！我也不知道为什么，但反正就不想去了，说我喝咖啡喝太多心脏不舒服是不是太假了？但是我心脏真的不舒服，跳得特别快怎么办？

5581 楼：

你不喜欢人家的话你紧张个屁……

5582 楼：

假到飞起好吗你醒醒！不敢去就说明你暗恋副帮主，你看着办吧！

5589楼（楼主回复）：

我去了，我在路上了，保佑我进火锅店时不会紧张得在他们面前摔个狗啃泥吧。

5590楼：

都让开！让我来保佑楼主！

5600楼（楼主回复）：

楼主回来汇报情况了，那个……现在已经是半夜十二点了，还有人在看帖吗？

心里有点乱糟糟的，感觉自己今天表现得特别二缺！

就从昨天晚上进火锅店开始说吧。

一进火锅店的门我就看见他们七个人了，本来我想特别淡定地走过去，但是那另外六个人一看见我就开始尖叫招手，然后齐刷刷地看着我笑！而且还是特别那啥的那种笑容……我本来心里就慌，让她们一笑我就更紧张了，当时副帮主坐在她们中间，本来正在低头摆弄手机，一听见她们的动静就抬头朝我这边看过来，然后我们的目光就对视了。副帮主真人比照片还好看一点，笑起来的时候眼睛特别明亮，用你们的话说就是"他的眼睛里有星星"……不过实际上显然是灯晃的。

反正被他这么看着笑了一下，我心里就咯噔一声，腿一软，差点儿没跪地上……

说真的我不是特别明白我为什么要腿软，可能是我太紧张了吧，天天大门不出、二门不迈的死宅你们懂的，人际交流障碍，面对人多的场合总是容易脑瘫的。

我也边走边冲副帮主笑了一下，然后就坐在全桌唯一一个空位上，就是副帮主身边的位子。

当时有个妹子给我和副帮主一人照了一张照片，都是抓拍的我们对视微笑的瞬间，美其名曰"初次相见"然后用美图秀秀拼在一起发到YY群里了，副帮主在照片里的笑容特别男神，而我，笑得仿佛一个智障……

不过那个是后话了，我在副帮主身边坐下了，傻呵呵地冲他点点头，副帮主也微笑着冲我点点头。

然后我就开始低头刷帮会 YY 群，那些没来面基的小伙伴想知道我们面基进展得怎么样了，所以几个妹子正在轮流直播。

我到了之后群里果然就炸了，都在调侃我和副帮主，而且主要火力都集中在我的外形上，要么说我软萌，要么还是说我软萌，我就在 YY 群里发了几句话反驳，副帮主也在 YY 群里像往常一样和我贫了两句。可是这时，我 YY 上突然收到一条私聊提示，我点开一看，还是副帮主……

副帮主私聊我的内容是这样的："么么哒。"

我耳朵都红了，目光死死盯住手机屏幕，不敢抬头看他。

我埋头在手机上打字，回复副帮主："么么哒个毛线。"

副帮主："么么哒。"

我试图岔开话题："我们离这么近坐着还用 YY 聊天，是不是有点傻？"

副帮主："你脸红了。"

我一边冒冷汗一边打字："正常，外面那么冷，店里这么热，一冷一热肯定脸红。"

副帮主："我一直在看着你，你抬头。"

我顿时恨不得一脑袋扎进火锅里去！

气氛尴尬得都快爆炸了，我不知道副帮主究竟想干什么，总之就感觉哪里都怪怪的。幸好这个时候服务员来上菜了，然后我就把手机一揣，也没往副帮主那儿看，招呼在座的妹子们说："开始涮吧我们，我中午没吃饭，饿死了。"

然后大家就纷纷开始往锅里下菜了……

5610 楼：
哈哈哈哈挨在一起坐着还用 YY 聊天，竟感觉谜之浪漫！

5993 楼：
楼主被副帮主看一眼都能腿软得想跪下，真不知道被表白后得娇羞成什么样子啧啧啧，搓手等好戏。

5615 楼（楼主回复）：

开始吃饭之后，副帮主一直在照顾我，一会儿帮我递两张餐巾纸，一会儿帮我续饮料，一会儿帮我用勺子捞东西吃，捞的还都是我爱吃的，毛肚、无骨鸭掌、鸭血，还有金针菇。

我一边埋头猛吃一边和他客气："你吃你吃，我自己来。"

副帮主笑了一下，哪壶不开提哪壶，说："你从来了到现在只看过我一眼。"

我只好在百忙之中抽空抬头，用纯真的友爱之眼看着他，虚伪地反驳："没啊，看好几眼了，你没注意。"

副帮主的外表和他的性格特别搭配，脸部线条比较有棱角，嘴唇薄，鼻梁又高又直，总体感觉就是有点冷冰冰的，然后身材和照片上一样好，隔着毛衫能隐约看出来一点儿胸肌的轮廓。看我瞄他胸肌，他就也往我胸口上瞄，似笑非笑的，我被他这个表情弄得居然产生了一种想捂胸口的冲动……幸好我忍住了。

我正尴尬地和副帮主对视着，坐我右边的妹子突然戳戳我，问："帮主你这么爱吃辣，皮肤还这么好，平时是不是有做保养呀？"

我虚伪地说："没啊，天生的。"

这两天敷了一麻袋面膜我才不会说。

妹子一脸崇拜，星星眼状看着我，说："真羡慕你啊，皮肤又白又光滑，吃辣也不起痘。"

我有点不好意思，忙说："谢谢，你也很不错的。"

"你的脸感觉很好摸哎。"坐我右边的这位妹子继续道，"能摸摸你的脸吗？"

我觉得我不能拒绝妹子这么可爱的要求，就点头说："能。"

话音刚落，坐我左边的副帮主就在我脸上迅速摸了一把！

副帮主摸完，妹子就像什么事也没发生一样继续低头吃东西。

我惊呆了几秒钟，才意识到妹子刚才那句话的主语，可能是副帮主……

副帮主摸完，还好死不死地评价了一下："真嫩。"

我的脸瞬间烧得像红辣椒一样。

右边的妹子捞了一勺肉，然后冲副帮主神秘地挤挤眼睛。

我："……"

我突然怀疑这七个人其实是专程组团来忽悠我的。

5623 楼：

楼主你怀疑得太晚了！对方显然是有备而来，不仅攒了大招，还一口气带了六个辅助，你逃不掉了！

5631 楼：

的确嫩。

5669 楼（楼主回复）：

继续，总之今天晚上这顿饭我吃得异常不顺利，可能因为紧张吧，各种花式犯蠢。

比如说，今天我吃金针菇的时候打了个惊天动地的喷嚏，不小心把一条沾满了辣椒油的金针菇从鼻孔里喷出来了，幸亏我当时有用手捂着口鼻，没被桌上其他人发现，不过鼻孔现在还有些火辣辣的……

又比如说，我吃到一半去洗手间的时候，保洁刚拖完地，地特别湿，我往厕所走着走着脚下忽然一滑，身体前倾，一掌把走在我前面的大叔当场推飞两米远……

再比如说，下菜时我想让副帮主帮忙把他那边的羊肉卷下锅，我盯着副帮主的侧脸心理斗争了十秒钟，刚一张嘴要说话，啪嗒一大滴口水就掉我裤子上了，幸亏副帮主没看见，不然还不得以为我是被他的美色迷得流口水了……

我也是奇了怪了，我平时真的不是这么蠢的人啊，我简直怀疑副帮主身上是不是有犯蠢光环，比如说可以让方圆一米之内所有人形生物智商直线下降 100 点什么的。

不过还好这些事只有天知地知我知，你们虽然知道但是又不认识我，等于没知。

把干过的蠢事说出来心里马上舒服多了哈哈哈哈哈！

5676 楼：

楼主你就是看着副帮主流口水了好吗？不要狡辩！

5683 楼：

噗……我不是故意吓楼主，只是随便脑洞一下……万一，万一副帮主在窥屏的话你这些天知地知你知的事情岂不是就被副帮主知道了……简直想想就好笑哈哈哈哈。

5690 楼：

你真的好可爱。

5721 楼（楼主回复）：

是我的错觉吗，我觉得楼上几层好像又有人开始模仿副帮主的语气了，别闹好吗，我倒是不相信副帮主会有这么巧刚好看到帖子，但是你们也不能总吓唬我啊！

先继续说……我争取午夜两点之前把今天的事讲完，明天还得早起陪他们去玩呢。

今天晚上吃完火锅之后，我们就分两拨打车回酒店了，他们七个人住的是当地最好的一家五星级酒店，我本来是想送完他们之后继续坐出租车回家的，但是在酒店门口停下之后副帮主问我要不要去他的房间坐坐。

于是我一口答应下来："要。"

我一是好奇五星级酒店里面长什么样，二是怕副帮主自己待着没意思，真不是为了别的……

5734 楼：

楼主就不要欲盖弥彰了谢谢，直接一点吧。

5742 楼（楼主回复）：

下了车之后我就和他们七个人一起进酒店了，妹子们分别住三个房间，副帮主自己住一间。虽然我还是有点莫名其妙的紧张，不过一起吃了两个小时的饭之后已经没那么严重了，至少和他肩并肩走路时没有同手同脚。

副帮主和六个妹子住的不是同一层，妹子们下了电梯之后，电梯里就只剩下我和他两个人了。我靠在墙上抬头看天花板的镜子，副帮主笑了一声，退了一步和我挨在一起，也抬头看镜子，我们的目光在镜子里交汇了。

这时，副帮主扭头看着我，说："告诉你一个秘密。"

我："什么？"

副帮主冲我勾了勾食指，说："耳朵凑过来。"

我有点不明白，因为电梯里只有我们两个，想说什么悄悄话直接说就行了，但我还是把耳朵凑到副帮主嘴边。

副帮主的嘴唇贴着我的耳朵，声音很低地叫了一声："宝宝。"

我瞬间打了个激灵，捂着耳朵一缩脖子，嘴皮子都不利索了："你、你、你……你干什么呢！"

副帮主还没来得及再说话，电梯就到了，于是副帮主就像什么事儿都没有似的走出去了，我心事重重地在他后面跟着，走到房间门口的时候，副帮主又无比自然地回身在我屁股上拍了一把，用调侃的语气问："宝宝穿尿不湿了吗？"

我让他逗得一句话都说不出来，就面红耳赤地捂着屁股往后退了两步："……"

没错，我只有在网上嘴巴厉害而已，三次元尿得一比啊啊啊！

还有副帮主你是怎么做到如此自然地拍别人屁股的啊？！

5758楼：

哈哈哈楼主别尿啊，你在网上耍贫嘴的能耐呢？快给副帮主表演一个吐奶！

第十一章

.... 偷窥抓包与公主抱 ....

5783 楼（楼主回复）：

我和副帮主进房间了，五星级酒店的房间果真特别豪华，大床什么的特别柔软，而且弹性特别好，我坐上去之后忍不住颠了两下，副帮主就站在床边看着我笑。

"我去洗个澡。"副帮主从行李箱里拿内裤和睡衣。

我看见他行李箱里有笔记本电脑，然后我就说："那你洗完澡我们一起玩游戏？桌上还有一台台式机呢。"

副帮主沉默了一下，说："好啊！"

说完副帮主就去洗澡了，我在大床上一顿颠，颠了个爽，然后打开台式机下载游戏客户端，五星级酒店的网络特别迅猛，按照这个速度应该很快就能下完。于是我就让下载页面自己开着，伸了个懒腰，非常无意地往浴室的方向扫了一眼，然后我就发现了一件非常惊悚的事情……

——这房间的浴室墙上居然有一面一人高的玻璃窗！还是透明的！

废话不透明能叫玻璃窗吗……

反正我那么一扭头，就正正好好地看见副帮主的身体！那八块我已经在照片中看过了无数次的腹肌一览无余！

我吓了一跳，马上把头转回去盯着电脑屏幕。

思考了半分钟之后，我觉得这种浴室的玻璃窗上肯定会有窗帘之类的东西，不然要是两个人住的话多尴尬，于是我就想神不知鬼不觉地去帮副帮主把窗帘拉上，不然如果他说我偷看他的话，那我根本没办法自证清白……

所以我就蹑手蹑脚地溜到那面玻璃窗前面，在窗子上四处摸索，寻找可能存在的窗帘。

找了一会儿，我恍然大悟地发现窗帘在里面……

于是我又蹑手蹑脚地准备溜回去，可是刚要转身，副帮主的目光就忽然飘了过来，精准无比地与我四目相对！

想帮忙拉窗帘的我，瞬间就变成了一个偷窥副帮主洗澡的变态……

5789 楼：

哈哈哈心疼楼主！偷窥被抓包的既视感！

5801 楼（楼主回复）：

我羞耻得不能自己，于是在这电光石火间，我脑子一抽，对副帮主露出了一个微笑。

我这个笑真的没有别的意思，我发誓我当时只是想通过友善且坦然的笑容来缓解尴尬的气氛。

结果副帮主怔了一下，也对我微笑起来，还暧昧地眨了一下左眼。

我："……"

大兄弟你这表情不对。

紧接着，副帮主就在花洒下稍稍转了转身子，从四分之三正面变成了完全的正面，坦荡荡地对着我，搭配他眨一只眼睛的表情简直就好像在对我说"还满意你所偷窥到的吗？你这个小妖精"。

然后我吓得瞬间就蹲下了！

因为那面玻璃窗是从大约一米高的地方开始，向上延伸到天花板的，下面是不透明的墙……

我蹲在墙后面,脸红得都快爆血管了,太阳穴突突跳。

那一瞬间,我觉得自己仿佛是一个智障。

5813 楼:

楼主对自己的感觉没毛病,心疼你这个小智障。

5820 楼:

其实楼主反应有点过激了,红着脸蹲下什么的,感觉特别怎么说……心虚?其实你还不如表现得淡定一点,比如扭头就走什么的,淡定才是化解尴尬的利器啊!

5827 楼:

可爱的小智障。

5836 楼(楼主回复):

回 5820 楼,你说得没错!我当时蹲下之后很快就反应过来了!

我表现得太不淡定了,就好像真是偷窥,结果被抓个正着似的!我身正不怕影子斜,我得证明我心里没鬼啊!

别问我为什么要用这种方式来证明自己心里没鬼,我也不理解我当时的脑回路,可能是太尴尬导致智商下降了吧……

我脑子一抽,然后我……凭着一身浩然正气,我噌地就站起来了!

然而副帮主不知道什么时候已经走过来了,他正看着我,脸上一副似笑非笑的表情。

我一边在心里默念社会主义核心价值观,一边用坚毅又正直的目光在他脸上来回扫了两圈,以示自己根本就不在乎他什么样,大家革命战友一样纯洁的友情,不就不小心看了一下身体吗?怕什么呢我们心里又没鬼对不对?而同时,副帮主也拿眼睛上上下下地打量我,眉毛挑了挑,嘴唇稍稍张开,好像要说话。

结果下一秒,我扭头就跑了……

我一边啊啊啊啊啊地大叫一边扑到床上用枕头盖住脑袋……

现在回想起来，我自己也无法解释当时我智障般的一系列行为，一定要说的话可能是因为水逆吧。

5842 楼：
这也能怪水逆！你们干脆众筹把水星炸了吧！

5854 楼：
哈哈哈哈哈我全程代入副帮主视角已经笑得不行了哈哈哈，楼主你知不知道你有多搞笑，不知道的话我从副帮主的视角来把整件事情为你梳理一下。

假设副帮主一直用余光暗中观察楼主，那么事情就是这样的——

副帮主在浴室洗澡没拉帘，洗着洗着，楼主首先是在双人大床上充满暗示意味地颠了一通，颠完之后又鬼鬼祟祟地走到窗户边偷窥，还得意忘形地在窗户上对副帮主的身体摸来摸去，摸了个爽之后想跑，结果被副帮主抓了个现行。抓完现行之后楼主对副帮主露出淫笑，在得到副帮主的回应之后激动得蹲在地上，蹲了几秒钟之后又跳起来，用想要和副帮主一起共创美好未来的热切目光炯炯有神地盯着副帮主的身体看，然后扭头猴急地扑到床上躺好……

楼主你自己说，在不明真相的人眼中事情看起来是不是这样的？

5867 楼：
我也觉得是这样。

5889 楼（楼主回复）：
看完 5854 楼的回复我现在只想撞墙自杀怎么办！
但是我感觉副帮主好像没想歪，因为他之后的表现没有那么不正常……
当然可能也没有那么正常……
总之我在床上冷静了一会儿就去玩电脑了，其实我本来想干脆回家算了，但是人家在洗澡我说都不说一声就走太不礼貌，可我又不能走进浴室里和他说。

台式机的游戏客户端还没下完,我就上视频网站打开我正在追的美剧,心不在焉地看。

过了十来分钟,副帮主从浴室走出来,我记得他之前明明把内裤和睡衣都拿进去了,可他没在里面换,光在身上围条浴巾就出来了。

太尴尬了,我假装专心致志地盯着屏幕,只敢拿眼角瞟他,浴巾下面两条腿又直又长,宽肩细腰,模特身材,房间里全是他身上沐浴露的香气。

他从冰箱里拿了罐冰镇啤酒,走到我身后,站得特别近,然后一口接一口慢悠悠地喝。

咕咚,咕咚,咕咚。

我也咽了口口水。

咕咚。

副帮主低沉又磁性地笑了一声:"呵。"

呵得我老脸一红。

副帮主喝完最后一口啤酒,徒手把易拉罐捏扁,上半身一低,把我整个笼在下面。

我心里莫名其妙地咯噔一声,然后副帮主就把手里的易拉罐往我脚边的纸篓里一丢,说:"扔个东西。"

我马上就辩解:"我知道啊,我没多想!"

副帮主又笑出声了,他扔完易拉罐也不起来,顺势就用两只手按着我左右手附近的桌沿,把脑袋贴在我脑袋旁边,和我一起看了一会儿美剧,然后问我:"好看吗?"

总算能聊点儿正常话题了,我十分珍惜地回答他:"好看啊,我特喜欢。"

不然能追到第七季吗!

副帮主意味深长地哦了一声:"喜欢就好。"

我脸有点红,马上就非常"此地无银三百两"地解释了一下:"我说美剧呢。"

副帮主:"我知道,不然呢?"

我摆手:"没没没,没不然。"

然后我们就继续看了几分钟美剧,但是他这个双手撑桌子的姿势太暖昧了，也太近了，他一呼吸我脖子都能感觉到气流，还能闻到一点淡淡的啤酒味，还有他身体散发出来的热度我也能感觉到，结果我这几分钟屁都没看进去，全部注意力都集中在他身上了。

我做了一番心理斗争，然后问他："你冷不冷，把睡衣穿上吧？"

副帮主淡定地怼回来："不冷，热。"

我只好继续别扭地沐浴在他的怀抱中，大脑一片空白。

这时，副帮主问我："刚才这段什么意思，这个男的为什么把那个人杀了？"

我："……我不知道。"

你还好意思问我，我这几分钟根本就没看！

副帮主："那你刚才都看什么了？"

我艰难地说："溜号了。"

副帮主乐了："看电视剧都能溜号。"

我："……"

我好气啊！

5897 楼：

副帮主来之前肯定苦练撩功了！不然怎么变得这么能撩！

5909 楼：

其实我觉得副帮主可能和楼主一样，都是网上网下存在性格差异的类型，二次元没有施展手脚的空间，但是一到三次元就如鱼得水啦。话说楼主我觉得你已经快沦陷了啊，你还要继续嘴硬说你对副帮主没感觉吗？真没感觉你还大半夜的在这儿更帖子？

5916 楼：

沦陷了就要承认。

5928 楼（楼主回复）：

回 5909 楼，我承认我今天是有点不对劲，但我觉得这应该只是单身

195 🌐

太久产生的错觉，我有个哥们儿就是，他说他单身太久了，走大街上哪个妹子多看他一眼，他就能瞬间把孩子名都想出来，真的，我们这种情况，电一顿就好了。

5929 楼：
亲一个就好了。

5937 楼（楼主回复）：
5929 楼滚蛋！
继续说，后来游戏客户端下好了，我就催着副帮主穿上衣服把他的笔记本拿过来我们一起打竞技场。
副帮主幽幽地叹了口气，穿上睡衣，把笔记本放在我的台式旁边，我们一起登录游戏。
登录之后副帮主要解安全锁。
游戏里的安全锁就是一种防盗号的保护机制，上了游戏之后不解这个锁的话很多行动就会受限制，解锁的方法是在手机下载一个和游戏关联的APP，然后把 APP 中随机生成的动态密码输入游戏的解锁界面，也就是说需要用到手机。
副帮主到处找了一会儿手机，然后说："我手机没了。"
我马上用我的手机给他打电话，边打边问："你没调静音吧……"
副帮主没回答，因为他的手机替他回答了——从副帮主的睡衣口袋里，传出了我奶声奶气的歌声……
"爸爸的爸爸叫什么，爸爸的爸爸叫爷爷……"
我："……"
副帮主笑眯眯地从睡衣口袋里把手机拿出来，语气平淡、毫无诚意地惊讶了一下："啊，在这里。"
我愣了一下，然后结束了通话。
副帮主像没事人一样淡定地打开手机 APP 给游戏解安全锁。
我气呼呼地在他肋骨上戳了一指头，问："你怎么拿我唱的歌当手机铃声？"

副帮主无辜地抬了抬眉毛，反问我："有什么不妥？"

我一时竟也说不出来什么特别有说服力的理由，只好默默瞪着他。

副帮主又晃了晃手机，说："猜猜我的起床闹铃是什么？"

我："……"

突然不是很想猜！

副帮主一边嘴角翘起，露出个坏笑，然后低头在屏幕上点了几下，紧接着，我就听见了自己的声音！

"啊～啊～啊～啊～ yamei ～耶～啊～啊……"

没错，还是中文版的，奇然的那个版本！

唱的时候我倒没觉得多羞耻，因为其实是抱着恶搞的心态唱的，当时主要是觉得好玩，然而时隔多日再从别人的手机里听到……那种酸爽的感觉简直无法用语言形容！

"这个我不给别人听。"副帮主说，"所以当闹铃。"

我憋了半天，面红耳赤地憋出来一句："你变态啊！"

副帮主怕我羞耻值不够用似的，又说："我每天早晨七点都听着你的……歌声起来。"

我："你说娇喘就行了，不用这么委婉。"

他："好，你的娇喘。"

我："……"

真听话。

我连耳朵尖都在燃烧，万分崩溃地一头扎在键盘上，在近聊按出一串 adsghjk……

副帮主把闹铃关了，虚伪地关心我："你还好吗？"

我枕在键盘上侧脸看他，幽怨地说："不太好，可能要羞耻至死了。"

副帮主听了，竟还有脸笑！

我加重语气，强调道："我可能即将成为史上第一个活活羞死的人类。"

副帮主笑得肩膀都在抖！

我从键盘上抬起头，对他怒目而视，说："你能不能把那首歌删了？"

副帮主微微皱眉，向我确认道："你的意思是让我把手机里的删了不要当闹铃，还是让我把手机、电脑、两个移动硬盘和三个云盘里的备份全部删除？"

"你究竟存了多少份啊啊啊啊啊？！"我抓着自己的头发，毫无形象地怒吼，"你是不是变态？"

副帮主沉稳冷静地挨个回答我的问题，和我的狂躁形成了鲜明的对比："七份，我是。"

他承认得如此理直气壮，竟害得我接不上下一句。

我做了个深呼吸，说："全删掉。"

副帮主静静看着我，一言不发，那张帅脸上一点表情都没有。

恍惚间，我感觉他似乎向我发送了一个句号……

副帮主就那样看了我一会儿，突然开口说："句号。"

我："……"

有病啊你，句号还要用嘴说出来！

我板着脸绷了几秒钟，没绷住，结果噗的一声不争气地笑了！

我！好！恨！啊！

5958 楼：

隔着屏幕感受到了浓浓的羞耻，我脸都红了哈哈哈哈，简直不敢想象楼主当时的心情……还有，副帮主好萌好萌好萌啊！居然还说"句号"！冰山帅哥突然这样卖萌太犯规了好吗！

5973 楼：

用《威风堂堂》当闹铃？每天早上起床听到的第一个声音就是副帮主的？

5980 楼：

是的。

6002 楼（楼主回复）：

你们别说了，我待会儿要羞耻得睡不着觉了。

总之我一笑出来之后气势马上就没了，所以到最后也没能成功让副帮

主把那首歌删掉······

我已经是个废帮主了。

然后那时上游戏本来想找 B、S 和娃娃音去打竞技场 5V5，但是 B 和 S 有事打不了，所以我就和副帮主、娃娃音去打 3V3。

我们三个挂在竞技场专用的 YY 房间，打得正欢，B 突然进来了。

我就问："你来了，打不打 5V5？"

B 说："不打，今晚上没空，我刷淘宝呢。"

我："哦，那你干什么来了？"

B 用一种得意扬扬的语气说："我晚上吃的重庆火锅。"

我："我们也是。"

B 似乎很怀念："真好吃，我好久没吃过了。"

我有点奇怪："想吃随时吃呗，火锅店不是满大街都是吗。"

B 说："我这边少，不过以后可以随时吃了。"

我："哦。"

然后 B 就出去了。

我："······"

所以说来这一趟就是专门为了告诉我，他今天吃重庆火锅了······这是一种怎样的精神病。

今天竞技场打得不是很顺利，输赢四六开吧，但感觉也不是谁的锅，我们发挥都是正常水平，配合得也不错，可是平时和 B 还有 S 打 5V5 的时候段位都像坐火箭一样往上蹿着涨，平均十场能赢八九场，这么一比今天就显得相当纠结了，我们三个打到竞技场关门，段位才升了一段。

可能是今天碰到的对手碰巧太犀利吧，而且段位就是越高越难升，总之竞技场关门后我心力交瘁的，不想玩了，就把游戏退了。

退完游戏，我和副帮主说我要回家了，明天还要起早去逛景点什么的。

这时副帮主提议说："其实你可以住这里，会比较方便。"

我的头立马摇得像拨浪鼓一样。

副帮主从鼻孔里发出一声笑，问："怕我吃了你？"

我耿直道："对。"

来之前倒是不怕，但现在真有点怕了！

副帮主眼中含笑地望着我，确认道："真不住在这里？"

我披上外套往外走："走了，明天见。"

副帮主穿着拖鞋睡衣紧紧跟在我身后，说："句号。"

我："……"

副帮主："省略号。"

我忍住笑意强行回头严肃地看看他："你这招在三次元不管用，无法让我内疚，只能起到搞笑的作用。"

"我知道。"一米八九的副帮主垂着眼帘俯视着我，"就是逗你笑呢。"

于是我就放心地笑了出来。

副帮主抽出房卡，从衣架上取下外套披在睡衣上，说："走，我护送你下电梯。"

我看看他的睡衣和拖鞋，拒绝了："不用，我自己就行了，这么大个人还能被拐走啊？"

副帮主声音很温柔地说："你是小宝宝。"

"还叫，"我冷酷地威胁道，"别逼我尿裤子。"

副帮主："……"

我挥挥手："走了，早点休息。"

副帮主抬手在我头上轻轻拍了拍，说："好吧，到家了发条微信。"

再之后我就回家了，此时此刻正坐在电脑前发帖子，没有像前面某层楼预测的那样被副帮主强行监禁在五星级酒店，捆起来翻来覆去弄成破布娃娃，抱歉让大家失望了，呵呵。

6011 楼：

追个帖子追到大半夜你居然真的一丁点猛料都没有，好气哦，举报了。

6017 楼：

发（哔……）戏就举报。

6024 楼：

6017 楼什么毛病？和人民群众作对是不会有好下场的好吗？话说大

家别怼楼主了，说不定楼主只是嘴上不说，心里比我们还失望呢。

6033 楼（楼主回复）：

猛料这种东西再过一百年也不会有的。

况且退一万步讲，就算真有，我难道能把自己的私密事发网上吗，我心是得多大啊……

不早了，都洗洗睡吧，明天晚上我再来汇报情况。

大家晚安。

6036 楼：

等等！那岂不是意味着无论如何我们都看不到肉？我要闹了！

6038 楼：

宝宝晚安。

6119 楼（楼主回复）：

小伙伴们晚上好，新的一天过去了，楼主又来汇报情况了。

今天我们八个人去了本地两个著名景点玩了一圈，又去了我觉得当地菜做得特别正宗的饭店吃饭，大家都玩得挺开心的。

副帮主还是那么会照顾人，今天气温比昨天低了几度，结果我个傻×出门忘戴围巾了，陪他们在街上逛的时候风还碰巧特别大，吹得我直缩脖子。

然后路过饮品店的时候我就问："你们冷不冷，喝点热饮吧？"

大家纷纷表示好好好。

副帮主大手一挥："你们去点，我请。"

我顶着凛冽的寒风对吧员小哥说："布丁热可可，谢谢。"

副帮主点了热咖啡，然后走到我面前，站在饮品店的台阶上，整个人离我特别近，胸肌都快戳我鼻子上了。

我往后退了一步问："干什么？"

副帮主把自己的围巾解下来，朝前走一步下了台阶，说："帮你挡风。"

说完就把围巾给我围上了，他这条围巾特别长，他自己戴的时候多余的部分是垂下来的，但是我比他矮太多了，那么戴会显得腿异常短……所以他就把长出来的部分全给我一圈圈围脖子上了，从脖子根一路围到鼻尖，包粽子似的。

我把围巾扯下来点，露出嘴："你不冷吗？"

他又把围巾给我扯上去了："不冷，我戴围巾是为了帅。"

我："……"

他捏捏我的鼻尖，笑得很好看："你鼻子都冻红了。"

饮品做好了，我们拿着喝的东西浩浩荡荡地走在大街上。

我吸了一口热可可，副帮主侧着脸看我，问："好喝吗？"

我："好喝。"

然后副帮主就无比自然地把我手里的热可可拿走了，说："给我尝尝。"

说出来不怕你们笑我，当时我脑海中的第一个反应就是他是想和我间接接吻！

然而这不能全怪我，毕竟我这两天都快被他撩成精神病了！

副帮主喝了一口，又把自己的咖啡递给我："你也尝尝我的。"

我接过咖啡，盯着吸管的顶端，心理斗争非常激烈。

这时，副帮主问我："你在想什么？"

我一心虚，为了证明自己没乱想，马上就含住吸管喝了一口。

副帮主揉揉我的头发，用一种很迷的语气说："真乖。"

被他这么一弄，我顿时感觉自己喝的不是咖啡，而是什么奇奇怪怪的东西……

我已经被你们这些思想污秽的小姐姐和副帮主玩坏掉了，再也不是以前那个纯洁的我！

6146 楼：

副帮主加油！间接接吻都有了，直接接吻还会远吗？

6152 楼：

直接接吻目测明天。

6157 楼：

哎？说起来明天是情人节啊，赌五毛钱副帮主一定会采取行动的！

6170 楼（楼主回复）：

6152 楼目测你个大脑袋！

继续说，今天傍晚的时候开始下小雪，正好计划的两个景点都玩过了，我就带他们去吃饭，正宗的本地菜，大家都吃得很满意。

吃饭时我左边是副帮主，右边是一个妹子，吃着吃着，这个妹子就突然说："帮主你头发上有一片生菜叶。"

我一脸冷漠："哦，是吗？"

妹子你别以为我不知道那片生菜叶是你刚才放我头上的！

你手链都刮着我头发了谢谢！

于是副帮主就很配合地贴过来，离我也就几厘米近，相当虚伪地在我头上找菜叶，然后帮我拿掉了。

我说："谢谢。"

副帮主就保持着那个离我很近的姿势，眼睛微微弯着，说："不客气。"

我还以为他要亲我，马上一缩脖子，桌上的几个妹子全都窃笑起来，我又尴尬，又有点说不清道不明的异样感觉，急忙埋头吃菜，副帮主也没再说什么，给我夹了一筷子水煮鱼。

吃完饭外面的雪还没停，副帮主用打车 APP 叫了两辆车，大家准备回酒店休息。

副帮主："现在七点半，到酒店差不多八点。"

我："……"

副帮主："我自己待着没意思，陪我打游戏。"

多么正直的要求，我点头说好。

这时车到了，我们就出去坐车，饭店门口覆了薄薄的一层雪，然而我出门时满脑袋想的都是昨天在酒店被副帮主擦的情景，心不在焉没注意脚下，于是又滑了一跤，屁股惨烈地摔成八瓣。

都怪副帮主！

我摔倒之后副帮主一个箭步冲过来，一只手扶住我后背，另一只手勾住我两条腿，二话不说就把我抱起来了，出手迅疾如风，整个过程也就两秒钟，根本不给我自己爬起来的机会！

我马上挣扎想下去，在六个妹子面前被公主抱我以后还怎么做人啊，但是副帮主贴着我耳朵非常轻地说了一句："再动我就亲你。"

我瞬间一动不敢动，两手紧贴裤缝，两腿弯曲并拢，目视前方，表情僵硬，连眼珠都没敢转。

当年军训遇到魔鬼教官，站军姿动一下绕操场跑五圈，我都没紧张成这样。

副帮主笑了，在妹子们哎哟哎哟的起哄声中一路把我抱到出租车副驾驶座上，本来这姿势就有点那啥，而且关键是我脸红得像傻×一样，司机大叔看我的眼神都不对劲了。

我坐进副驾驶座，搓搓脸，和司机说："去×××酒店。"

司机大叔瞬间一脸了然……

6182 楼：
你居然就真的不动了？！楼主，如果我是你的话我就在副帮主怀里跳一段草裙舞！顺说楼主你昨天在饭店里面滑，今天在饭店门口滑，小脑这么不协调果然天生要摔倒的命。

6189 楼：
哈哈哈司机大叔一脸了然没毛病啊！

6194 楼：
小笨蛋。

6230 楼（楼主回复）：
我们八个人坐出租车时是这样的，我和副帮主分别坐两辆车副驾驶座，六个妹子分别坐后面。结果回酒店这一路上后面的三个妹子就像早有预谋一样逮着我讲鬼故事，中心思想就是副帮主的酒店房间闹鬼，让我把副帮主接到家里住，一听就是扯淡，幸亏司机大叔怕鬼，叫她们不要再讲鬼故事不然他就要拒载了……哈哈哈哈。

到了酒店，副帮主像昨天一样，表示要先去洗澡，他一进浴室，我马上就跟进去了。

副帮主有点开心地看着我，问："一起？"

我摇摇头，把那面玻璃窗上的帘子拉上，恶狠狠地说："我帮你把窗帘拉上，省得你再忘。"

说实话，经过今天这一通狂撩，我甚至有些怀疑他昨天是故意不拉帘了。

拉完帘我一回头，副帮主已经脱得只剩一条内裤了，而且当我目光落在他身上时，他正在以飞一般的速度脱内裤！

吓得我连蹦带跳地蹿出去了！

6238 楼：

脑补了楼主像只受惊的小白兔一样红着脸蹦蹦跳跳跑出去的样子，简直快要萌出鼻血了……

6242 楼：

的确萌出鼻血。

6273 楼（楼主回复）：

副帮主洗完澡出来，还是像昨天一样围着条浴巾光着上半身，喝着冰镇啤酒满屋子转悠，一边鼻孔里还塞着一团纸。

楼上几个说出鼻血的……他还真出鼻血了，不过这不至于真的和我有关系吧。

我："出鼻血了？"

副帮主："水太热。"

我："还流吗？"

副帮主："有一点，应该快好了。"

然后我走过去握住他两只手的中指，把他两个中指勾在一起，说："这么勾着止血更快。"

副帮主离我近了点，我抬头看着他，我们对视了两秒钟，副帮主捏着鼻子说："不行，突然流得厉害了。"

我："……"

大哥你这样我真的很容易误会的，本来就一大帮人唯恐天下不乱地天天误导我。

副帮主去洗手间拿凉水冲脸，活生生地冲了半个小时，然后出来说："好了。"

我："……"

废话！再不好血都要流干了。

我盯着他的胸肌："今天晚上干什么？打竞技场不？"

副帮主："我随意，想打我就陪你。"

我盯着他的腹肌："那今天先不打了，昨天太纠结了，我得缓缓。"

副帮主语气暧昧："那我们玩点别的，你画我猜怎么样？"

当然，暧昧可能是我的错觉，我现在像有妄想症似的。

我盯着他的大长腿："行啊，玩呗。"

副帮主露出个不怀好意的笑容："老规矩，输了弹三下内裤。"

我："……不行。"

副帮主冷笑："也是，你输怕了。"

"不是，怎么你就确定肯定是我输呢？！"我这小暴脾气就上来了，"来来来，今天我要一雪前耻，非把你内裤弹破不可。"

"好。"副帮主蹲下，在行李箱里翻出几条内裤比了比，挑了一条说，"这条结实。"

然后他就去浴室换上了。

我："……"

6279 楼：

楼主似乎已经完全被副帮主的美色迷惑了，一会儿看这儿一会儿看那儿的，啧啧啧！

6284 楼：

我想象了一下一个软萌的矮个子小可爱站在我面前，牵着我的两只手帮我勾着中指，然后抬头用小鹿一样湿漉漉的大眼睛看着我，用软绵绵的嗓音说话的样子……不怪副帮主流鼻血，我都受不了了，你确定副帮主那半个小时在洗手间是单纯地冲脸而不是干了别的？

6290楼：

不是冲脸。

6315楼（楼主回复）：

6284楼你住脑，我可不像你形容得那么那啥……

继续说，我和副帮主一人一台电脑开始玩你画我猜，说好一人猜三轮，猜错两次就算输。

先是副帮主画我猜，果不其然地输了两把……

我怀疑是副帮主故意的，因为他画的一点也不像，还设计师呢，我呸！

副帮主把笔记本放在床上走过来，拉了把椅子坐在我旁边，说："弹吧，三下。"

我面红耳赤地从裤子里把内裤拽出来个边，副帮主目光炯炯地盯着，视线之灼热程度仿佛能把我的内裤盯出两个洞。

副帮主威严提醒道："声音要响亮。"

我使出全身解数弹了一下："这样行了吧？别找碴儿啊我告诉你。"

于是下一秒，副帮主就把耳朵贴过来了，说："继续。"

变态！

我强忍着羞耻又弹了两下，然后把副帮主的头推开，悲愤地说："再来三轮！"

这回我画副帮主猜，玩这个一向很厉害的副帮主居然三次都猜错。

我怀疑他仍然是故意的……

因为三轮结束之后，他一副很高兴的样子，坦然自若地面朝我坐在床上，把浴袍下摆一撩，冲我勾手指头，说："宝宝，来弹。"

我顿时就无法呼吸了，差点当场在他面前暴毙。

6322楼：

楼主快【哔哔】了副帮主！【哔哔】他的【哔哔】！尽情地和他【哔

哔】啊！【哔哔】！

6330 楼：

6322 楼你的回复被屏蔽得根本看不懂……楼主需要看小电影学习一下吗，我这里有海量资源，想要的话我可以分享出来……

6331 楼：
求楼上分享。

6380 楼（楼主回复）：
你们就瞎闹吧……

继续说，副帮主不知廉耻地招呼我去弹他的内裤。

我内心差不多有十座火山同时喷发了，我郑重地表示抗议，说："这个是要自己弹自己的，之前在网上玩不也是自己弹自己吗？"

这种惩罚的乐趣就在于自己弹自己内裤的耻辱感，然而副帮主似乎不仅不感觉耻辱，而且还顺势耍起了流氓！

副帮主把睡袍放下来，说："那我不弹了。"

我："不弹不行，这是游戏规则。"

副帮主理直气壮地宣布："我要赖。"

我："……"

我发现自己竟拿他没办法。

副帮主眉毛挑了挑，说："除非你来，不然今天就到此为止。"

"到此为止就到此为止，多大人了玩个游戏还耍赖。"我生气地把电脑显示器关了，生气地盘腿坐在椅子上，生气地瞪着他。

顺说副帮主比我大五岁，我大三狗今年21，他26，工作好几年了还这么幼稚，喷。

然而副帮主不仅毫无悔过之意，还拿手机给我拍了张照片，说我噘着嘴的样子很萌，我瞬间就把嘴收起来了，面无表情地继续生气。

副帮主翻身趴着继续悠然自得地玩手机，好像输游戏的惩罚就这么赖掉了。我越看他越来气，忍来忍去没忍住，于是就跳下椅子冲过去把副帮主翻过来，把他睡袍一撩，准备狠狠弹三下作为报复！

副帮主："……"

我："你怎么有反应了！"

副帮主眨眨眼睛："你猜？"

我看了眼他手机，屏幕上是我刚才盘腿坐在椅子上生气的照片。

我："……"

副帮主低声说："你噘嘴的样子真可爱。"

我就结结巴巴地解释说我不是故意噘嘴的，我一生气就不自觉地那样，我也想改来着，那样太像小孩儿了。

副帮主笑了一下，没说话，只是用手指轻轻碰了碰我的嘴唇。

他这么一碰，我顿时就好像一个被雷劈中的树桩子似的直挺挺地杵在原地动不了了，当时大约有一百多种想法轰隆隆地从我脑海中掠过，我感觉自己全身上下的血管都炸开了，身上到处都是热的，不止脸红，我估计我连屁股和脚指头都是通红通红的。

副帮主拽住我手腕，把我往他那边拉，他的脸离我越来越近……别怪我屄啊，我真的太紧张了！我心脏都快从嗓子眼里发射出去了！所以在我即将被他拉得失去平衡的一瞬间我以迅雷不及掩耳之势把手抽走，跳起来抓上外套就跑了！

我一路夺命狂奔到电梯门口，一看电梯在1楼，我又从逃生通道连跑带跳地冲下去了，就好像副帮主在后面裸奔追我似的，跑出酒店之后我在路边拦了辆车就回家了，直到现在副帮主都没和我联系，不过不联系也好，因为我现在冷静下来了，也不知道要怎么向他解释刚才精神病一样的行为，我出来的时候可是连自己的鞋都没穿，穿着拖鞋跑出去的……

如果我说我以为他要就地弄死我，我没做好准备太害羞了会不会显得很自作多情？

如果会的话求问怎么解释会比较好，毕竟明天还要一起出去玩，感觉见面了会有些尴尬。

6389楼：

老娘看得正心潮澎湃呢结果楼主一言不合就逃跑？！

6395 楼：

结果副帮主的内裤到最后也没弹成……不过楼主你想得没错，他就是要顺势睡了你啊，好奇楼主现在是怎么打算的？

6399 楼：

小笨蛋，反应那么大。

6441 楼（楼主回复）：

好了，不怕了，副帮主刚才给我发微信了，问我到没到家，我说到了，他就说我刚才走得急鞋落在酒店了让我明天晚上去取，我说好的，他就说晚安……呼！总之语气很正常，也没问我为什么要突然跑！

也没提鞋里增高鞋垫的事，应该是没看见吧。

反正我不慌了！风停了天晴了我又觉得我行了！

至于我现在是怎么想的。

反正我的脸已经被自己打肿无数回了也不差这一次，所以如果、假如说、万一……副帮主真的喜欢我的话，我可能会和他试一下吧……

这真的不能怪我立场变得快啊，谁也无法抵挡副帮主的魅力好吗？他的荷尔蒙简直就是原子弹级的！砰地炸下来我就尸骨无存！你们没被他撩过不会懂的！而且我和他的感情本来就挺深的，这里感情指的是友情。我大一开始玩这个游戏的时候，在游戏里的第一个朋友就是他，我们两个小白天天一起升级打怪研究副本机制琢磨怎么把 DPS 打更高，几乎天天都在游戏里见面，虽然游戏是虚拟的，但感情是真实的。我一个三次元死宅朋友也不多，这三年副帮主可以说是我最重要的朋友之一了，我平时什么都和他说，挂在 YY 上天南海北地瞎侃，给对方唱歌，这三年的七夕、情人节、平安夜我都是和他一起边打游戏边过的，我和他都是唯一知道对方账号密码的人……怎么回事，感觉越说越暧昧了！

所以说……谈恋爱也不过就是把这种感情转化一个性质而已对不对！对！好朋友变成恋爱对象是很平常的事有没有！有！

可是我又怕我被你们这些家伙误导得想太多了，毕竟客观地说，他没有明确地表示什么，万一我在这自嗨完毕速配成功，结果实际上副帮主却只是喜欢开玩笑逗我玩而已，那我就只能哭成傻×了，所以……我还是先尿着吧，嗯，先尿着。

早知道今天晚上他拉我的时候我不逃跑就好了，看看他究竟想干什么……

不过后悔也没用了，今天先到此为止吧，我现在纠结成狗了估计要失眠，所以我决定上跑步机跑一会儿，跑到筋疲力尽肯定可以倒头就睡。

大家晚安，明天见。

6449 楼：

噗哈哈，感觉楼主在努力地说服自己接受喜欢上副帮主的事实……话说，你才发现你们两个一直很暧昧吗？群众的眼睛是雪亮的，别犹豫，出击吧！楼主！

6455 楼：

突然感觉一直在起哄的自己责任重大怎么破？但是副帮主真的撩得很明显了，他对你有好感是可以肯定的，只要他不是个渣渣就好。

6457 楼：

是忠犬，不渣。

211

第十二章

………… 跨省抓捕与旋转木马 ………

6612楼（楼主回复）：

楼主回来了！特大喜讯！特大喜讯！我和副帮主在一起了啊啊啊啊啊！我不知道怎么说了虽然我已经到家了但是我仍然激动得快要死了！打字的时候手都在抖！

让我想想我应该从哪儿开始说！今天发生的事情太多了简直，楼上那些催更帖祝我那啥炸裂的小妖精，你们要珍惜一个在脱团当天后半夜回了家还能按捺住喜悦得上天的心情给你们码更新的楼主！

从早晨开始说吧，昨天我果然一宿没睡好，虽然上床前敷了面膜但今天早晨起来还是多了两个大黑眼圈憔悴得不行，于是我就趁我妈出门买菜的时候偷偷潜入她的房间用了一点点她的遮瑕膏。

感觉那个蹲在梳妆台下面偷偷摸摸涂脂抹粉的自己好像一个精神病……

我也就不说我爸突然闯进来的时候看我的眼神了……

处理完黑眼圈我就打扮得非常好看地出门了，心情各种忐忑。

我们之前约好在一家吃早点的小店见面，我一进门就听见副帮主叫我

/ 我的超神男友 / 212

的名字，今天的他也像昨天和前天一样英俊……咦嘻嘻嘻不愧是我男人！喀，然后我就坐在他旁边吃早餐，他一句昨天晚上的事也没提，吃完早饭我们就去景点玩了。

6613 楼：
沙发！恭喜楼主贺喜楼主！等到半夜果然有惊喜！

6618 楼：
早点睡觉，熬夜不乖。

6623 楼：
6618 楼能不能好了！整个论坛都盼着楼主这口狗粮呢，敲食盆等发粮！

6658 楼（楼主回复）：
自从昨天晚上把问题想开了之后，我今天就一直心神不宁的，满脑子胡思乱想，一直忍不住偷偷瞟副帮主，而要命的是每次我偷偷瞟他，我都会发现他也在看我……对视之后我就会假装若无其事地转移开视线，然后在心里慌成狗。

幸好我们在一起了，嘿嘿，不然我今天晚上又得纠结得失眠。

我们今天上午去的是一个很出名的古镇，现在虽然不是旅游旺季，但今天是情人节，所以来玩的人仍然不少，六个妹子你拉着我、我挽着你的走在前面，我和副帮主跟在后面。这时候正好对面走过来一大帮游客把我和副帮主挤散了，等那帮人过去我抬头一看，副帮主还站在原地等我。

刚才那帮人走过去之后路上的人显得少了很多，副帮主回头看看我，他头顶上是湛蓝湛蓝的天，身后是灰瓦白墙棕色门板的小楼组成的老街，家家户户都挂着一串串的大红灯笼，金色的阳光照在他脸上，显得他的眉毛眼睛特别黑。

我站在那里看着这么一幕，突然感觉好看得不行，不知道为什么连眼眶都有点发酸，然后我就把手机拿出来冲他喊："现在人少，站那儿别动，给你照张相。"

副帮主微笑，手插在大衣口袋里看着我。

我先给他照了两张，然后说："换个造型。"

副帮主抬手，给了我一个飞吻。

而我从他抬手的一瞬间就死按住照相按钮不放，到他的飞吻结束，一共连拍了三十一张。

副帮主问："照好了？"

我说好了，然后跑过去给他看，心跳怦怦的。我点进相册选中刚才连拍的三十一张，然后从最左飞快撸到最右，屏幕上的副帮主就又对我做了个飞吻，眼睛笑笑的，又英俊又温柔又可爱，看得我直脸红。

"这个好。"副帮主说。

我按捺住兴奋的心情，说："晚上有 Wi-Fi 了给你发过去。"

副帮主说行，然后握住我手腕说："走吧。"

我这小心脏又不争气地开始狂跳，虽然不好意思但也舍不得把他甩开，也不敢问，我怕我一问他不好意思就松手了。

虽然副帮主的脸皮肯定没那么薄！

副帮主看了我一眼说："怕你再被人挤走。"

我用尽全身力气维持住冷静的表情："那你牵牢点。"

副帮主笑笑，意味深长地说："死也不放手。"

当时我是纠结的，又觉得暧昧又怕自己想多了，然而现在我可以确定，副帮主说这话时的确就是我想的那个意思！

6663 楼：

嗷呜，这口狗粮好好吃！

6671 楼：

楼主从傲娇麦毛变成了小花痴，哈哈！赌五毛钱楼主会翻来覆去看副帮主那三十一张飞吻连拍。

6698楼（楼主回复）：

6671楼，被你猜中了，我的确看个没完来着，反正这一整天副帮主一不注意我就看，假装他又朝我飞吻了，感觉自己可能没救了。

继续说……

下午，我们逛街路过一家便利店的时候，副帮主进去给大家买水。

然后我也跟进去，在店里找了一圈，找到一份超大盒装的巧克力，然后拿着巧克力去结账。

副帮主正在结那些水和饮料的账，看见我的巧克力，就和店员说："算在一起。"

我深吸一口气，做好和他推让三百回合的准备："不用，我自己来。"

副帮主居然破天荒地没坚持。

为什么说破天荒呢，因为我这两天和他在一起几乎一毛钱都没花过，不管干什么他都抢着付账，而且态度非常坚决，并不是客套客套那种，所以这难得的付账机会我十分珍惜。我迅速把账结了，抱着那个超大的心形盒子出便利店，拆开包装把里面的巧克力分发给六个妹子，分到副帮主时巧克力还剩一小半，于是我就把整个盒子带巧克力全塞给他，说："剩下的都归你了，情人节快乐。"

是的，我就是找借口送他巧克力！

我是不是很有心机超机智的？那必须是！

收下我送的情人节礼物之后，副帮主走在路上一颗接一颗剥巧克力吃，一米八九的大个子捧着个少女心满满的粉色心形盒子吃巧克力，一边脸颊被巧克力撑得鼓起来个包，特别反差萌，我越看越想笑。

副帮主看我笑他，当机立断又剥了一颗，另一边脸颊也鼓起一个包，像仓鼠似的，我瞬间笑出声了，副帮主也看着我笑，这一笑更像仓鼠了。

我们正在那儿看着对方傻乐，忽然有个卖花的男生迎上来问我们要不要买花，他可能以为我们之中有情侣……

然而谁能想到我们当时竟全都是单身狗……

副帮主看看那男生手里的红玫瑰，慷慨地说："我全要了。"

付完钱，副帮主抱着一大捧红玫瑰，学我分巧克力的样子，给每个妹子发了一朵，发到我这儿，花束基本没见小，然后副帮主就把那一大捧玫瑰全塞给我，说："剩下的都归你了，情人节快乐。"

和我之前说的一个字都不差！

6703 楼：

楼主终于开始反撩了，哈哈，不过道行还是比不过副帮主啊！

6714 楼：

嗷嗷嗷快表白快表白！我猜副帮主之所以不抢着结账了是因为知道这是楼主买给他的礼物！

6749 楼（楼主回复）：

他这么一弄，我就更心神不宁了，整整一下午加吃晚饭，我都全程密切观察副帮主的动向，他一有点动作我就觉得他要搞事，他的脸朝我贴近一点，我就觉得他是兽性大发，要突然在大庭广众之下狂吻我，他多看我一眼，我就觉得他是按捺不住要向我表白，他一往我这边走过来，我就觉得他要顺势一把抱住我……

我今天真是过得好辛苦！

吃完晚饭，我们八个打车去游乐场，今天晚上游乐场有情人节嘉年华，应该会很好玩，往游乐场去正好要经过他们住的酒店，于是副帮主就下车把空巧克力盒和送我的玫瑰花都送回酒店了。我们轻装上阵，在游乐场集合，买了票一起朝大门进发，然而走着走着我就万分惊悚地发现那六个妹子不！见！了！

游乐场门口人特别特别多，我当时没想到她们是要坑我，所以挨个给她们打电话，可是一个也不接！我只好又跑到帮会 YY 群里问，结果她们说她们集体吃坏肚子一起去找洗手间，让我和副帮主先进去玩，不管我怎么说她们都不出现！

我那时已经明白了，她们是在组团搞事情！我用余光能感觉到副帮主的视线正落在我脸上，我紧张得肠子都打结了！我盯着手机屏幕咽了咽口水，鼓起全身勇气抬头看了副帮主一眼，结结巴巴地说："她们……肚子不舒服……让我们先进去……"

我越说脸越红，心脏跳得飞快，都恨不得当场昏迷过去让救护车把我拉走得了！

副帮主眉眼含笑地望着我，说："那走。"

本来和副帮主独处我就紧张，加上一种有大事要发生的预感，所以我僵硬得跟木偶差不多，我和副帮主肩并肩走在游乐场里，什么也看不进去，什么都想不明白，走着走着，副帮主突然在我肩膀上点了点。

我一个激灵，猛扭头："干、干吗？"

副帮主忍着笑说："……你走路同手同脚了。"

我："……"

我做了个深呼吸，搓搓红得快要滴血的脸，到处看了一圈，这才发现我们已经走到旋转木马这里了。

旋转木马做得特别漂亮，到处都漆得金灿灿的，让灯一照，亮得耀眼，金碧辉煌，像童话里的城堡一样华丽，感觉好像有发光的粉从那里游到外面似的，旋木上面有小孩子，也有年轻的女生，到处都是欢声笑语，有人拿着棉花糖，有人拿着糖葫芦……

一种特别幸福、特别甜的气息从那些旋转木马上面飘出来，把我也感染了，我忽然一阵热血上头，心想现在不说还等什么时候呢？他们明天就走了，今天还是情人节，所以我就张嘴说："我……"

我刚说了一个"我"字，副帮主就打断我把下半句接上了。

他说："喜欢你。"

紧接着他就把我抱住了，是那种霸道的抱法，就是我的两条胳膊都被他紧紧固定在自己身体两边，整个人像根棍子似的一动不能动，我正想抗议说我也想抱抱他，手都动不了，副帮主就贴着我耳朵说："看你这回怎么跑？"

然后，就像昨天晚上似的，他的脸离我越来越近……

我现在印象最深刻的就是当时他的眼睛，特别亮，里面绝对有星星，不是灯晃的，因为旋转木马的灯光在他背后，他就是那种天生眼睛里有星星的人，不服不辩！

再然后，他亲我了。

很软、有点儿凉、有点儿甜、特别舒服，哪都舒服，心脏和四肢好像都融化了似的，最后整个人都化了，好像飘在天上一样，脚下的地面是软的。

我回过神之后心里第一个念头是，原来亲吻是这样的。

我想一天亲他一万遍！

6753 楼：

楼主肠子都紧张得打结了？让副帮主安慰你就好了……嘤嘤嘤我在胡说什么我可是个纯洁的小姑娘！告白好甜啊超级满足！

6759 楼：

我已经幸福得圆寂了，旋转木马什么的，好美好……

6765 楼：

他也想亲你一万遍。

6801 楼（楼主回复）：

我们一直断断续续地亲着，我说我也喜欢他，刚说了这几个字就又忍不住亲到一起去了，周围的人好像都在看我们，不过我们当时都激动得昏头了，这种事完全无所谓了。

"我以后就是你男朋友了。"他抱着我说。

我心里畅快得就好像有几千只鸽子呼啦啦地一起飞出去了似的，激动得都出幻觉了，我感觉天旋地转，满天都是虚拟的鸽子羽毛轻飘飘地落下来，我在幸福中沉浸了一会儿，说："好的。"

他用大拇指在我嘴唇上轻抚了两下，说："就这两个字？"

那温柔的眼神，我都不好意思看他了，然而他仍然那么目不转睛地看着我。

我一捂脸，很崩溃："你别看我了，我要不行了。"

我不知道怎么确切地形容，我高中写作文得过好几次零分，表达能力让人着急，那种感觉就是高兴得快死了，但是又不好意思看他，被他抱着的时候全身上下每个毛孔都在依次爆炸，既想按着他狂亲又想找个地缝钻进去，好像只有躲进异次元空间里自己狂吼大叫、乱蹦乱跳十分钟再出来才能恢复正常，基本就是这种感觉！你们自行体会一下！

我当时的表情肯定特别娇羞、特别不忍直视，因为副帮主看我的时候一直在坏笑，笑了一会儿他就把手机拿出来低头打字，我也把我手机拿出来看，发现他正在帮会群里昭告天下呢。

我幸福得鼻涕泡都要冒出来了，但为了不崩人设，还是在群里口是心非地咆哮了一下，咆哮完，娃娃音突然告诉我其实他们背着我又建了一个帮会 YY 群，那个新群里包含了除我之外帮会里的所有人，说完还给我发了一串截图……

截图里的面基六人组在新群里事无巨细地汇报了我和副帮主的各种情况，什么我和副帮主某时某刻对视了几秒钟，然后我娇羞地脸红了什么，副帮主冲我飞吻了我笑得一脸花痴……这也就算了，我居然不知道帮会里还潜伏着两个写手而且她们竟然还在群里开上车了，天天接力发文，还是什么鬼 ABO，主角名就是我和副帮主的游戏 ID！

我被滚滚天雷劈得死去活来！

奄奄一息中，我又看了一眼那个新群的名字，居然叫"跨省抓捕×××"，为了防止被搜出来我把后面三个字屏蔽了，但你们也能领会个大概意思了吧。

这时，副帮主贴在我耳边低声说："宝贝，你落网了。"

我："……"

原来除了我之外全帮上下都是一伙的……我再也不相信友情了！

6812 楼：

楼主写作文得零分目测是因为跑题，这楼本来是吐槽 S 和 B 的，结果现在都歪破天际了哈哈哈！

6819 楼：

歪吧歪吧，反正挺欢乐的。

6849 楼（楼主回复）：

我和副帮主这边告白完事之后，那几个妹子就嗖嗖地冒出来给我们鼓掌，原来她们一直在后面埋伏着，我也是要被她们玩坏了。这时旁边围观的路人越来越多了，毕竟两人当街狂吻五分钟这种事还是挺少见的，所以我就拉着副帮主招呼妹子们快走，不然被人拍照发微博就要命了。

我们跑到离围观人群远远的地方，打算去看夜场表演，我全程都不太好意思和副帮主说话，只是紧紧牵着他的手，刚开始只是普通的牵手，牵了一会儿就变成十指相扣的那种。副帮主一直逗着我说话，我就嗯嗯啊啊地应着，因为我除了单音节之外口干舌燥得什么都说不出来，还一直面红耳赤地盯着地面，因为盯得太紧了居然还捡到五毛钱……

你们想象一下我右手和副帮主十指紧扣，脸烫得能煎熟鸡蛋，整个人都在冒粉红泡泡，然后蹲下用左手捡别人丢的五毛钱的场面。

很智障是吧……

因为我当时智商的确是跌到负数了没毛病！

然后路过洗手间的时候，我说："我去一下洗手间。"

副帮主微笑着松开手："你去吧。"

我飞快地看了他一眼又飞快地看向洗手间，结结巴巴地问他："你去……去吗？"

副帮主哧地笑出来了，但仍然定定地站在原地，似乎并没有要一起的意思。

我没脸在他面前站着了，拿出五十米跑的速度冲进洗手间。进去之后我发现洗手间里正好没人，于是我就站在洗手池前一脸幸福地傻笑，为了发泄一下胸中憋得快要爆炸的喜悦之情，我朝空气挥了几拳，又狠狠蹦了几下，边蹦边喊"耶"。

"耶"完了，我忽然感觉脊背一阵凉意，一回头，副帮主正在门口看着我呢，笑得露出一口白牙，非常肆无忌惮。

我："……"

我："大兄弟，你不是不来吗？"

我的脸，大概是绿色的。

副帮主笑着摊摊手："我好像没那么说。"

我的尴尬之情完全不能用语言描述，我一低头，风一般跑进隔间里飞快地关门落锁！

6855楼：

哈哈哈自己乐得发疯的时候被抓个正着！副帮主今天晚上一定没少憋

笑，八块腹肌想必变得更有棱角了，嘿嘿。

6859 楼：

差评，差评！关键时刻掉链子！

6935 楼（楼主回复）：

之后我们又在游乐场玩了很久，一直玩到快散场，往出口走的时候路过我们告白的旋转木马，于是副帮主就非拉着我一起坐木马，还厚着脸皮想和我坐一匹，我二话不说就把他推下去了。

副帮主只好坐上我旁边的那个，笑得很暧昧，问我："害羞了？"

我瞪他："屁，我是怕你把马压坏！"

快散场的时候人少，我和他坐了两轮，他一直举着手机自拍。回去的路上他叫了三辆车，我和他单独坐一辆，一起坐后排，他把照片用美图应用加了个特效给我看。我们一人坐着一匹旋转木马，他在前，我在后，两人都看着镜头，他微笑得很有气质，我举着 V 字手傻乐，本来就很明快的颜色被特效渲染得更梦幻，还加了些五颜六色的气泡，美好得像童话一样。

从来没用过美图软件的我非常感慨，贴着他耳朵小声说："美完图真好看，我以前都不用这些的。"

他低低地笑了一声，突然侧过脸，捏住我下巴，一言不合就亲下来了。

我感觉司机可能看见了，臊得手脚都没地儿放，让他亲了一会儿，我就一扭头把脸整个贴车玻璃上了。因为我当时是想用玻璃给自己的脸降温，所以整个脸都结结实实地糊上去了……

在出租车旁骑着电瓶车等红灯的外卖小哥不知所措地看着我，不知道应该用什么表情面对我。

我："……"

我发现了，别人都是急中生智，唯独我是急中生蠢！

副帮主笑着把我拽回去，按进怀里抱住，说："不亲了，别怕。"

我："嗯，光天化日的，这样不好。"

虽然当时是黑天吧。

副帮主频频点头："我错了，回酒店再那样。"

我一脸正气地强调说："我回酒店只是为了取鞋。"

副帮主毫无诚意地应着："好好好，你取鞋。"

6641楼：

哈哈，急中生蠢，楼主很有自知之明嘛。

6645楼：

快说回酒店之后怎么了！这两天狗粮吃够了，也该换换口味吃顿肉了！

6646楼：

写不可描述的事就举报。

6670楼（楼主回复）：

继续说，回酒店之后，副帮主还是先去洗了个澡，洗完出来了问我："宝宝要不要洗？"

在我看来这句话就是在问我要不要那啥，于是我忙说："不洗。"

副帮主也没有坚持，吹干了头发之后换上睡袍走到床边坐下，然后招呼我说："宝宝过来。"

我走到他面前，他又说："转过去。"

我就背对着他，刚转过身腰上就多了两条胳膊，被他往后一拽，我就重心不稳跌坐在他腿上了。

副帮主把下巴抵在我肩上，轻轻出了口气说："早就想这么抱抱你了。"

我握住他按在我腰上的两只手，问他："你什么时候开始喜欢我的啊……"

他声音很温柔："不好说，天天和你在游戏里混在一起，日久生情。"

我不甘心，追问："那具体是什么时候完成从量变到质变的转化的？"

他想了一会儿，说："有一次B和S在主城外面的村子里假装给王婆婆那个NPC送温暖，记得吗？"

一提这事儿我就有点儿想笑："记得。"

他："你在地上放了一打鸡蛋，还和NPC说节哀顺变。"

想起自己干过的傻事儿我有点不好意思，就说："那是让 B 和 S 他们两个带的。"

副帮主亲亲我耳朵，说："就算他们两个那样，一般人也只会一笑而过，但你的反应很可爱，所以那天开始我就经常忍不住回忆以前和你相处的细节，越想越觉得你其实一直都很可爱。"

我更不好意思了："你不觉得我那样挺傻的吗……"

副帮主微笑："蠢萌。"

我："……"

所以说还是蠢咯？！

副帮主继续说："后来看了你的照片，我就更喜欢你了。"

我有点得意："看我长得好看是不是！你这个肤浅的人！"

"好看只是一方面，"副帮主慢悠悠道，"主要是长得欲求不满。"

我愤怒地在他大腿上拍了一把："你闭嘴！"

我长得这么正直一个人！可以说是天生一脸凛然正气！怎么就不满了！

副帮主语气有点儿幽怨地说："确认了自己的感情之后，我一直想方设法地撩你，你的反应真是让我……"

我解释说："我主要是没往那个方面上想……"

副帮主顽强地接上下半句："让我恨不得直接把你按在床上。"

我的脸马上通红通红的："你要点儿脸。"

我高贵冷艳的副帮主怎么突然变成臭流氓了？！

然后他就真把我按床上了。

然后……

时间就神奇地跳跃到一个小时之后了！

这可真是好神奇！我一定是发现了时空裂缝！

6676 楼：

楼主的拉灯方式真别致！

6682 楼：

楼主就这么拉灯了？神奇地跳到了一个小时之后？还时空裂缝？我有

一句话不知当讲不当讲？

6693楼（楼主回复）：

总之一个小时之后，我也去简单冲了个澡，然后裹着酒店浴袍和副帮主一起趴在床上看《海贼王》，副帮主趁我洗澡时还下楼买了一堆小吃让我边吃边看，我们看的是山治的回忆篇，那段太感人了，我都看哭了，哭得直冒鼻涕泡，虾条都吃不下去了。

我们看到半夜，然后我就换好衣服回家了，虽然副帮主挺希望我能留下陪他住，不过我要是夜不归宿我妈肯定得骂我，所以我还是乖乖回去了。

到家的时候正赶上我爸妈在厨房吃夜宵，看我回家了就把我叫过去，问我干什么去了。我说和朋友出去玩了，我爸问男的女的，我说男的，我妈全程目光灼灼地盯着我，冷不丁问了一句："你脖子怎么红一块紫一块的？"

给我吓得马上急中生蠢，开始胡说八道，告诉她是狗啃的……

说完之后我没等他们说话就跑回卧室关门上锁抵在门上喘粗气，生怕我爸妈杀进来，但事实证明我想多了，他们问都没再问我一句。

虚惊一场！

嗯……今天该讲的就都讲完了，没说到的地方大家自行脑补一下吧，和谐社会，不能描写脖子以下，反正没上本垒，就小小地那啥了一下。

我相信诸位小姐姐的脑补能力，你们想象的一定比现实还精彩！加油！

6695楼：

狗啃的……这个鬼借口你确定你爸妈能信？

6699楼：

楼主你把肉交出来啊啊啊啊啊！你和副帮主究竟干什么了？啊啊啊！脖子怎么就红一块紫一块了？别逼我开车我告诉你！我开起车来自己都害怕！

6703楼：

汪汪汪。

第十三章

挥金如土与异地恋

6879 楼（楼主回复）：

大家晚上好，一天没看帖子，你们的回复简直……我眼睛都要瞎了。

小姐姐们在楼里开车能不能稍微保留一点点节操，什么囚禁捆绑女仆装兔子装我都勉强忍下了，但是 6823 楼你这句"副帮主突然长出来八条触手侵占了楼主全身上下所有的洞"是真的吓到我了！如果副帮主真的突然长出八条触手，我一定会吓得一边狂吼一边裸奔跑出去报警，不会"睁着水光盈盈的大眼睛，扭动着纤细的腰肢欢迎副帮主的入侵"的，这个设定太奇葩，差评。而且，我是不会发出"嘤咛"一声娇喘的，我只会发出一声娇喘，写手小姐姐你们脑补得太严重了好吗。

还有……那个把所有开车的回帖都打赏了一遍的土豪是想干什么！钱多得没地方花的话可以打赏给我啊！你们穷苦的楼主去食堂吃鸡蛋灌饼都不舍得加蛋呢！

好了，说说今天的事情。

最重要的一件就是，副帮主他……可能要在我家过年了。

他们本来的计划是今天走，副帮主还有两个妹子的飞机是今天下午，另外三个妹子的火车是傍晚，这两天我们这儿的著名景点我都陪他们玩过了，所以今天上午就带他们在商业街随便逛逛。

今天刚见到副帮主的时候我还挺不好意思的，一见到他我就马上想起昨天晚上的事，满脑子都是他没穿衣服的样子，简直要疯。当时副帮主站在约好的地方等我，我下了公交车，从车站往他那边走，越走脸越红，走到他面前的时候耳根都红透了，副帮主还目不转睛地盯着我，成功地观察到我的脸由白转红的全过程，给我窘的啊，他还好意思笑！

那五个妹子说不当电灯泡，然后她们就结伴逛街去了，留我和副帮主两个人。

副帮主低头看了我一眼，就过来牵我的手，我躲开了，说："别闹，光天化日的。"

副帮主："就要光天化日。"

说完又要来牵我，我拔腿就跑，副帮主在后面追我，边追边笑着说别跑，我脑子一抽，就说哈哈哈有能耐你就来我抓住啊，我五十米跑全班第一！

我矮，但是我敏捷！

然而我还没跑出十米副帮主就成功地追了上来，一只手抓住我胳膊，另一只手按着我后脑勺，一把把我怼墙上死死按住，亲了一分钟。

那画面，非常有一种电影里在花海中你追我赶的狗男女的既视感……

亲完了，副帮主用训小朋友的语气问我："还跑不跑了？"

我呼哧呼哧喘气："腿软，跑不动了。"

副帮主强行和我十指相扣："走。"

我顶住压力，迎着路边行人的目光，和他手拉手走进商场，心里虽然忐忑，但是也很甜。

我们在商场逛了一上午，我发现我男朋友真的是个神壕，花钱不眨眼，看见什么都想给我买，我就一直在婉拒，毕竟一个学生狗，真不太好意思让他给我买太贵的东西，所以今天和他逛街的全程我基本都在重复以下几句话——"我真不要，谢谢""我自己买""爸爸您太破费了""不不不我不想玩奇怪的 PLAY，我就是叫习惯了以后改"……

副帮主叹气，说："为你花钱我高兴，别和我见外，好吗？"

我乖巧回答："行，我知道了。"

副帮主欣慰："乖，想要什么就告诉我。"

我一脸挥金如土的妖艳贱货表情，说："那你给我买个冰激凌去。"

副帮主幽幽地盯了我一眼。

我伸出三个手指头，说："要三个球的，抹茶、提拉米苏和朗姆酒葡萄干口味的。"

副帮主眯着眼睛看我，杵在原地不动。

我眨眨眼睛，告诉他："一个球二十四，很贵。"

完全可以满足他想为我一掷千金的冲动。

副帮主摇了摇头，露出一个很温柔的笑容，在我头上揉了一把，然后去买了六个冰激凌球，我们手拉手换着吃，你舔舔我的，我舔舔你的。

谈恋爱真好，真幸福。

路过 ×× 护肤品专柜的时候，副帮主又问我要不要买他们新推出的护肤套装。

我前几天的确是用了你们推荐的 ×× 家的面膜，还觉得挺适合我的，不过 ×× 家的东西太贵了，一整套护肤套装够我在学校食堂吃一个月了，于是我就对他说："我从来不护肤。"

副帮主意味深长地瞟了我一眼，说："哦。"

然后他就买了两套，说他自己用。但我觉得他还是给我买的，我也不傻……

男朋友太爱为我花钱了，我很惶恐怎么办，在线等。

6883 楼：

楼主你这是赤裸裸的炫耀啊，怎么办？当然是原地分手然后把男朋友转让给我，谢谢。

6889 楼：

我也想被一米八九的帅哥壁咚啊！我也想有个钱多得没地方花的男朋友变着花样、绞尽脑汁地给我花钱啊啊啊！好气哦！

6892 楼：

别和他客气。

6921 楼（楼主回复）：

中午我们找了个餐厅吃饭，我问他飞机是几点的，他说五点多，我说那我们两点往机场走怎么样？

副帮主面无表情："不怎么样。"

我："那一点半？"

副帮主："……"

我："这个时间不堵车，一点半肯定来得及。"

副帮主捏捏我下巴，问："我下午就走了，你不想我？"

我承认了："想。"

副帮主："所以呢？"

我就很羞涩地说："所以你回去了记得天天给我打电话，多发微信，多发自拍……我……肯定特别想你。"

啊啊啊啊啊啊我是怎么说出来这么腻歪、这么有情调的话的！我简直好棒棒！

然而副帮主并不领情，还有点儿生气似的，咬牙切齿地说："我真是恨不得现在就把你按倒。"

我脸都红炸了。

然后我低头看了眼手表，说："那来不及，都十二点半了……"

副帮主："……"

我："除非你很快。"

副帮主做了个深呼吸，我感觉他好像想掐死我。

6924 楼：

妈呀急死我了，副帮主是想让你叫他别走啊！楼主这个没情商的笨蛋！

6928 楼：

。

6940 楼（楼主回复）：

副帮主沉默了一会儿，换了个话题，说："还有五天过春节。"

我看了眼日历："是的。"

副帮主抱着怀靠着椅背："我父母今年春节不回国，我一个人过。"

我："……"

副帮主换了个语气，幽幽道："屋子里空荡荡的，我就一个人吃饺子，一个人看春晚，一个人听着外面的鞭炮响，一个人没事可做，只好画设计图打发时间……"

我鼻子一酸，都快被他说哭了！

想想他一个人在家孤零零过春节的样子，我都心疼死了！

于是我脑子一热，一把握住他的手，说："要不然今年你在我家过春节吧，我就告诉我爸妈你是我朋友。"

副帮主飞快地说："行。"

一秒钟的迟疑都没有！

我："但是……"

副帮主霸道地打断我："没有'但是'。"

我噎了一下，继续说："我是想说你住的酒店太贵了，住到春节过完太费钱，要不然你明天开始上我家住……"

副帮主再次飞快地说："好。"

于是接下来的事大家都知道了，副帮主今天没走，而且会在我家过春节。

我是想先和爸妈说一声，然后把家里收拾收拾再让他来，所以他又续了一天的酒店，明天再过来住。

然后此时此刻我已经和我爸妈说完了，我说我有个朋友前几天来这边玩，但是回去的时候春运太凶残买不到票，大过年的他一个人待在酒店里怪可怜的，要不就让他来我们家一起过年吧。我爸妈都没什么意见，我妈还说既然是我朋友就让他直接来家里住，反正有空房没必要浪费钱住酒店，还帮我收拾了一下房间，我爸还把浴缸和马桶刷了一遍……

不知道是不是我的错觉，我感觉我爸妈好像……有点儿高兴似的？

对了，他们没再问过我脖子上吻痕的事，我今天特意穿的高领毛衣，遮得严严实实的，他们可能是没想起来。

6945 楼：
哈哈哈副帮主装可怜装得真不错，我给满分。

229 🐾

6952 楼：

感觉楼主爸妈好像发现了什么？希望向家人坦白的时候不要有波澜。

7180 楼（楼主回复）：

两天不见，小伙伴们有没有想我。

因为众所周知的原因——副帮主住到我家来了，所以昨天晚上我没找到机会更帖子，来论坛开帖这种事可不能被副帮主发现，不然我写了这么多关于他的事情被他看见得多尴尬！

至于现在……他洗澡去了。

我家房子是三室一厅的，两间卧室一间书房，书房是最小的一间，但是可以放下一张折叠床，我妈本来想把我撵去书房睡，不过副帮主坚持要自己睡书房。

不过睡哪都一样，反正他半夜肯定会偷偷跑过来！

我一想到今天晚上还能抱着他睡觉就忍不住露出了羞涩的笑容。

我爸妈挺喜欢他的，昨天晚上我妈做了她最拿手的菜，我爸还和他喝了几杯。没办法，我男人的魅力的确很难抵挡，长得帅，又壕，在长辈面前礼貌得体，珠宝设计师什么的一听就很厉害，简直就是完美！

昨天吃完饭之后我和他回卧室，我们一人一台笔记本电脑，并排摆在我从初中用到现在的学习桌上，他邮给我的暖宝宝还有那支润唇膏都被我放在书桌上层的架子上了，随时用随时拿。

副帮主看着那支润唇膏，眉毛一挑，拿在手里。

我突然想起来个事，就问："你故意先拆封自己用了再寄给我，是不是想和我间接接吻？"

他耿直地点点头："是。"

我："果然。"

他笑着看我，问："刚知道的时候是什么心情？"

我："……脸红了，但是我告诉自己别瞎想。"

他："你嘴唇有点干。"

说完，他就自己抹了一点，然后凑过来亲我，就像《喜剧之王》里张柏芝借口涂润唇膏亲周星驰似的，用嘴唇在我嘴唇上慢慢地蹭……这个若即若离的亲法简直太要命了，我脑袋里激动得像着火了似的，恨不得咬他一口。

所以本来想一起打会儿游戏的我们连电脑都没开，就边亲边滚到床上去了。

副帮主的腹肌真好看，我能再舔一百年。

然后我们昨天晚上就还是老样子，稍微不可描述了一下……

完事之后我们去冲了个澡，换上干净的睡衣，副帮主先装模作样地去书房演了一下，然后我爸妈一回他们的卧室他就溜回来了。半夜爬床什么的真刺激嘿嘿嘿，我长这么大还是第一次和恋爱对象一起睡觉，激动得根本睡不着。关灯之后我就在黑暗中炯炯有神地盯着他，一会儿在他脸上摸摸，一会儿在他身上摸摸，一会儿在他怀里拱拱，总感觉像做梦似的，幸福得不真实。再想想我爸妈都以为他只是我的普通朋友，心里就有种在偷偷摸摸做坏事的禁忌感，越想越刺激，就又来劲了……

简而言之，折腾到午夜两点才睡，一地手纸。

7196 楼：

副帮主很机智啊，就这么提前打入了老婆家庭内部，和岳父岳母搞好了关系。

7203 楼：

哎哟那只唇膏果然是有预谋的！

7276 楼（楼主回复）：

说起来副帮主这个澡已经洗半天了，奇怪，他前几天洗澡没这么慢啊！

抓紧写一下今天的事好了，今天我带他去我的学校参观了。我大学在本地念的，主要是懒，其次是方便回家蹭饭……现在是寒假期间，不过因为有寒假留校的学生在所以学校大部分区域都是开放的。留校的学生都集中搬到一栋寝室楼去了，我带他去我的寝室楼，大门锁了进不去，我就把我寝室的窗户指给他看，给他讲我们大一的时候熄灯之后集体从二楼翻窗出去上网吧玩游戏的事，我记得那时候他和我还一身破烂装备天天在副本里纠结得死去活来呢……后来我又带他去了操场、教学楼、活动中心还有图书馆，我都好久没去借书了，险些在寻找图书馆的路上迷失。

他看着我一脸蒙╳的样子，笑着说："一看就知道平时不爱学习。"

我轻轻踹了他一脚，说："我要是沉迷学习，不玩游戏，还能认识你吗？"

他凑过来，捏捏我的耳朵，说："以后适当少玩一点，你已经认识我了，玩游戏的目的达成了。"

我都被气乐了，问他："我玩游戏就为了认识你啊，你脸呢？"

他摸摸自己的脸，假装惊讶："呀，没了。"

我假装关心："是不是落操场上了，我们回去找找？"

他坏笑着看我："不，应该是昨天晚上让你亲没的。"

我："……"

他："至少亲了一百下。"

我掐了他一把，说："滚蛋。"

我昨天晚上最多也就是亲了他二十下！

副帮主这个不要脸的！

7281 楼：

楼主才不要脸呢！借 818 之名，行秀恩爱之实！

7282 楼：

附议楼上！

7319 楼（楼主回复）：

在学校里溜达了一会儿，我就带他去食堂吃饭，我们学校食堂挺不错的，味美价廉，寒假虽然只有几个档口是开着的，不过这几家都很好吃。我的校园一卡通里没钱了，于是我去自助充值机那里充了二百块钱，买了吃的，和他找地方坐了。

我说："尝尝这个鸡蛋灌饼，加了一个蛋，可香了。"

他咬了一口："嗯，不错。"

吃了一会儿他指指桌上的校园一卡通问："这个丢了怎么办？"

我就解释说："校园卡绑定学号，丢了可以马上去校务网挂失，挂失完旧卡就失效了，到时候拿着学生证补个新的就行，不怕丢。"

他点点头，把卡拿在手里说："我去买水。"

我嗯了一声，埋头猛吃。

过了一会儿，他拿着热可可和咖啡回来了，把热可可和校园卡往我眼前一放，说："我往里面充了点钱。"

我吓了一跳问多少，他说了个数，我顿时感觉我可能是全校校园卡里存款最多的人……

副帮主好像还觉得不够似的："只能用现金，我身上只带了这么多。"

我还是特别不好意思，因为这对我来说已经算巨款了好吗！

然而还没等我说话，副帮主就先下手为强把我怼回去了，说："如果你再和老公见外……"

听见这个称呼，我心脏怦地一跳："怎样……"

他："那我就不得不用实际行动狠狠强调一下我们的恋爱关系了。"

我："怎么……"

他用那种仿佛已经透过衣服看到我身体的暧昧目光把我从上到下慢慢扫了一遍，问："你说呢？"

我摆摆手："不见外，不见外。"

他笑了，说："以后宝宝吃鸡蛋灌饼都要加蛋。"

我热泪盈眶："好的。"

活到这么大，除了我爸妈我还从来没被人关心过加不加蛋这种小事，感动得我恨不得当场拉着他去领结婚证！

虽说实际上领不了……

在我感动得不要不要的时候，副帮主又语重心长地说："以后多吃一点，你长不高一定是缺营养。"

我："……"

副帮主轻轻咳了一声，补救道："……娇小可爱我也很喜欢。"

不！说什么都没用了！我决定以后在他身边要跳着走！

7327 楼：

嘤嘤嘤简直完美男友，小白兔一样的楼主也很可爱……

233 ⑥

7335 楼：

楼主既然这么感动，就自己主动点啊！

7340 楼（楼主回复）：

不说了，副帮主洗完了，我听见他吹头发了，大家过几天见。

7620 楼（楼主回复）：

小伙伴们好久不见，楼主终于回来了，大年初二，给大家拜个年，新年快乐么么哒。

这几天没什么大事情，趁副帮主陪我妈在厨房做饭我上来汇报一下……副帮主在我家过年过得很开心，我们一起买年货包饺子放鞭炮贴对联看春晚，我爸妈可喜欢他了，还给他发压岁钱，收到红包时我的内心是有些委屈的，因为自从我成年之后我爸妈就没有在春节给我发过压岁钱了，今年不仅给我发，红包还超大，全是沾副帮主的光！

还有，这几天吃饭的时候我妈顿顿饭都用公筷给副帮主不停地夹好吃的，我说我也要，我妈就一脸困惑地问我是不是没长手！

更气人的是，我爸妈和副帮主混熟了之后就天天拿他挤对我，说你看看人家，模样又好工作又好还健身还不挑食还讲卫生，生活习惯多健康，你再看看你一玩起游戏来昏天黑地的脸都顾不上洗，臭袜子东一只西一只，卧室乱得像猪窝说多少遍也不改，而且天天好吃好喝供着你，你还不长个儿！

我爸："就是，就是。"

我一张黑人问号脸看着比我矮半头的我妈……

我已经很努力地苗壮成长了好吗！

我妈又转向副帮主："你平时多管管小×，我们说什么小×都不听。"

副帮主正色："好。"

我妈："小 × 和你犯臭毛病你该说就说，别总那么惯着。"

副帮主忍笑："嗯。"

我："……"

我要笑着活下去。

我被我妈训得满头包地回卧室了，副帮主跟上来，反手关上门，从后面抱住我，亲了一口，叫："宝宝。"

我万分悲愤："你走，我发现你就是最让我蛋疼的那种'别人家的孩子'。"

副帮主开始耍流氓，说："哪儿疼？我给你揉揉。"

我："……"

副帮主煞有介事地关心道："还疼吗？"

喀，总之半个小时后，我们一起打开电脑，肩并肩地坐一起玩游戏，我叫上了 B 和 S 还有娃娃音一起去竞技场，应副帮主的要求，我开了自由麦而他没开麦，我完全明白他的小心机，想通过"共用 YY"以及"不经意的情话"达到秀恩爱的目的，可以说是跟 B 和 S 比着秀……

等排位的时候 S 和 B 俩人在游戏里分着吃小吃，我和副帮主就在电脑前嘴对嘴吃一根徐福记粟米棒！

一场打完了 S 问 B 打得累不累，副帮主就边摸我大腿，边问我宝宝被对面丐帮打疼了吧！老公给揉揉！

B 在近聊和 S 么么哒，我就在副帮主脸上吧唧亲了一大口！

于是几轮竞技场打下来被两对情侣夹在中间的娃娃音彻底崩溃，从伯纳黛特变成了霍华德他妈，怒摔键盘表示这竞技场没法打了，新年新气象，老娘要找个小鲜肉谈恋爱去了，再见！

于是她就下线了，留我们四个在竞技场门口面面相觑……

B："哼，让你们瞎嘚瑟。"

S："媳妇说得对。"

我："这是我们的秀恩爱反击。"

副帮主："宝宝说得对。"

终于再也不用被单方面虐狗了，我看 SB 情侣顺眼多了！

7627 楼：
所以以前楼主看他们不顺眼果然是因为单身的怨念哈哈哈哈！

7632 楼：
是我的错觉吗楼主他爸妈好像已经完全把副帮主当女婿了，这谜之温馨的家庭气氛……

7786 楼：
楼主去哪儿了！快回来更帖子不要太监啊！

7850 楼（楼主回复）：
那个……大家，我回来了……
前段时间心情有点低落就没来更帖子，让你们担心了。
心情低落是因为副帮主回去了，他是初八回去的。那天我爸妈有事，我自己去机场送他，本来我都没觉得有什么，和他贫嘴还挺来劲儿的。等安检的时候他捏捏我的脸，微笑着说："老公要走了。"
我笑得没心没肺的，说："过不多久又见着了。"
他点点头，很认真地看着我，保证道："我半个月来一次。"
我："嗯。"
他眉毛一扬，说："待会儿可别哭啊！"
我直翻白眼："我都忘了我上次哭是什么时候了。"
他："真的？"
我哼哼冷笑："我要是哭了我跟你姓。"
这时候安检轮到他了，他低头亲亲我额头，拉着行李往里走，我站在安检区外看着他，冲他的背影挥挥手。
他穿的是一件深色的风衣，脖子上围的是他来的第二天在饮品店买热饮时借我的那条围巾，我看着他背对着我走过安检区的黄线，突然就想起他用围巾把我一圈圈围住，只露出个鼻尖的那一幕。当时那条围巾暖融融、软绵绵的触感突然变得特别清晰，我在自己下巴上摸了一把，好像那儿还有条围巾似的。这时，他转过头看见我的动作，就扯着自己的围巾挡住下巴和嘴唇，只露出个鼻尖，然后冲我眨了眨眼睛。
我马上就明白了——他也想起来那天的事了。
我们对视了一秒钟，舍不得他的感情瞬间就像洪水决堤似的，轰隆一下就把我整个埋了，这一秒钟之前我都不知道我居然有这么喜欢他，这么舍不得他，那些感情都不知道在哪个角落不声不响地潜伏着，一路上都没动静，结果在这个关键时刻倾巢出动，势如破竹，齐心协力地给了我暴击效果百分之二百的会心一击，真狡猾！

我都来不及低头控制一下表情，嘴角就撇下去了，眼泪可以说是夺眶而出，丢光了我八辈子的脸。我抹了把眼睛扭头就走，生怕他多看一秒我蠢破天际的哭脸，然而怕什么来什么，我刚走出两步就被他追上来从后面一把抱住，硬生生把我扳过去让我看着他。

我狠狠地吸溜了一下鼻涕，哭唧唧地说："我没哭。"

他冷静地说："看出来了。"

我哭成狗，说："你走吧，到了给我打电话。"

他眼睛也有点湿，用那种仿佛想把我勒死的力道死死抱着我，说："我不走了。"

我做了个深呼吸，总算稍微把情绪控制住了："你不想干了啊？"

他："工作没你重要，给你一次机会替我决定，说'是'我就留下。"

我猛甩一下头，非常潇洒地说："走吧，反正我也开学了，就算你不走我也没时间陪你了。"

他仍然杵着，目不转睛地看着我。

我喷着大鼻涕泡坚强地说："去吧，我还等你赚钱养我呢，我这么能花钱。"

冰激凌都要吃二十四块钱一个球的，多么挥金如土的妖艳贱货！

他笑出声了，掏出面巾纸给我擦鼻子，安慰我说："我回去就交申请，尽快调到这边的分公司。"

我边擤鼻涕边说："好。"

他把围巾摘下来了，给我一圈圈围上，只让我露出一个鼻尖。

我整理了一下表情，异常冷酷地板着脸说："我真没事了，再哭我就是狗，去安检吧，再见。"

他嗯了一声，把挡着我嘴巴的围巾拽下来一点点，低头很慢很温柔地亲我。

亲完他就走了。

我这辈子好像从来没那么难受过……

其实也挺奇怪的，明明之前三年我都没见过他，而且觉得好像永远不见都无所谓，结果现在一天看不着他我就难受得魂儿都飞了。谈恋爱居然也会有这么难受的时候，我以前都不知道，还觉得那些什么车站、飞机场送别的戏码太扯淡、太矫情，结果轮到我的时候我竟然比谁都矫情，真是够了……

7852 楼：

楼主你总算回来了啊啊啊吓死我了还以为你们分手了，呸呸呸才不会！

7855 楼：

怎么办……看到楼主哭我也想哭了……

7880 楼（楼主回复）：

送走他之后，我们学校也开学了。

早晨我还是像以前那样被他电话叫起来去晨练，我把手机揣口袋里，戴着蓝牙耳机接着他的电话在操场上慢跑。我和他一起异地晨练这个习惯早就有了，刚开始我非常抗拒并且觉得他简直有病，然而架不住他要把我杀退服的威胁满肚子怨气地跑了几天之后，我就发现早晨跑跑步一整天精神都好，而且晚上十二点前就能睡着觉，妈妈再也不用担心我会猝死了，所以我就渐渐适应了……

至于现在，我一听见他早晨在电话里说"宝宝起床和老公一起跑步了"就像打鸡血了似的全身是劲，他要再说点儿好听的撩我两句，我能原地飞升。

操场上没几个人，早晨的阳光很淡，我跑了几圈，停下慢慢走。

副帮主在电话里问我："宝宝跑完了？"

我："嗯，走一圈然后回寝室洗澡，准备上课。"

他："真上课？不会逃课玩游戏？"

我："真的，我改过自新了，你别引诱我。"

他轻轻笑了一声。

我走在洒满阳光的塑胶跑道上，一脸正气地说："你宝宝我这学期是要拿奖学金的人。"

他："真乖，么么哒。"

我红着脸对着空气噘起嘴："么么哒。"

上个学期我逃课逃得有点凶，不过这个学期我决定要好好学习了，毕竟我男朋友这么优秀、这么完美，我也不能当个除了玩游戏狗屁不是的废柴吧。开学第一天我给自己列了个时间计划表，几点到几点干什么，玩游戏一天最多不超过三个小时，以后还会减。这个表做完我就给他发过去了，这种计划表我从小学一年级列到大二，从来没成功实施超过两天，然而这已经是第三天了我仍然有条不紊地执行着，我可真是好棒棒。

总之，现在一切都很好，就是想他。

副帮主走的第一天，想他！副帮主走的第二天，想他！副帮主走的第三天，想他想他想他！

我们这几天要么是通着电话要么是挂着 YY，我在帮会的 YY 频道里建了个带密码的小房间，和他在里面挂着，营造出一种他一直在我旁边的错觉，但就算这样我也还是想他想得抓心挠肝的。休息的时候我就翻来覆去看他照片，尤其是在古镇冲我飞吻的那 31 张连拍，从左撸到右，从右撸到左，我能一动不动地坐着看十分钟，据我们寝室同学说，我还边看边咧着嘴一脸淫荡地傻笑……

救命啊啊啊我这是要变成废人了啊！

7885 楼：
这个小可怜都快变成望夫石了，副帮主快回来安慰一下啊……

7893 楼：
刚刚在一起的时候是最舍不得离开对方的啊，热恋期却不能好好地在一起真是好可怜！

7898 楼：
他也一样想你。

7979 楼（楼主回复）：
距离副帮主过来看我还有七天！
我已经快要疯了。

今天晚上在食堂买了鸡蛋灌饼回寝室边看书边吃，吃了一口就想起他和我一起吃饭时说宝宝以后要加蛋的样子，心里酸得不行，就给他拍了张鸡蛋灌饼发过去，然后说："我想你了。"

副帮主秒回："……发你自己。"

我就拍了一张我拿着鸡蛋灌饼的自拍，给他发过去。

他："宝宝真可爱，多发几张。"

我一看寝室没人，就爬到床上把衣服解了两个扣，拍了张露锁骨的照片给他发过去，想勾搭他陪我在线那什么一下。

过了一会儿，他果然也回了一张露锁骨和小半个胸口的自拍给我，说："玩个游戏。"

我一边舔屏幕一边问："什么游戏？"

他："比谁露得多。"

我装模作样地谴责他："你怎么这么色情？"

我好喜欢！

他："宝宝不喜欢就不玩了。"

我怒拍床："不行，是爷们就快拍一张腹肌发过来证明一下。"

副帮主怎么这么不经逗！

然后互发照片很快升级到在线视频，我们像两个色情主播一样，愉快地放飞了一下自我，刚那什么完，寝室就回来人了，我就光着屁股火速钻进被窝把自己包成一个蛹！

要是能天天看见他该有多幸福……

7983楼：

哈哈哈哈色情主播好评！

7988楼：

楼主表面上故意装得糙是想掩盖自己是个哭哭唧唧爱撒娇的饥渴小可爱的事实，还主动给副帮主发露锁骨的照片，简直一点儿也不清纯，哼！

第十四章

………青山不改与绿水长流………

8186 楼（楼主回复）：

副帮主终于来看我了！

他是周五晚上来的，他来之前我玩命打扮了一通，在寝室换了一个小时的衣服，来来回回地照镜子、弄头发、喷香水，还特意围了副帮主的那条围巾。

寝室同学们看我的目光都变得犀利起来了……

看到他从接机口走出来的一瞬间我简直感觉全世界的花都一起开了，半个月没见他好像比以前更帅了！我用五十米冲刺的速度朝他冲过去，咣地一头扎进他怀里，拼命抱着他，恨不得长他身上得了，他也死死抱着我，还旁若无人地狠狠亲了我一口，然后拉着我去坐车。

这次他来我没告诉我爸妈，毕竟普通朋友见面这么勤未免太可疑了，所以我们就在学校附近的酒店订了房间。

我们一进屋我就飞快地摔上门，霸气十足地一把把副帮主怼在墙上壁咚狂亲了一通，然后奋力踮起脚，自觉非常邪魅地平视着他，刻意压低声音问："想不想我？"

副帮主嘴角浮现出一丝笑意，渐渐地，笑意越来越浓，再后来他笑得肩膀直抖，非常放肆！

我："……"

不是，大兄弟你笑什么！这么浪漫的时刻你笑什么！

矮子就不能壁咚高个子了吗？！

副帮主笑了一会儿，说："我的戏份全被你抢走了，我得想想我该干什么。"

我："那你就抢我的戏份呗。"

他眉毛一挑："哭鼻子？"

我噎了一下："……难道不是躺平？"

他笑着看我，慢悠悠地问："你想躺平？"

我拽着他的围巾后退着走，他也乖乖地任我牵着，我退一步他走一步，最后退到床边，我躺倒，他顺势压上来。

我指指床头柜上安全套，强作镇定地问："你喜欢什么口味的？"

他在那上面扫了一眼，问："你确定？"

我咽了咽口水："确定，上次你在的时候就该那什么了。"

他低头和我额头相抵，声音很温柔："为什么？你之前不是害怕吗？"

我看着他的眼睛，那双平时不管做什么表情都显得有点冷冰冰的眼睛，离近看的时候却感觉很温柔。

我勾住他脖子，一鼓作气，闭着眼睛说："因为我太喜欢你，喜欢得都不知道怎么办好了。"

他用鼻尖蹭蹭我的鼻尖，微笑着说："我也是这么喜欢你的，知道吗？"

我说："当然知道。"

这里我必须要十分欠打地炫耀一下我的男朋友有多好！

比如说，从我开学第三天开始，我快递就没断过，每天都会收到他给我邮的包裹，里面是我在学校附近买不着的各种东西，比如贵得坑爹的进口水果、某宝上一家特别出名的小龙虾、私人定制巧克力，顺丰当天邮第二天就到，负责我们学校的快递小哥都认识我了……

再比如说，他还会帮我叫外卖，他在美食点评网上查我学校配送范围内哪家饭店好吃，有什么特色菜，然后在外卖APP上叫了给我送过来……

再再比如说，无论什么时候我给他发消息他都是秒回，每天他下班回家之后都会一直陪我开着视频，各做各的，假装在一起，每天晚上临睡前给我唱歌……

再再再比如说，他经常一言不合就给我打钱，而且打得猝不及防！我说我们这学期要交的论文特多，他就支付宝转了 520 过来说宝宝拿去打印论文，我说我今天和几个同学出去唱歌晚点回来，他就转了 1314 说宝宝回学校打车用，我说我今天登录游戏签到抽奖居然抽到坐骑太幸运了，他就转了 888 说庆祝宝宝今天手气好……

我真是，我不知道说什么好了，反正他给我的钱我都没花，我专门存了个地方，打算以后和他结婚用，嘿嘿。

总而言之，我男朋友简直这——么好，我要爱他一辈子！

8190 楼：

也就是说终于那什么了吗！可惜并没有什么卵用，你又不会直播细节，还是得靠写手大大们写同人。

8196 楼：

嗷嗷嗷软萌的小可爱主动告白说我太喜欢你了什么的，好戳心！

8201 楼：

副帮主真的好宠啊啊啊，大家觉得楼主算不算传说中的"傻人有傻福"？

8242 楼（楼主回复）：

我们在一起互相亲亲了一会儿，我把他稍微推开一点，非常严肃地问他："你以前有没有谈过恋爱？"

他目光真诚地望着我，说："没有过，你是第一个。"

我觉得这简直不可思议："你这么有魅力，之前居然一直单身？"

他无奈地笑："我很宅，又不爱交际，你知道。"

我一想，倒也真是，副帮主的确宅得和我不相上下，而且对不熟的人相当高冷。

他继续道："有好感的人是有过，不过性格合不来所以没成。"

我有点慌，又问："那，一夜情也没有过？"

他轻轻笑了一声说："我从来不找，这种事没感情做不来。"

我沉默了一会儿问："那意思……你也是第一次？"

他点点头，仿佛有一点不好意思："嗯。"

我："……"

他刮了一下我的鼻尖，表情略开心："宝宝这么爱吃醋？"

我有点想哭："不是，我主要是想确认一下自己会不会进医院。"

他："……"

我越想越慌："我要是真因为这事儿进医院了，你可别告诉我爸妈，他们得打死我。"

他："……"

然后他二话不说就喘着粗气把我按倒了！

那眼神像要吃人一样！

鬼知道我经历了什么！

8252 楼：

鬼知道我们这些天天眼巴巴追帖子，结果最后没吃到肉的小可怜经历了什么！

8253 楼：

楼上 +1，就知道楼主这个尿货会拉灯……

8270 楼（楼主回复）：

简单地说一下，那什么的感觉很好，刚开始疼但后来简直舒爽，不过就是下地走路都不敢迈大步子。

我们在酒店过了周末，基本除了腻歪什么都没干，想汇报一下情况结果全都不能描述，像两个肉文主角似的。我发现副帮主真是个隐藏很深的禽兽，平时特温柔特绅士，对不熟的人高冷得仿佛性冷淡，但是私底下什么花样都出来了。第一天晚上还挺克制的，第二天就变了态了，原形毕露啊，那荤话说得我都想把他嘴缝上！

还让我管他叫爸爸！

那我肯定誓死不从啊！

我："爸爸我可叫不出口，太破下限了。"

他："你平时不是叫得挺欢的吗？"

我："你也知道那是平时啊，平时和现在能一样吗？"

他："那就叫叔叔。"

我："叔叔羞耻度也太高了，你可不可以正常一点？"

他："那叫哥哥，我比你大五岁，本来就是哥哥。"

我："……"

他："叫哥哥！"

我灵机一动，说："叫大兄弟吧，和哥哥差不多。"

他："……"

我清清嗓子，说："大兄弟，再加把劲儿。"

他就不说话了，身体力行让我哭哭唧唧地求饶……

为了避免被举报我就说到这儿吧。

他是周日晚上的飞机，这次送他走我表现得比上次好多了，没哭出大鼻涕泡，特别硬汉。

我们说好了，半个月之后他再来看我。

这半个月我就要带着一屁股牙印儿独守空房了，空虚寂寞。

8283 楼：

哈哈哈哈一屁股牙印儿是什么鬼！还有，我从第一次看到楼主嘴贱管副帮主叫爸爸的时候就想到迟早会有这一天了哈哈哈！

8558 楼（楼主回复）：

又是一周过去了，上周五他给了我一个巨大的惊喜，我现在想起来还激动得冒泡儿，我必须要大声地说出来！

本来我们定的是每半个月他来看我一次，周五晚上到，周日晚上走。

所以上周五我本来应该见不着他的，中午午休的时候我在寝室吃着饭和他视频，饭是他帮我叫的外卖，然后他在自己那边吃的也是给我送外卖的那家连锁店，一模一样的饭菜。

他是故意这么干的，为了营造出一种我们一起吃饭的错觉。

我男人是不是浪漫惨了？那必须是的，好浪漫哦！

我吃饭速度快，几分钟就吃完了，吃完之后我就把视频窗口放到最大，专心致志地欣赏他的帅脸，他吃东西的时候姿势很优雅，一口饭，一口菜，慢慢地嚼，背挺得笔直，肩膀端得平平的，嘴角沾了油，马上用餐巾纸擦掉，连拿筷子的手指头都比别人好看！

真是要了我的命了！

我把脸贴在屏幕上蹭了一会儿，亲亲他屏幕上的脸，拿出手机调到自拍模式，转身把脸贴在电脑屏幕边上，假装和他肩并肩坐在一起，然后拍了张照片给他微信发过去，说："强行合影。"

他扭头看了眼手机，垂着眼帘笑了，然后又把目光对准电脑上的摄像头，对着摄像头笑了一下。

我对着摄像头抛了个飞吻，说："我想死你了。"

他："我也是。"

我站起来把衣服一撩，冲摄像头露出腰，说："想得我都瘦了，你看瘦没瘦？"

他："看腰看不出来，别的地方给我检查一下。"

我没理他，坐回去继续看着他发花痴。

过了一会儿，他突然说："真瘦了，下巴比以前尖了。"

我没在意这句话，眼看快上课了我和他说了再见就把视频关了，然而万万没想到，他当天晚上就飞过来了。

8567 楼：
异地恋最惊喜的事就是恋人突然出现在面前了好吗！副帮主好苏！

8574 楼：
楼主简直有心机，还故意露腰给人家看，哼唧。

8609 楼（楼主回复）：

当天他来之前没告诉我，所以我什么也没准备，就照常上课，吃完晚饭给他发了条微信他也没回，我以为他在忙就没再戳他，回寝室洗完澡就趴在床上看书，看了一会儿又给他打了个电话，他是关机的，我没办法，就继续看书，但是一直看到熄灯他都没回我。

于是我就又给他打了个电话，这回能接通了但是他没接。

我立马就幻想出了一百多种可能，瞬间就把自己吓出一身冷汗，从上铺下去披了件外套，但是又不知道该去哪儿，只好一脸蒙 × 地站在门口，把从水房洗漱回来的同学吓了一跳。

这时，副帮主的电话打过来了，我接起来，语气不太好地问："怎么不接电话？"

他好像刚刚运动完似的喘着粗气，说："想给你个惊喜。"

我："什么？"

他："看楼下。"

我飞快地冲到窗边，打开窗户一看，他正站在楼下拿着手机朝我挥手。

路灯的灯光把他笼在下面，光线暖融融的，把他身上的细节都照得特别清晰，他拎着一个笔记本包，戴着黑色的手套，三月末的风已经不那么凉了，他风衣的衣角被吹得扬起来又放下。路灯后面栽着一排迎春花，正是开花的时候，黄得耀眼，风一过，他身后探出来的几条花枝就跟着风晃来晃去，他前额的头发也被吹得有点乱，他就站在那排花前看着我，笑得特别好看，好看得让我感觉这辈子都不可能把这一幕忘了。

真的，打死都忘不了，我刻在脑袋里了。

然后我就听见他在电话里对我说："飞机延误了，不然两个小时之前就能到。"

我冷静了一下，没冷静下来，很狂野地和他说："我爱死你了！我嫁给你得了！"

寝室瞬间鸦雀无声！

他笑着说："不是早就嫁了吗？"

我迅速改口："对对对，早就嫁了，这辈子我就赖定你了。"

我看见他激动地抿了一下嘴唇。

他说："宝宝去睡觉吧，寝室楼门锁了，明天早晨见。"

我问："这个时候学校大门也不让进，你怎么进的？"

他笑得像个十几岁的少年，眼睛亮亮地说："翻墙。"

我错了，我刚才还以为我已经爱他爱到头了，没想到还能更爱一些！

我把手机放到窗台上，在寝室同学们犀利的目光扫射下迅速换了套衣服，又就着手机的光亮对着镜子捋了捋头发，然后我就矫健无比地骑在窗台上，准备翻下去。

他愣了一下，拔腿朝我这边跑过来。

我轻车熟路地攀着外墙上的凹凹凸凸，稳稳地朝下爬，然后站在一楼窗台外沿上朝他扑了过去。

他被我撞得退了两步，然后我就勾着他的脖子抬头使劲亲他，连亲带啃，好像饥渴了八百年似的，寝室楼底下迎春花的花枝把我们团团围住，寝室那三个看热闹的趴在窗台上齐刷刷地开始鼓掌起哄。

这一切都太美好了。

我对他说："大一上学期的时候，学校不让新生配电脑，我就经常这么翻下来跑出去玩。"

他点点头："你给我讲过。"

我觉得挺好玩儿："其实我那时候从二楼翻下来去网吧，也是为了找你玩游戏。"

我记得当时我做代练攒了二十万灵石，脑子一热就建了个帮会，因为当时和他玩得最好，所以就问他要不要当我的副帮主，他答应了，并且当场把帮会资金充满了。

我感动得差点当场昏过去，然后他说那些灵石是他一周的工资，为表诚意，上缴给帮会了，我热泪盈眶地表示以后本帮主罩着你……

于是我又说："现在我从二楼翻下来，也是为了你，只不过这回看得见摸得着了。"

那时我 18，他 23。

现在我 21，他 26。

不知不觉间，已经是这么久过去了。

再然后，我们就从操场后面的围栏翻出去了，再再然后，就是不可描述……

第二天有一节人多的公共课，他陪我去上课，还帮我抄笔记，他的字很好看，简洁大气，一笔一画端正干净，像他的人一样……嘿嘿，没错，我就是要抓住一切机会吹我老公！

总之，非常幸福。

8620楼：
翻墙私会什么的，超浪漫……

9058楼：
楼主什么时候带副帮主以男朋友的身份见见家长啊？

9071楼（楼主回复）：
回9058楼，其实，我已经带副帮主见过了。

就是昨天晚上哈哈哈哈！

而且此时此刻他就在我家客厅陪我爸下棋呢，我爸连赢了三盘所以对他非常满意！

昨天他在我爸妈面前保证说他一定会好好照顾我，不让我受一点委屈、吃一点苦时的样子简直帅破天际，虽然我妈的回答让我有点怀疑其实副帮主才是她亲生的，我妈还告诉他说如果将来我欺负他了对不起他了一定要来找她告状，她负责教训我……

真的是非常委屈！

我是那种会欺负人的人吗，嗯？

别看现在这么皆大欢喜，其实在正式带他见家长前我和我爸妈坦白了，因为我想先看看他们有什么想法，免得到时候我把人领回来了，结果他们不同意，那样的话场面一定很尴尬。

本来我都做好了被我爸妈用鸡毛掸子抽一顿再撵出家门的准备，因为上大学之前他们一直都把我管得挺严的，虽然成年之后不怎么管了，但是我爸的鸡毛掸子还是深深地刻在了我的脑海里……

那天我们一家三口一起吃完饭，我自告奋勇地把桌子收拾了，又自告奋勇地把碗刷了，然后又自告奋勇地把厨房地擦了，最后我还自告奋勇地把我爸的按摩足浴盆摆好了让他泡脚。

干完这些，我还没来得及说话，我妈就突然用看破了一切的语气说了句："坦白从宽，说吧。"

我吓得差点跪下："你们都看出来了啊？"

我妈："上次你这么主动干活还是你高中模拟考作文得零分的时候。"

我："……"

话都说到这儿了，我就一咬牙，硬着头皮招了："爸，妈，有个事一直没告诉你们，上次来我们家过年的小×其实是我男朋友。"

这句话并没有引起我想象中的轰动效应，我爸仍然专心致志地泡着脚，我妈则面不改色地在平板电脑上玩着连连看，边玩边说："早就看出来了，都写你脸上了。"

我吓了一跳："不是吧？我觉得我掩饰得挺好的啊！"

我妈非常不屑地笑了一声。

我感觉我的演技仿佛受到了侮辱："……"

后来的事情我就不细说了，我爸妈一边看宫斗剧一边和我促膝长谈了一晚上，反正大概意思就是说我长大了他们也不会干涉我的事情了，小×是个好孩子既然喜欢就好好相处吧什么什么的，后来说说着就变成批判大会，主题渐渐转移到我这样天天在家沉迷游戏长得又矮的死宅能遇到小×可以说是非常幸运了，赶紧抓住机会过了这村就没这店了……

我："……"

这是亲爸亲妈吗？天天嫌我矮！

9076楼：

我都快不认识"自告奋勇"这四个字了……

楼主平时看到副帮主的时候一定是一脸花痴而不自知！所以才会被妈妈看穿！

9081楼：

恭喜矮小……不，娇小可爱的楼主！

莫名有一种电视剧追到最后看到团团圆圆大结局的感觉，仿佛随时都会看到全剧终的字样了……有点伤感是怎么回事？

9779 楼（楼主回复）：
很久没来论坛了，还有人记得我吗？
没人记得的话我就明天再来问一遍。

9783 楼：
当然记得！楼主你让我们等得好苦啊！你倒是更帖子啊，和副帮主的异地恋有没有修成正果啊？

9788 楼：
楼主这么久没出现是不是攒了很多很多的狗粮准备投喂？

9846 楼（楼主回复）：
大家的怨念快把我淹了……
其实楼主这么久没来是因为一直没什么特别的事情好说，我和副帮主一直都相处得特别愉快，每天就是腻腻歪歪地谈恋爱，岁月各种静好，连架都没吵过，毕竟我这人最大的优点就是心大，他又特别惯着我，哈哈哈。
汇报一下这些日子以来的情况。
首先，我们异地恋修成正果了，他前段时间从工作了三年的北方城市调到这边来了。
通知下来之后，他就把那边的行李陆续打包快递到我学校，在交接工作和等待调动的这段时间，我在他未来的工作地点附近租了个房子，两室一厅，光线特别好，上午的时候阳光从落地窗洒进卧室里，特温馨，我一眼就看中了。付完租金之后我就每天下课抽点时间去收拾，把他邮来的东西分门别类整理布置好，还去宜家买了些简单的家居用品，自己组装了一个柜子和一个书架，把其中一个卧室改造成了工作室，想象着将来他在书房画设计图，而我在旁边看书的场景我就全身是劲，工作室里的各种陈设我都尽量按照和他视频时看到的样子去还原了，小房子让我布置得特别有家的感觉，就差个英俊潇洒的老公了。

他来到这座城市的那天，我把他带了过去。之前我一直告诉他先在我家住几天慢慢找房子，就是想给他个惊喜，结果我高冷的副帮主看到房子的时候果然惊呆了。

我清清嗓子，站在门口，用房屋中介人的语气一本正经地说："先生您看怎么样，位置好，上班方便，楼下是超市，对面有公园。两室一厅精装修，生活用品一应俱全，工作室的陈设是按照您之前的工作室还原的，是不是让您特别有一种回了家的感觉……"

他不可置信地看着我，眼睛亮亮的。

我帅气地拨了拨头发帘，冲他抛了个飞眼，问："怎么样，是不是特喜欢？是不是爱死我了？是不是恨不得当场把我按倒大战三百回合？"

他说："是，是，是。"

我往沙发上一倒，自己解了两颗衣服扣："那还等什么呢大兄弟，来来来！"

接下来就是满满的不可描述！

9851 楼：
天哪是我看错了吗，楼主居然从小可爱变得这么风情万种了！

9857 楼：
看来副帮主这段日子没少调教，就是大兄弟这个称呼还是没改过来，不过也没关系，多来几次就好了……

9899 楼（楼主回复）：
不可描述完之后，我躺在沙发上放空，一脸满足地看着天花板发呆。

然而这时，副帮主却穿好了衣服，从行李箱里翻出一个小戒指盒，然后单膝跪在沙发前，带着一脸神秘的微笑看着我。

这是要求婚的节奏啊！

但是场景好像不太对啊，哪有光身子求婚的？

我吓了一跳，赶紧坐起来把脚踝上挂着的裤子穿上，又在三十秒内迅速穿好外衣，捋了捋头发，一脸端庄矜持地站好了。

副帮主把戒指盒打开了，里面那两枚戒指我一眼就认出来了——他很久以前曾经在YY上给我发过这对戒指的设计图，包含了中国风设计的元素，独特又好看，当时我看了设计图，一眼就喜欢上了。

"我自己设计的。"他说，"独一无二，全世界只有一对。"

我词穷，只好说："真好看，太好看了，我老公真是天才。"

他很满意地笑了。

我："快给我戴上。"

他拿起一枚，捏着我的手低头亲了亲我的掌心，把戒指戴在我的无名指上，然后又拿起另一枚给我，说："你给我戴。"

我把他拉起来，然后以迅雷不及掩耳之势在他面前扑通一声单膝跪地，他根本来不及阻拦。我拿着他的手，亲亲他的指尖，把他的戒指也给他戴上了。

他："……"

我："我们两个要平等嘛，不能光你跪。"

他看着我，笑了。

我说："这就算订婚了，以后我们两个可都是有家室的人了。"

他一把把我拉进怀里，抱得死紧死紧的。

我们把戴着戒指的两手紧扣，待在自己的小家里，幸福得什么都不想，只是肩并肩依偎在一起，暖洋洋的风把窗帘掀起，白云慵懒地浮在天边，风铃叮叮当当地飘着舞着，不停搅动着地板上的影子，阳光被分割成正正方方的一块一块，白白的亮亮的，我拉着他的手，心里又暖又甜，像是泡在蜜罐里。

9903楼：

原地甜晕，我可能不再需要谈恋爱了！

9907楼：

排楼上，什么时候想谈恋爱了就来看看帖子吃口糖算了……楼主别停啊，再来点日常什么的！

9912 楼：

头一次看见求婚互跪的，楼主你精神病啊哈哈哈！

9999 楼（楼主回复）：

再说说后来的事。

后来我非常幸运地在副帮主的公司附近找了个实习工作，本来我大一大二的糟糕成绩如果一直继续下去可能连拿学位证都费劲，还好及时悬崖勒马，改过自新，戒除网瘾，大三、大四上学期这一年半我把落后的尽量都补上了，工作找得还算挺顺利的。

我要好好努力，好好赚钱，将来好像他宠我一样宠他！

怎么样，我是不是特别有抱负、有志气！

我爸我妈后来知道我们同居的事了，他们本来就喜欢副帮主，所以没说什么，我爸还弄了个大鱼缸，往里放了两条金鱼，给我们摆在西南方位聚财……我妈在家里做什么好吃的了也经常用保温饭盒装上给我们送过来，总之特别和谐，我计划再养只小猫，让我们一家五口享受一下天伦之乐。

至于我之前沉迷的那款网游，现在玩家比以前少了很多，那几个人多的服务器还行，我之前待的服务器人丁一直兴旺不起来，合了几次服，但还是没有逃脱成为鬼服的命运，而且一个游戏玩好几年，我和副帮主也的确有点儿腻了。

所以我们就一起去玩了个新游戏，最近大热的，西幻类，现在我们都告别网瘾了，一天顶多就玩两三个小时休闲一下。

这回建角色的时候我选了个男性牛头人，副帮主看见我的角色，差点一口咖啡喷在屏幕上。

我一边给我的牛头人选择胡子的造型一边问："怎么样，是不是特别阳刚？"

副帮主一脸痛苦地看着我的角色。

我看了一眼他的男性人族法师，问："那要不我玩个女号吧？"

副帮主飞快地说："好啊！"

于是我迅速换了个女牛头人。

副帮主扶着额头陷入了沉默："……"

我："女牛头人我估计全服都没几个。"

副帮主："你也知道。"

我："那我岂不是会很抢手？"

副帮主："宝宝，你想多了。"

我说"好的"，然后立刻换回了男的。

副帮主除了把我弄翻在电脑椅上之外竟拿我毫无办法。

对了，S 和 B 一直在旧游戏坚守到关服，我和副帮主总上去看他们，我一直撺掇他们来和我们一起玩新游戏，于是旧游戏彻底关服那天他们终于来了，还是秀恩爱秀得闪瞎一片，把键盘游戏当全息玩，不过我和副帮主现在无所畏惧，他们秀我们也秀，我们在这个游戏的亲友们都被四个臭不要脸的天天秀恩爱的恐惧支配了，哈哈哈哈。

我一开始的确觉得他们谈个恋爱这么矫情挺二的，不然也不能跑来开帖吐槽了，但其实仔细想想，人这一辈子能遇到几个愿意陪你在游戏里玩小孩过家家玩这么久还不腻的人？这绝对是真爱，我心服口服，B 和 S 能拥有彼此，真的很幸福也很幸运。

祝福他们，祝福我们，也祝福所有看到这个帖子的人，谢谢你们为我出谋划策，谢谢你们的鼓励和关心，谢谢你们的脑洞帮助迟钝的我 Get 到副帮主的心意，谢谢你们，祝你们所有人都能得到幸福。

青山不改，绿水长流，让我们江湖再见。

番外之

………… 一个梦 …………

12333 楼（楼主回复）：

小伙伴们好久不见。

楼主今天诈尸是为了和大家讲一件挺有意思但特别特别奇怪的事，这个事你们如果不信，完全可以当我是在编故事哄你们开心，因为如果不是真的发生在我自己身上了，我可能都不会信。

事情是这样的，前天晚上我做了个梦。

我梦见自己进入了游戏世界……我进的不是我现在玩的这个西幻网游，而是我一开始和副帮主、S还有B他们几个一起玩的那个中国古风网游，现在已经停服了的那个。

梦里的我不是现实里的样子，我变成了我游戏里的角色，穿着一身古代的衣服，背着我的弓，刚开始梦里只有我一个人，我自己站在游戏主城正中间的亭子里，周围一个玩家都没有。

——这个游戏在我的梦里也是停服的状态。

我不知道怎么说，但是梦里我的感觉特别真实。

我知道人在做梦的时候感觉都是真实的，在梦里什么都像真事儿似的，但是你醒来之后再回忆你的梦，就会感觉特别虚无缥缈了对不对？但是我这个梦没有，我就此时此刻坐在电脑前打字的时候再回忆起前天这个梦，都仍然感觉特别真实，好像一切都是真的一样，我现在甚至都能回忆起主城小吃商人炸麻花时飘出来的那股油香味。

继续说，我当时有意识，明白自己肯定是做梦了，还觉得挺好玩儿的，我站在凉亭里往身后一摸，把我背上的弓卸下来了。这把弓是我几百个日日夜夜坚持不懈通关副本才打出来的橙武弓，好不容易有机会了必须得好好把玩一下，弓像游戏里一样通体都发着光，直接拿在手里还有一点儿烫，不过是可以忍受的程度。我玩了一会儿，从箭囊里抽出一支箭搭在弓上，对着凉亭的柱子射了一箭，箭钉在柱子上的一瞬间，柱子旁边的空气中突然浮现出一个"-3014"的数值，然后整个亭子就瞬间原地消失了！

我记得我不玩的时候我的一次普通攻击就是3000左右。

按照这个意思，就是说我把亭子给打没了，这梦还挺写实的……

游戏里这种公共物品被打掉之后很快就会刷新出来，我在空地上蒙×了几秒钟，亭子就又出现了，我仍然站在亭子里。

这时，我身后有人叫我，声音特别熟悉，我回头一看，S正站在凉亭外冲我招手呢，B站在他身边，这两个人也都是游戏角色的形象，不过从我当时的视角看过去他们和真人没什么区别。

我在脸上掐了一把，说："我这做梦呢。"

S笑了："你确定？"

他一说话，他的头顶上就冒出来一个对话气泡。

（近聊）S："你确定？"

那个气泡悬在他脑袋顶上，看着特别逗！

然后我就乐了，我说："这梦怎么这么写实啊，欢迎你们来到我的梦。"

我一说完，我脑袋顶上冒出来一个气泡。

（近聊）我："这梦怎么这么写实啊，欢迎你们来到我的梦。"

我："……"

出现在自己身上感觉有点儿尴尬。

S就似笑非笑地说："副帮主也来了。"

我一扭头，看见我老公站在我身后，他也是游戏里的形象，高大威武，身后背着一把大刀，一脸惊讶地看着我。

我看着他就不干了："不是，你凭什么在游戏里还比我高一头啊？！"

除了小孩 NPC 之外，游戏里所有人形角色的建模都是一样高的好吗！

B 在旁边幸灾乐祸地哈哈笑。

副帮主左右看了一圈，也笑了，说："这是在梦里吗？"

我点头："这是我的梦，你们不用客气，在梦里吃好喝好，今天我请客。"说完，我扳着副帮主的头让他正脸对着我，然后我就亲上去了，亲完我还伸手在副帮主胸肌上摸了一把，淫笑着说，"你游戏角色真好看。"

我正常三次元肯定干不出这么流氓的事儿啊！但我当时不以为这就是个梦嘛，我认定副帮主、S 和 B 都是我想象出来的梦里的人物，所以我就稍微耍了一下流氓！

真是万万没想到啊……

我泡个茶去回来继续。

12340 楼：

楼主终于又回来撒狗粮了！不过今天的狗粮吃起来怎么感觉香甜中透着一丝瘆人啊喂！

12351 楼：

最后一句话什么意思？楼主不会是想告诉我们，你和副帮主做了一模一样的梦吧？小伙伴们快抱紧我……

12384 楼（楼主回复）：

先不说那个，先说别的。

"今天让他们上一天班吧。"S 突然冒出来这么一句，然后打了个响指。

他响指声一落，主城马上就热闹起来了。

之前我一直站在凉亭里，没有注意到主城是什么样子，只是模糊地感觉周围都没有人，空荡荡的。但是 S 这个响指打完，各种 NPC 瞬间就出现了，一队巡城卫兵从凉亭正前方走过去，一个乞丐坐在凉亭下面抖着碗里的几个铜钱，几个小孩在凉亭旁边玩，各种武器商、小吃商、杂货商扯着嗓子叫卖，一条 NPC 大黄狗跑进凉亭又跑出去，甚至连主城的 BGM 都在我耳边响起来了……

这才是我熟悉的那个主城，就算没有玩家了也仍然很热闹。

一瞬间，我有点莫名的感动。

毕竟玩了好几年的游戏，感情很深厚。

这时 S 提议说："我们四处走走去。"

B 小鸟依人地牵着 S 走了，我和副帮主也跟上，和他们一起走在主城的广场上，看着那些 NPC 热闹地在我们身边来来去去。

路过一个小吃商人时，副帮主问我："肚子饿不饿？"

我当时还真觉得有点饿，就说："我买点吃的。"

说完，我就本能地往衣服上一个装钱的口袋一摸，摸出一大把灵石。

这时候我才意识到我这衣服感觉沉甸甸的，可能都是灵石坠的。

我随口说了句："灵石还挺重的。"

B 一听我这话，整个人简直一副沉冤昭雪的样子，指着我大声说："是吧，你也觉得灵石很重对不对！让你上论坛吐槽我！"

我："……"

是的，我吐槽过 B 嫌灵石沉不爱背这件事……

但是 B 又不可能知道我吐槽他的事，因为以 B 的性格如果知道了我开帖 818 这件事肯定要徒手撕了我，不可能放任我活到现在！

所以这果然是我的想象，我觉得 B 会因为这件事生气，所以我梦里的 B 才真的因为这件事生气了。

我抓了一把灵石，想跟小吃商人买个香喷喷的大麻花，因为平时在电脑上和 NPC 买东西时都是用鼠标点一下 NPC，然后 NPC 就会弹出对话框或者交易框嘛，所以我犹豫了一下，就伸手在那个正在炸麻花的小吃商人身上戳了一下，等他给我弹出交易框。

然而……

小吃商人一副被人非礼了的表情一捂胸口，后退一步，瞪着我说："您请自重，休要到处乱摸。"

我："……"

这位大兄弟，我哪不自重了？！

B扑哧一声笑出来了，特别幸灾乐祸地和我说："你得和人家说话。"

我："我说什么啊？"

B："你现实中买麻花要说什么，在这里就说什么。"

我窘了一下，和小吃商人说："麻烦给我包四根麻花。"

B好像就在这等着我似的，我话刚说出口，B就一拍大腿，对我说："你看看，你不是也和NPC说话了吗！"

我："……"

B叉着腰，表情很牛地看着我，说："你精神病啊，和NPC说话。"

我："……"

行行行，算我让你的，我不和一个梦里的人计较！

麻花是五灵石一根，小吃商人收了我二十块灵石，仔细地数完了，然后用油纸分别包了四根麻花递给我，我把麻花分给大家，一人拿一根吃。

梦里的麻花特别诱人，炸得金黄酥脆，上面还裹着一层糖粉，我低头咬了一大口，在我牙齿接触到麻花的一瞬间，我脑袋上方出现了一个进食的读条，麻花被我咬下一口之后，这个读条就自动打断了……

B又来劲儿了："你看你也读条又打断！有本事你一口把整根麻花吃进去啊！"

我叼着大半根麻花双手合十，给B鞠了个躬："我错了，我真错了。"

B炯炯有神地看着我："错了也没用，我今天就是专程来看你发神经的。"

我："……"

跟我多大仇多大怨这是！

12390楼：

哈哈哈哈B真是积怨已久了啊，不过楼主这个梦描述得真是太……有种是真事儿的感觉。

12395楼：

楼主进了游戏世界也变成精神病了哈哈哈哈！

12439楼（楼主回复）：

我们在主城吃了会儿小吃，到处转悠了一圈。

本来对于我来说主城是个再熟悉不过的地方，但是因为视角变了所以看什么都特别新鲜，跟旅游似的，我们在主城玩了一会儿，B和S就提议说换个风景好的地图转转。

我和副帮主都表示赞同，然后就定了个截图圣地，定好地方之后，我再次蒙×了。

我："……我们怎么过去啊？"

B不怀好意地笑着看我，说："你背包里有飞剑。"

我就本能地伸手去我刚才摸出了灵石的口袋里摸。

梦里的衣服口袋是无限大的，就像机器猫一样，手一伸进去能摸到好远好远，各种物品和灵石一个格子一个格子地放在口袋里，我摸了一会儿，还真摸出一把剑，然后我就把剑抽出来，问B："怎么飞？"

B笑眯眯地说："你把飞剑放地上。"

我和副帮主就一起把飞剑放地上，但我们刚一松手，两把飞剑就自己从地上浮起来了，大概浮起了二十厘米左右，就那么悬在空中。

B又说："踩上去。"

我就踩上去了。

B："在心里想你要去的地方，就能御剑飞过去了。"

我就开始默念那个截图圣地，刚念了两遍，飞剑就嗖地向前蹿出去了，边往前蹿还边升空，速度堪比火箭，我嗷地就尖叫出声了，趁着飞剑还没飞到能摔死人的高度，我一翻身从上面跳下去了，落地的一瞬间还掉了1000点血……

我："啊啊啊啊啊啊吓死我了！"

副帮主赶紧跑过来把我抱住了，男友力可以说是非常足了。

B得意扬扬地说："你看看，明明你也害怕御剑啊！又不是只有我一个人害怕！"

我顿时恨不得给这位小公主跪下，我说："我真错了，别耍我了成吗？"

B一摊手，一脸无辜："我没耍你，御剑本来就是这样的。"

一向很可靠的S也跟着点头："御剑的确是这样，我们骑马跑地图吧。"

说完，S就吹了个口哨，他一吹完，身边就多了一匹麒麟神兽，那是五周年的限量坐骑，S跨上麒麟，弯腰把B拉上来和自己同乘。

他做完这些，副帮主也有样学样地吹了个口哨，变出一匹麒麟。

麒麟，土豪的象征！

副帮主跨上麒麟，冲我招招手，说："来，我们也同骑。"

我就过去了，拽着麒麟的缰绳往上上，结果麒麟太高我太矮，半天没上去，最后还是副帮主下来托着我屁股把我推上去的。

我承认我是个运动神经很差的死宅……但是做个梦而已，有必要写实到这种程度吗！啊？

12446 楼：

噗，楼主还吐槽S和B呢，换你进了游戏世界竟然连马都上不去吗！

12450 楼：

心疼楼主的小短腿儿，脑补了一只爬不上楼梯台阶的柯基犬……

12493 楼（楼主回复）：

脑补柯基的你快住脑！我还没短到那种地步好吗！

然后我们四人就开始轰轰烈烈，策马奔腾……

跑地图其实也挺有意思的，毕竟周围风景不错，骑马的感觉也很有趣，副帮主在后面抱着我，梦境真实到我都能感觉到他落在我脖子上的呼吸，一想到这是在做梦，我的小心思就活络了，于是我在马背上把手朝后面伸过去，耍了一通流氓，副帮主特别配合地被我耍流氓，还咬着我的耳朵低声笑，问："这么热情？"

现在想起这件事来我是很想死的……

在马背上颠簸了一会儿，我流氓耍够了，风景也看够了，就朝S和B的方向看过去。

B倚在S怀里，炯炯有神地看着我，一张嘴："你……"

我立马打断："我帮你说了成吗，我这不也骑马跑地图了吗，是不是？"

B眉毛扬了扬，笑得很开心。

我想了想，觉得梦里的 B 肯定知道这些事，于是就招了："那个，你知道我发帖的事了吧……其实我在论坛上吐槽你们不是怀着恶意的，就是一开始我觉得你们挺奇葩、挺好玩儿的，就想找个地方说说，但是后来我真的拿你们当朋友了，你和 S 都特别好。"

这些话放在现实中我可能不太好意思说，但是在梦里就毫无障碍！

B 轻轻咳了咳，斜眼瞪我，说："真的？"

我点头："真的，我为我在网上 818 你们这件事表示真诚的歉意，你们千万别往心里去，以后还是好朋友，行不行？"

S 侧过脸对我笑了笑，说："当然行，本来也没放在心上。"

B 哼了一声，很傲娇地说："行吧，我就勉强不生你气了。"

我顿时有种如释重负的感觉，副帮主也在后面捏了一下我的腰，我估计应该是赞同的意思。

B 有点不甘心地说："本来我还想去开个帖 818 你和副帮主来着，你先道歉了害得我 8 不成。"

S 哈哈大笑，说："亏了亏了。"

然后我们就一路骑马跑到了那个截图圣地。

截图圣地特别美，是一片白茫茫的草原，是的，这里的草都是白色的，高到膝盖，打眼一看像下了场大雪似的，但其实没有雪，一点儿也不冷。草原上还有一面湖，湖水映着天空蓝汪汪的，里面有一条条橙红色的小鱼，湖水特别浅，我们脱了靴子卷起裤腿进去蹚水。我在现实中从来没见过这么漂亮干净的水，一滴滴都晶莹得像钻石似的，B 撩起来一捧水往天上一洒，落下来的水珠亮得都晃眼睛。湖边围着一圈大树，树叶也都是白的，一阵风刮过去飘下来几片落在蓝汪汪的水面上，视觉效果特别有禅意。

我们在那儿玩了一会儿，S 就问我："你和副帮主前段时间去 ×× 旅游了？"

我说对啊我们度蜜月。

S："听说你们想看极光没看见？"

我乐了："是啊，极光得看运气，那东西也没法预测，何况我们副帮主那么非，有极光也让他撵跑了。"

梦里的副帮主摇着头笑，就是那种拿我没办法的宠溺的笑容。

S："那我给你们变个极光看看。"

我也没当真，就说："那你变啊！"

B抬头看天，煞有介事地说："白天不好看，你先调成晚上。"

我："……"

你这真是把你男人当上帝了啊！

我正心里想着，S就抬手打了个响指，响指声一落，天上的太阳就以肉眼可见的速度朝西边咕噜咕噜地滚过去了，整个世界像被按了快进似的，天空立马从浅蓝变成黄色再变成橙红变成紫色最后彻底黑下去了，月亮高高挂在天上，取代了刚才太阳的位置。

我和我的副帮主都惊呆了。

这时，S说："北斗七星歪了。"

B很理所当然地说："肯定是昨天你摘下来给我玩完没安好。"

S点点头，伸手在空气里拨弄了几下，北斗七星就正了。

我虽然知道我是做梦，但也不禁被我自己的想象力震慑住了，我梦里的S未免太牛了，简直就是创世神，还北斗七星歪了，给他能耐的。

12500楼：

北斗七星歪了，谜之戳笑点……

12505楼：

说不定S真是游戏的创世神呢，程序员什么的哈哈哈。

12548楼（楼主回复）：

S把天调黑了，然后又一伸手，问："你们喜欢什么颜色的极光？"

我感恩戴德地说："有就行了，不挑。"

副帮主表示他也不挑。

B说："那我挑，我要彩虹色的。"

我："……"

我果然没看错，B的确是个小公主。

S一脸宠溺地说："好。"

说完，他就抬手，用手指头在天空中画了起来。

S 先是画了一条横线，随着他手指的动作，黑色的天空中真的就出现了一条绿色的亮线，这条亮线横贯天际，很快这条亮线就像被水洇湿了一样，那些绿莹莹的光芒朝上方散开了，看起来特别像是有一条巨大的纱帘从天上垂下来了，与此同时，S 把手指换成手掌，在空气中抹来抹去，就好像那些绿光是他抹开的一样。

画完一道绿的，S 又在天空另一片地方画起来了，根据 B 的要求，他依次在天上画了七条不同颜色的光线，然后很随性地把那些光线抹开，变成一片片薄薄的光幕，等他画完之后，天空整个都五彩斑斓的，好像上帝在天上开 Party。我和副帮主正震惊着呢，S 又鼓起腮帮子冲天空吹了一口气，他这口气一出，天上那些缥缈的光幕都跟着飘了起来……

那场景美得就像做梦一样，好吧，本来就是做梦。

可惜我语文学得不好，在面对这样极致的美景时也说不出什么好听的，只能不停地……

我："太好看了！怎么那么好看呢！"

丢人！

所以这个故事告诉我们，小孩子一定要好好读书，长大了看见美景才不至于像我这样词汇匮乏。

然后，我们四个人就沐浴在美丽的极光下，梦里不能拍照的确有些遗憾，但至少我们用眼睛看了个够。副帮主在极光下亲了我一下，我也反亲回去，最后梦就在我和副帮主你亲我一下我亲你一下的较量中结束了……

这个梦特别长，我醒过来的时候已经是九点了，幸亏周六不用上班，而且我醒过来的时候发现我和副帮主真人也是亲在一起的，我醒之后几秒钟副帮主就醒了。

12553 楼：
你们该不会是做了同样的梦吧……

12589 楼（楼主回复）：
是的，我们就是做了同样的梦。

一看见副帮主睁开眼睛我就特别激动地拉着他讲我的梦，因为太梦幻了，迫不及待地想分享一下。

我："你知道我梦见什么了吗？我梦见我进到游戏世界里去了……"

他打断我："我也梦见了。"

我吓了一跳："不是吧，我梦见你、S还有B，我们四个在游戏里。"

他挑挑眉毛："我也是，我们还看了极光，极光是S变出来的。"

我又词穷了，我在床上发疯打滚一分钟，嗷嗷尖叫："我们做的梦是一模一样的！"

他："你在梦里看见我就扑上来亲我，骑马的时候手还不老实，我是没满足你吗？"

我一秒钟恢复冷静："不对，不对，我不是那么梦的，我们的梦果然还是不太一样，哈哈哈我就说嘛，怎么会有那么巧的事……"

但是他识破了我的谎言。

以下省略一个小时的不可描述。

……

好了，一个小时过去了，我们继续说。

12594楼：

什么鬼！楼主又拉灯！顺说该不会S和B也做了一样的梦吧，如果是那样的话可以断定这是写手帖了……

12599楼：

说好的一个小时呢楼主，少了一分钟，一秒钟，一毫秒，都不是一个小时啊楼主！

12645楼（楼主回复）：

我和副帮主又对了一下梦里的细节，全部吻合，这说明我们的确是做了同一个梦。

昨天我和副帮主临睡前趴在床上看电影来着，看完电脑就忘关了放在床头柜上，我就马上把电脑抱到床上，很激动地上YY。S和B是常年在线的，我分别给他们两个发消息，把我和副帮主昨天的梦讲了一下，问他们是不是也做了一样的梦。

然而，结果可能要让大家失望了……

事情并没有那么神奇，以下是他们的回应——

S："昨天晚上？我没做梦。"

B："我干吗要梦你们两个，要梦也是梦我家 S。"

也就是说只有我和副帮主做了同样的梦。

我知道这个事情挺玄的，你们不信的话就当故事看吧，我对此事的解释是我和副帮主太相爱了，所以心有灵犀，连梦都做一样的，就这么解释了，不服不辩。

S 和 B 否认之后，我又去上了一下游戏，想看看我和副帮主是不是真被吸进游戏里了。

之前我玩的那个网游虽然已经停服了但客户端我还没删，但是点开游戏之后，提示客户端无法连接，试了几次都不行，我就把电脑关了。

说实在的，我们心里是有点惆怅的，因为这个梦把我和副帮主关于那个游戏的回忆勾起来了。

想想那片白草原，想想曾经人来人往的主城，想想那些熟悉的 BGM，想想和小伙伴们在战场上一起激情燃烧的岁月，玩了这么多年游戏，昨天晚上我第一次亲口吃到主城小吃商炸的大麻花，真香，白草原中的那片湖水真漂亮，真想再进去一次在湖里游一圈，那片布满极光的天空真壮观，可能一辈子也看不见第二次了，不过我已经把那一幕记得牢牢的了。

说到这儿我鼻子都有点儿酸了。

但是还好，这个游戏里最重要的"小伙伴"，此时此刻就在我身边。

这就够了，很够很够了，靠在他肩膀上的时候，我满足得好像整个世界都是我的。

番外之

·········· 副帮主的恋爱日记 ··········

论坛名：×××××××

板块：××××

主题帖：记录

楼主 ID：不高兴

主题帖：

喜欢上一个小笨蛋。

不高兴。

1楼：

这刚劲质朴的语言风格……

2楼：

楼主你想倾诉的话就多说两句，这么短我们没法儿接。

3 楼（楼主回复）：

我喜欢的人简称 Y 吧。

我们一起玩了三年网游，Y 有一个帮会，自己是帮主，我是副帮主。

我对 Y 有好感很久了。

Y 可爱，认真，讲义气，唱歌的声音很好听，长相也是我喜欢的类型，犯蠢的时候让我很有保护欲。

除此之外还有大约一百多个理由。

察觉到的时候已经很喜欢了，每天盼着上游戏，工作之余全在想那家伙。

小笨蛋什么都不知道。

着急，很不高兴。

7 楼：

喜欢就说啊，追求啊，男子汉大丈夫，不要拖泥带水的！

13 楼（楼主回复）：

今天帮会里一对情侣在游戏里互相喂吃的，很甜。

我就也让 Y 喂我，想借机暗示。

Y 给我一个神秘食盒，我高高兴兴地吃了，结果食物中毒死了。

Y 还在我尸体上跳来跳去，哈哈大笑。

这个小笨蛋。

我今天也不高兴。

16 楼：

哈哈哈，楼主我跟你讲，这种人就是欠电。

20 楼（楼主回复）：

帮会里的那对情侣感情很好，一个管另一个叫老公，嘴很甜。

我听着很羡慕，就往帮会里充了些灵石，逗着 Y 说话。

Y 说谢谢。

我让 Y 叫点儿好听的。

结果 Y 叫我爸爸。

我诱导了半天，Y 也不开窍，变着花样叫我爸爸，我无话可说，只好飞回帮会了。

不高兴。

24 楼：

心疼这个总是不高兴的楼主……但是，谜之想笑是怎么回事啊，哈哈哈哈哈。

27 楼：

突然想到一个动画片，《没头脑和不高兴》，很适合这个楼，噗。

33 楼（楼主回复）：

呵呵，发现了一件很有趣的事。

今天有点高兴了。

36 楼：

话不能说一半啊，楼主发现什么了？

41 楼（楼主回复）：

帮会里那对情侣中的一个，昨天在 YY 上给了我一个网址。

我点开看，帖子的名字是"818 我们团里那对精神病一样疯狂秀恩爱的情侣"。

看到标题的第一眼我就觉得是 Y 写的，一看语气就知道。

Y 说话好可爱。

Y 在帖子里吐槽我们帮里那对很喜欢秀恩爱的情侣。

帖子里还提到我了，小笨蛋是真的一点都不明白我的心意，还觉得我的一些反应很莫名其妙。

看到这些反而放心了，Y 之前太迟钝，我多少有担心过 Y 是不是心里明白，只是不愿意面对我，原来不是的。

我在帖子里用自己平时的语气留了言，小笨蛋居然察觉到了，还紧张起来了，好可爱。

这至少说明 Y 对我的语气很熟悉，一眼就认得出。

但 Y 是真的迟钝，我要怎么做才能把人追到手？

今天不知道该高兴还是不高兴。

44 楼：

什么？楼主暗恋的那个人也在开帖 818？这不是巧了吗这不是！

48 楼：

哈哈哈，有种螳螂捕蝉——黄雀在后的感觉，尴尬了……

55 楼（楼主回复）：

有趣，我又在回帖里逗了 Y 一次，Y 吓得不敢更帖子了。

而且这几天见到我时说话都小心翼翼的，还主动提出帮我做日常，我一假装欲言又止，Y 就紧张兮兮地岔开话题。

小笨蛋真好玩儿，我真是越来越……

但是还不到时候，我要克制。

今天比较高兴。

61 楼：

噗，楼主好坏啊，还故意逗人家。

80 楼（楼主回复）：

一周过去了，我们很默契，没人戳穿，所以 Y 又回去更帖子了。

Y 还在帖子里问上次我发的那两个回复是谁发的，我没回应，Y 又慌了。

我是不是有一点可以原谅的坏？

86 楼：

2333 明明就是坏死了，但是我们喜闻乐见，楼主请继续，多讲讲你们的事啊！

93 楼（楼主回复）：

之前有一次 Y 碰巧和我聊到健身的话题，我就拍了一张腹肌照发过去。

我从上大学开始坚持健身，对身材有自信。

Y 礼貌性地夸了我一下，我就趁机给 Y 灌输了一下运动的重要性，然后就借着监督 Y 运动的由头把 Y 的手机号骗来了。

从那天开始我每天早晨电话叫 Y 晨练。

以监督为名，我给 Y 和自己办了个情侣套餐，让 Y 在锻炼的时候和我保持通话状态。

Y 喘气的声音真好听。

这个小笨蛋，对我一点防备都没有。

今天也比较高兴。

98 楼：

楼主干得漂亮！好心机！

101 楼：

楼主丧心病狂哈哈哈哈，居然打着监督锻炼的幌子听人家娇喘！

115 楼（楼主回复）：

前几天碰巧聊到谈恋爱这个话题，Y 就问我最近怪怪的是不是想谈恋爱了。

我说是，Y 就兴高采烈地说给我介绍妹子。

我有点不爽，Y 看不出来，还追着问我喜欢什么样的妹子。

这么积极地给我介绍……一点都不怕我真的找了别人吗？

很不高兴。

所以我这几天都没理 Y，不管 Y 对我说什么，我都回一个句号过去。

Y 像只被打击的小狗一样，这几天天天跟在我屁股后面转，哼哼唧唧地没话找话，实在没话说了就给我发段子，还问我给我介绍妹子这么好的事我生气什么。

这种状况，我觉得我直接告白 Y 会被我吓跑。

今天又高兴又不高兴。

121 楼：

觉得楼主已经表现得很明显了，楼主可以采取一些实际行动，努力往 Y 的三次元生活渗透一下，现在 Y 可能只是把你当成游戏里的玩伴而已。你要多留心一下 Y 平时说的话啊，想要什么东西啦之类的，然后直接买来快递过去，这样 Y 一定会很感动的，我男朋友当年就是这么把我追到手的哎。

142 楼（楼主回复）：

谢谢 121 楼的建议。

上次听 Y 说电脑用久了手腕疼，我就让在国外工作的爸爸帮我邮了机械键盘和鼠标回来，给 Y 快递过去了。

Y 今天收到了，表现得很客气，说什么也要给我钱。

我拒绝无效，只好装生气。

Y 一看我生气就慌了，把礼物收下了，还说要对我以身相许，我都乐疯了，Y 却说以身相许的意思是要在游戏里练一个治疗专门给我加血。

……就知道小笨蛋不可能突然这么开窍。

所以今天也不太高兴。

146 楼：

心疼这位每天都不高兴的楼主……

149 楼：

楼主你要知道，这世界上没有百分之百的玩笑，所有的玩笑或多或少都有真实的情绪在里面，能用"以身相许"这个词和你开玩笑，说明 Y 对你肯定是有一些好感的！

168 楼（楼主回复）：

自从 Y 收到了我送的机械键盘和鼠标后，我就经常收到 Y 快递来的包裹。

都是 Y 所在城市的特产小吃，大多数都是辣的。

我不是很能吃辣，但既然是 Y 邮来的，我全吃得干干净净。

这几天吃辣吃得上火，再看看 Y 的照片，更上火了。

170 楼：

这题我会答！最后一句中的第一个"上火"指的是辣吃多了起痘喉咙痛什么的，第二个"上火"指的是楼主欲火焚身！我答得对不对？楼主快夸我！

173 楼（楼主回复）：

170 答得对，夸你。

175 楼：

楼主字里行间都透着一股淡淡的高冷气息，怪不得帖子热度这么低……

190 楼（楼主回复）：

前两天 Y 在游戏上说到最近天气很冷，而且没有暖气，吹空调嘴唇会干。

所以我今天去买了几个暖宝宝，一支润唇膏，一大包速溶可可粉，准备给 Y 快递过去。

我买的是一个小蜗牛形加热鼠标垫，一个小河马形加热棉鞋，一个屁股形的加热坐垫……

我承认最后一个是我恶趣味了，因为我忍不住想看看平时总是大大咧咧的 Y 不好意思的样子。

可可粉是我最喜欢的牌子，天气冷的时候喝热饮会很惬意。

至于那支润唇膏。

我想着这是 Y 会涂在嘴上的东西，所以我把它打开，先自己涂了一遍。

有一点凉，有一点湿润。

……我把它想象成 Y 的嘴唇了。

今天很高兴。

194 楼：

楼主你这是间接接吻啊楼主！

197 楼：

干得漂亮！ Y 收到之后你先问问润唇膏用没用，如果用了，你就说你之前已经用过一次了，然后看 Y 的反应，如果对方没不高兴的话那么对你的感觉肯定不一般……情不自禁地兴奋起来了呢，咦嘻嘻嘻。

215 楼（楼主回复）：

Y 今天收到了我上次邮的东西。

几个暖宝宝，可可粉，还有那支润唇膏。

我把话题扯到了润唇膏上，Y 就说润唇膏涂了，挺好。

我说："肯定好，我试过了才给你邮过去的。"

我的语气应该是很平静的，但是我的心脏跳得快从嗓子眼蹦出去了。

Y 没有生气，只是沉默了一下，就换了个话题，语气听起来没有生气，只是有点窘迫和不好意思。

连语速都变快了，呵呵……

一起玩了三年我很了解，Y 紧张时说话语速就会变快，也许 Y 自己都没察觉到这一点。

我们游戏日常都做完了，无事可做，但是谁也没提要下线，就傻呆呆地在游戏里大眼瞪小眼。

我想 Y 应该是不讨厌我的，不然一定会急着下线。

后来我提议去看风景，我们找了个地方挂机，我在 YY 上给 Y 唱歌，是帮会频道，我加密的小房间。

Y 说："不然在帮会大厅唱吧，你唱歌那么好听，让大家一起听呗。"

我说："今天只给你唱。"

Y 噎了一下，就又开始语速很快地东拉西扯了，不过好在没拒绝。

我给 Y 唱了很多首，其中一首，是周杰伦的《告白气球》。

我："亲爱的，别任性，你的声音，在说我愿意……"

Y 还没心没肺地纠正我："唱错了，是'你的眼睛，在说我愿意'，不是'你的声音'。"

我笑了一声，说："眼睛我又看不到，只能听声音了。"

Y 好像是蒙了，不说话了，角色在游戏里上蹿下跳的，对着空气放了几个大招。

过了一会儿，Y 声音很小地问："你刚说的什么意思啊，我没明白。"

我想了想，觉得告白还是要当面才够诚意，就说："没什么，还想听我唱哪首？"

Y 在那边鼓捣了一会儿，发了个歌单过来。

我唱着歌，感觉有点儿幸福。

221 楼：

啊，虽然没挑明但是莫名感觉好甜，感觉 Y 对楼主有意思啊，应该是神经太粗自己还没意识到吧。

224 楼：

改歌词可以的，楼主套路满分哈哈哈。

252 楼（楼主回复）：

今天和 Y 还有另外两个朋友一起玩"你画我猜"。

输了的人对着麦克风弹三下内裤。

我发现，不管别人画什么，大炮、巴比伦塔、蘑菇，Y 都能猜到那个上去。

这个小笨蛋，脑袋里想的究竟都是什么东西？

有点生气又有点高兴。

气是怕小笨蛋想的不是我的。

高兴是为什么就不必说了。

257 楼：

"那个"是我想的"那个"吗？

259 楼（楼主回复）：

257 楼，是的。

262 楼：

哈哈，那这位朋友似乎很饥渴啊喂，楼主快去抚慰一下。

270 楼（楼主回复）：

总之 Y 输得很惨，输完还想抵赖。

不过这是不可能的，我还等着听呢。

于是 Y 对着麦克风弹了三下内裤，我就着这个声音幻想了一下内裤的布料和手感，心潮澎湃。

然后另外两个朋友就不玩了，我知道他们是在为我制造机会，我喜欢 Y 的事情好像全帮上下所有人都看出来了，除了 Y 本人。

Y 几乎一个都没猜对，后来又对着麦克风弹了好几个"三下"。

最后一轮弹完了，Y 说："副帮主你是看不见啊，我脸都红了。"

我笑了。

我在屏幕这一边想象 Y 脸红的样子。

那一定是很可爱的。

今天很高兴。

274 楼：

楼主打算什么时候挑明啊啊啊！我看好你们！

316 楼（楼主回复）：

274 楼，快了。

今天我和六个帮会成员去了 Y 所在的城市。

以面基之名，行追妻之实。

在火锅店第一次见到 Y 真人。

Y 不太上镜，而且可能是不会美图，所以真人比照片还好看一点，个子很小，挺瘦。

感觉我能抱个满怀还有剩。

Y 朝我们这桌走过来时全程和我目光相交，眼睛闪闪发亮，但是落座之后却又不敢看我了，低着头用手机在 YY 上和我说话，头都不抬一下，脸红得不能更明显。

Y 也喜欢着我。

几乎是一瞬间，我确定了这件事。

我要放手去追了。

320 楼：

早知道这样，早点面基多好啊！

351 楼（楼主回复）：

过去了两天。

这两天，我一有机会就撩 Y，Y 的反应非常有趣。

我与 Y 贴得很近时，我凝视着 Y 时，我说着暧昧的话时……Y 都会装成没有意识到的样子，会故作镇静，可是睫毛明明抖得厉害，眼珠也会乱转，Y 的皮肤很白，有一点点脸红都会很明显，语速也会变得奇快无比。

心里慌了，可又偏偏强行装作不在意。

小东西可爱得让我忍不住想一口吃掉。

本来多少会担心网上那个可爱的人在现实中却是全然陌生的样子，但 Y 比我想象中的还要令我着迷。

我想我是真的沦陷了。

363 楼：

强行假装镇定其实慌得不行的小可爱……可以说是非常萌了！楼主加油拿下！

384 楼（楼主回复）：

我和 Y 在一起了。

今天是情人节，另外六个一起来面基的朋友为了给我制造机会所以找借口离开了，只剩我们两个人。

我们走过游乐场的旋转木马时，Y 紧张得走路都同手同脚了。我提醒了 Y，Y 便停下脚步立在原地，脸红得像个番茄，眼睛明亮得像只小仓鼠，睁得圆圆的，就那样傻傻地看着我，好像被自己的想法吓到了。

我的天。

我的心都化了。

Y 张了一下嘴，说："我……"

我很确信 Y 就是想告白，于是我帮 Y 补上了下半句，我说："喜欢你。"

我吻了 Y。

Y的嘴唇软软的，微微湿润，有一点凉，带着淡淡热带水果的香甜气味，那是Y吃的口香糖。

我简直忘乎所以了，我捧着Y的脸，含着Y的嘴唇，一秒钟也不愿意松开，直到Y快要喘不过气了我才放开。

后来听在旁边围观的朋友说了，我才知道我居然亲了Y五分钟。

像五秒钟一样短。

完全，不够。

388楼：
楼主为什么讲这么大的事时语气都如此平静！给我High起来啊！

391楼：
恭喜，要幸福啊！说起来楼主一直就是这种冷淡文风来着……

566楼（楼主回复）：
很久没来过了。

因为这段时间都很忙，忙着谈恋爱。

这是我第一次正式与人交往，我灌注了百分之百的热情，恨不得把自己双手奉上。

我们现在是异地状态，我可能是中了一种名叫Y的病毒，每天看到什么好吃的好玩的，我都会马上给Y快递一份，我怕Y生活费不够花，变着法儿给Y转钱，我怕Y没有我陪会寂寞，所以给我们叫了一模一样的外卖，开着视频一起吃，假装我们在一起，我总是忍不住给Y发微信打电话，连起床闹铃都是Y的歌声。

可是这些都不够，我还想变得更优秀一些，对Y更好一些，想让Y永远保持着天真可爱、没心没肺的样子。

前天Y说想我了，我就安排好当天的工作，第一时间坐飞机赶了过去。

这不是因为我是个随叫随到的好男友……

而是因为我对 Y 的想念丝毫不逊于 Y 对我的想念。

我赶到时，Y 的学校已经关门了，我绕着学校走了半圈，找了一处围墙翻了进去，我穿着风衣，提着笔记本包，头发梳得分毫不乱，却像个情窦初开的坏小子一样翻墙，站在情人的窗下望着那扇紧闭的窗。

窗子开了，我的 Y 从二楼翻了下来。

Y 扑进我的怀中，我紧紧抱住怀里激动得发颤的身体，我被冲力冲得后退了两步，退进花树丛中，我们被迎春花包围着。

Y 的眼睛像星星一样亮。

我既想与人分享心中的快乐，又不愿意把 Y 可爱的样子说给别人听，想来想去还是后者占了上风。

那么事情就说到这里吧。

我们一定会幸福。

番外之

.... 两个 Boss 的爱情故事 ....

时间是游戏公司停服之后。

游戏停服时，秦暮羽将游戏世界以数据的形式收了起来，并且寻找了一处隐秘的网络空间，将游戏世界重新安置在这里。

有了自我意识的 NPC 们在游戏世界中过上了自由的生活，每天不必再被玩家点点戳戳，不必再重复千篇一律的话语和动作，不必再被局限在一个地图中……而最开心的就是一直以来负责挨打的怪物 NPC 们，尤其是苦大仇深的副本 Boss 们，终于不用再没完没了地被玩家群殴了，Boss 们心里都十分舒爽！

游戏世界重新安置好后，昆仑神宫的 100 级蛇妖 Boss 带着副本里的小怪们下山玩，第一站就是繁华热闹的主城永安，永安城里什么好吃的好玩儿的都有，没见过世面的小怪们被晃花了眼，一个个呆愣愣地站在人流熙攘的大街上，一动不敢乱动。

"小的们，随我来。"蛇妖冲小怪们勾了勾手指，数丈长的粗壮蛇尾色彩斑斓，像条小河似的蜿蜒在集市的街道上，然而周围的行人 NPC 也大多见怪不怪，偶尔还有调皮大胆的小男孩跑过去在蛇尾巴上摸一把，蛇妖也不恼，顶多便是轻轻摇晃着尾巴把小孩赶开。

平时挨揍习惯了的小怪们见自家老大居然能和主城中的人类打成一片，皆是松了口气。

蛇妖包揽了小吃商人手里全部的库存，将那些金黄酥脆的大麻花、红艳晶莹的冰糖葫芦、雪白软糯的甜糕、活灵活现的糖人，公平地分给手下的小怪们，从来没吃过东西的小怪们欢天喜地地接过食物，纷纷体验起吞噬数据带来的幸福享受。

原来这个世界上还有这么开心的事情！从"出生"开始就一直挨揍的小怪们激动得热泪盈眶！

见属下都吃得差不多了，威风凛凛的蛇妖老大带着身后上百个小怪在主城里到处溜达起来，街头有卖艺的NPC正在表演胸口碎大石和转碗，小怪们一看见这些新鲜玩意儿就直了眼睛，迈不开步子了，于是蛇妖便放它们随意在主城玩耍，自己朝城中一座纳凉的亭子爬去。

这亭子位于主城正中央，阳光好，蛇妖喜欢晒太阳，每次来主城都会把身子整个盘在凉亭的尖顶上美美地晒上一下午的太阳，然而当他爬到凉亭附近时，却发现自己平时晒太阳的位置被人占去了。

亭子上躺着一个身材纤细小巧的人，看外表大约不到二十岁的样子，这人懒洋洋地躺在凉亭顶上，双手枕在脑后闭着眼睛，看上去像是睡着了，精致漂亮的五官像是工匠用极细的画笔一丝丝细心勾勒出来的一般，鸦羽般乌黑光亮的长发中立着两只毛茸茸的白色猫耳，两条同样雪白的猫尾巴搭在那人的肚子上，像是怕露天睡觉着凉似的。

这是……

蛇妖先是怔了片刻，回过神来才想起这主城附近有一个给新手打的30级小副本，副本Boss是一只猫妖。

眼前这位大概就是那只猫妖了。

小小的，白白的，漂亮的，好像一只胳膊就能整个环住……看惯了自家副本里长得奇形怪状的妖怪，蛇妖的视线一时无法从姿容秀丽的猫妖身上挪开。他正盯着猫妖看得入神，一只蝴蝶忽地飘落在猫妖的耳朵上。打着盹儿的猫妖不耐烦地抖了抖耳朵，蝴蝶被惊得飞走了，蛇妖的目光却被引着落在了那两只耳朵上。雪白的猫耳朵，在午后热烈的阳光下清晰得纤毫毕现，看起来柔软洁净的白毛在晚春的风中颤抖，抖出一阵耀眼的光的波浪。

蛇妖死死盯着那两只猫耳朵，顺着凉亭柱子爬了上去，他用下半截的蛇尾缠着柱子把自己固定住，上半截的人身则趴在凉亭上，一只大手微颤着伸到猫妖的耳朵边上，鬼使神差般，他在那只耳朵上轻轻捏了一下。

云朵般绵软柔滑的触感在指尖漾开，蛇妖脸红了。

"喵呜——"然而被从睡梦中惊醒的猫妖却尖叫着跳起来，看也没看，扬手便在蛇妖右脸上挠出了三道血印子，蛇妖身旁的空气中浮现出一行"-500"的数字，显示蛇妖掉了500点血。

对于有三亿血量的超级大 Boss 来说，这500点血的损失跟被蚊子叮了个包差不多……

一爪子挠完，猫妖定下神来，才发现对方居然是昆仑神宫100级的蛇妖 Boss，30级的小猫妖顿时泄了一半的气，然而脸上却不肯表露出来，强自梗着脖子质问道："你要做什么？"

蛇妖紧张地舔了舔嘴唇，慌忙摆手："没、没什么……"

猫妖皱着眉打量他。

这蛇妖是半人半蛇，下半身是长达数丈的巨大蛇尾，上半身却是个魁梧健美的男人，他裸着上身，虽然神情有些愣怔，面容却是英俊的，许是因为常年在昆仑神宫中不见天日，他皮肤白得像羊脂玉一般，这便让他面颊上的绯红看起来更明显了。

"你的耳朵……"蛇妖红着脸道，"真好摸。"

猫妖下意识地抬手摸了摸自己的猫耳朵。

由于天天摸得到，所以没觉得自己的耳朵有什么好摸的，猫妖困惑地睁大了金色的眼睛，一脸懵懂地望着蛇妖，细声细气地反问道："好摸？"

蛇妖的萌点顿时被戳得稀碎稀碎的。

我的春天来了，蛇妖心跳不已地想。

"我是昆仑神宫的老大，100级，我有一百二十个手下，家住昆仑山顶的宫殿，是山景房，一万平方米，没有坐骑但是我爬得比坐骑快。"蛇妖搓着手，像相亲时一样介绍着自己的情况，"还有，我的爱好是盘在凉亭上晒太阳，我们以后可以一起晒，我只要三分之一的地方就够了，给你三分之二……"

和一见钟情的对象有共同爱好，真是不能更好了！

听了蛇妖这番话，猫妖眨了眨金色的眼睛，戒备的表情缓和了些许，正迟疑着想说些什么，然而这时，不远处忽然浩浩荡荡地跑来上百只来自蛇妖手下的小怪。

——街头卖艺的人去吃午饭了，小怪们没东西可看，自然要回老大身边紧密地团结起来。

可是……

昆仑神宫那个副本整体基调是阴森恐怖的，所以副本里的小怪长得也都十分吓人，什么蜘蛛精、蛇精、蛤蟆精、蝎子精……而且个个都是100级！

30级的猫妖被这上百只突然朝自己跑过来的100级小怪吓得尾巴毛都乍起来了，蛇妖见猫妖害怕，把脸贴过去想解释，却被惊慌失措的小猫糊了一巴掌，左脸上也多了三道血印子，和右脸完美对称。

挠完这一下，除了速度什么都不行的猫妖一个闪身就跑远了，脸上挂着六道血印的大妖怪呆若木鸡地盘在凉亭上，场面无比悲凉辛酸！

昆仑神宫的100级大佬失恋了！这个消息在副本圈闪电般传开了……

被意中人挠花了脸的蛇妖消沉了一晚上，就振作起来了。

这天一早起来，蛇妖干的第一件事就是跑到昆仑山巅的不冻湖边上，就着湖水擦洗自己的鳞片。把蛇鳞一片片洗得干干净净，又打了层蜡，最后还在尾巴尖上系了一条红头绳，美得不行。

梳妆打扮好了，蛇妖又带着自己那一百二十号手下下了昆仑山，去主城找猫妖。

这回蛇妖学乖了，去主城路上路过一片风景优美的桃花林，他便把那一百二十个长得奇形怪状的手下全撵进林子里去，叫他们自己玩，不许乱跑。

安顿好手下，蛇妖满心欢喜地来到主城中央的凉亭，可是猫妖不在，只有秦暮羽和绘尘坐在亭子里喝酒。

秦暮羽："你找猫妖？"

蛇妖："你怎么知道？"

掌控着游戏世界每一条数据流的秦暮羽露出一个洞悉一切的微笑："猫妖在城外东南侧的河边。"

蛇妖道谢，扭头朝城外河边爬去。

他一转身，秦暮羽便打了个响指。

蛇妖鳞片光泽度 +10%，整条蛇看起来更绚丽了。

"你还挺好心的。"绘尘托着下巴笑吟吟地望着他，"蛇和猫有生殖隔离哎。"

秦暮羽俏皮地挤挤眼睛："我说没有不就没有了？"

按照秦暮羽的提示，蛇妖来到主城外的小河边。

果然，猫妖正蹲在河边聚精会神地盯着河里的鱼，一只手高高地举着，这时，一条银灰色的小鱼从猫妖面前游过，猫妖用力拍下去却拍了个空，徒激起一串水花淋了自己一身。

毕竟30级的小Boss，各方面属性不是很高，命中率用在抓鱼上不太够，因为NPC鱼有闪避功能。

猫妖甩甩尾巴，不满地喵了一声。

蛇妖顿时感觉自己的心都被喵碎了。

"我帮你抓！"蛇妖嗖嗖嗖地爬过去，不待猫妖回答便一个猛子扎进了河里，华丽斑斓的蛇尾在水中甩动了几圈放了个群体大招，河里的鱼瞬间全部翻白漂了起来，蛇妖又殷勤地用尾巴把鱼一条条卷起来丢在岸上。

猫妖抓起一条鱼，弹出锋利的指甲将鱼开膛破肚，将最鲜美的几块肉切下来吃了，然后心满意足地舔舔嘴唇，猫耳朵轻轻动了动，抬头望向比自己高大强壮得多的蛇妖，道："谢谢。"

"不客气，不客气，我可以每天都打鱼给你吃。"蛇妖一脸痴汉地望着那两只毛茸茸的猫耳朵。

猫妖看看蛇妖的脸，昨天挠出的六道血印已经随着蛇妖的自动回血机制而消失了，但这件事猫妖还记得。

于是猫妖踮起脚，伸手去摸蛇妖的脸。

蛇妖上半身和正常人差不多，但下半身的蛇尾太长，所以立起来时个头高得很，为了让身材娇小的猫妖能碰得到自己，蛇妖小心翼翼地俯下身，贴近猫妖。

猫妖洁白柔软的手指轻轻抚上了蛇妖的脸："抱歉，昨天我被你手下的小怪吓到了，没挠疼吧？"

"没、没挠疼。"蛇妖受宠若惊，尾巴都紧张得盘成了一堆，看起来颇有几分像一坨那啥……

猫妖狡黠地眨眨眼："也是，我一个 30 级的小 Boss，攻击力那么低，怎么挠得疼你。"

"不是！"察觉到自己仿佛伤了意中人的自尊心，蛇妖俊脸涨得通红，忙抛弃节操改口道，"昨天你挠得我疼死了……"说完，蛇妖又觉得这句话似乎有责怪对方的意味，又急吼吼地补充说明道："但只要是你挠的，疼死我也开心。"

猫妖怔了一下，随即抿着嘴唇笑了起来："……噗。"

呼——这回总算是滴水不漏了！蛇妖在心里给自己鼓了一次掌。

"方才只是逗你玩的，紧张成这样。"猫妖柔软的嘴角愉快地翘起，"真有意思。"

蛇妖："……"

猫妖低头又抓起一条鱼，开膛破肚吃了起来。

NPC 鱼刷新得很快，不到一分钟就是一拨，于是蛇妖干脆在河里泡了一上午，鱼一刷出来他就放大招，再把死鱼一条条丢到岸上，一上午下来，岸边的鱼堆得像小山一样。

"我吃饱了。"猫妖的小肚子吃得滚瓜溜圆，漂亮的金眼睛惬意地眯了起来，还打了几个小饱嗝，"好久没吃得这么撑了。"

"那把这些都扔了吧。"蛇妖指指那小山一样的死鱼堆，"明天我再给你打。"

"喵！那多浪费。"猫妖严肃拒绝，抱起一捧鱼，"剩下的我带回副本晾上，做成小鱼干，随时都可以吃。"

蛇妖也抱起一大捧鱼，和猫妖一起往猫妖的副本里运。

运完了鱼，蛇妖又黏在猫妖屁股后面，帮猫妖晾鱼干，蛇尾巴像小狗一样摇来摇去，因为力气太大了，尾巴一摇就带起一阵呼呼的风声。

晾完了鱼，正是午后阳光最好的时候，猫妖慢悠悠地伸了个懒腰，熔金般的眼瞳微微一动，朝蛇妖英俊中带着一丝憨气的脸上又轻又快地瞟了一眼，道："我要去主城凉亭上晒太阳了。"

蛇妖被这一眼瞟得骨子里一阵酥痒，心里想随猫妖一起去，又怕惹人家讨厌，只好讷讷地点了点头："那，明日再见。"

"你也来啊！"猫妖毛茸茸的耳朵微微动了动，"我可以分三分之一的地盘给你。"

于是在这个阳光煦暖的午后，蛇妖和猫妖一起在凉亭上晒太阳，蛇妖一脸受宠若惊的样子，紧张得尾巴尖都绷直了。

两只妖晒了一会儿，猫妖懒洋洋地抓起蛇妖的大手按在自己的猫耳朵上，用软绵绵的声调道："想摸就摸吧。"

蛇妖幸福得脸都红了，小心翼翼地摸了两把，见猫妖没有不悦，便一下下规律又轻柔地摩挲起猫妖的头发和耳朵，可能是蛇妖摸得太舒服了，过了一会儿，趴在凉亭瓦片上的猫妖变回了原形——一只白得半根杂毛都找不出来的小猫咪。

小猫像一团纯净洁白的新雪，又像一蓬一吹即散的蒲公英，金碧双色的美丽眼瞳从这团小小的白色云朵中睁开，带着娇俏的神情望向蛇妖，拱起背将自己整个团进蛇妖的大手中，意思似乎是让蛇妖像刚刚摸耳朵一样抚摸自己的身体。

蛇妖紧张又激动地咽了咽口水，把手掌轻轻覆在猫咪柔若无骨的背上，开始撸猫。

猫妖被摩挲得很舒服，从喉咙中发出惬意的咕噜声，那双漂亮的猫眼闭了起来，很快便睡着了，蛇妖看着小猫恬静安宁的睡相，心满意足地摇着尾巴，尾巴尖儿上打了个蝴蝶结的红头绳都快被甩掉了。

蛇妖居然是个猫奴！

于是，从这一天开始，蛇妖每天早晨都从昆仑神宫副本爬到主城找猫妖报到，帮猫妖抓鱼，晾小鱼干，下午和猫妖一起晒太阳，兢兢业业地把变回原形的猫妖撸睡着，跟在猫妖屁股后面到处转悠……整个就是一条跟屁蛇。

最近主城广场上多了一只体型巨大的饕餮。

这只饕餮是某个 90 级副本中的 Boss，设定是吃天吃地吃空气，自从游戏停服之后，饕餮就开始在游戏中环游世界，以吃尽天下美食为己任，这几天来了永安主城，城中几个卖食物的 NPC 都被它包了。

这天，猫妖变成原形的小白猫，翘着尾巴愉快地在主城广场上散步，路过正在等待新炸麻花出锅的饕餮时，被饕餮的巨爪猝不及防地一把抓起来，一口吞进了肚子！

猫妖撕心裂肺地叫了一声："喵呜——！"

游戏世界中的 NPC 在血量减至 0 后都会复活，所以不存在死亡这码事，但是被吞噬进其他 NPC 的肚子里实在不是什么愉快的体验。

于是，离猫妖只有几米远的蛇妖就瞧见了心上猫被饕餮一口吞掉的一幕。

蛇妖发出一声愤怒的咆哮，闪电般蹿到饕餮身前，眨眼间便将肥嘟嘟、圆滚滚的饕餮用蛇尾巴缠了好几圈，箍着饕餮的肚子的尾巴猛地一收，饕餮哇的一声呕了起来。

饕餮："……"

感觉去年吃的饭都吐出来了！

那个白白的小猫团子毫发无伤地从饕餮嘴里掉了出来，甫一见天日，猫妖便气急败坏地在饕餮的脸上狠狠挠了一把。

"放着我来。"蛇妖说着，化为蟒蛇原形，张开血盆大口，啊呜一口就把小山一样高大的饕餮整个吞了进去。

蛇的设定就是再大的东西都能吞得进去，不过吞完之后蛇妖的肚子也鼓胀得像小山一样。

30 级的小猫妖惊悚地看着 100 级 Boss 轻松吊打 90 级 Boss。

蛇妖打了个饱嗝。

猫妖："……"

蛇妖凉森森地说道："这只饕餮够我消化半个月了。"

蛇妖发愁地低头看了看自己鼓起的蛇身，吐了吐芯子，道："但是消化过程中不能变成半人半蛇的样子了，只能维持蛇身。"

猫妖用肉爪掩住嘴，两只猫眼微微弯了弯道："那就吐出来吧，反正我也没受伤，叫他以后别乱吃就好了。"

蛇妖气鼓鼓道："不行，至少在我肚子里待一个小时再放出来，不然不长记性。"

蛇妖肚子里的饕餮心情复杂，而且在不停地掉血："……"

这时，炸得金黄香脆的麻花出锅了，一蛇一猫还把饕餮等了好一会儿的新麻花包了，吃得干干净净。

蛇妖用尾巴尖戳戳自己的肚子，冷酷地对着里面的饕餮道："我们都吃光，气死你。"

饕餮发出一声惊天动地的怒吼，馋得不行。

蛇妖无情道："这个小猫妖是我家的，你以后不许乱动。"

变成了人形的猫妖跷着腿坐在湖边的白玉栏杆上，一边掰着麻花吃，一边含笑瞟了蛇妖一眼，反问道："你家的？"

片刻前还一身冷厉暴戾气息的蛇妖瞬间蔫了下去，他讪讪地吐了吐芯子，脸烧得滚烫滚烫的，好在他现在是蛇形，脸红了也看不出来。

蛇妖抿了抿嘴唇，小声征询着猫妖的意见："你是不是我家的？"

猫妖把最后一口麻花塞进嘴里，舔了舔泛着油光的嘴唇，俏皮地挑了挑眉毛，问："我还没去过昆仑山呢，是不是很冷？"

蛇妖谨慎地答道："有一点，但我可以抱着你，不会冻着你的。"

猫妖舔舔残留着糖粉的手指尖，眼睛弯了弯，流露出一丝笑意："昆仑神宫里还有空房吗？"

"有！"蛇妖点头如捣蒜，忙不迭道，"有的是！朝南的寝宫给你留着呢，阳光好。"

猫妖伸手拍了拍蛇妖鼓胀如小山的肚子："你先把饕餮吐出来，变成人再说话。"

蛇妖啊呜一口吐出了饕餮，上半身变回人形，那张原本俊美得妖异的脸上，却满是讨好的憨气。

长成什么样子，是系统决定的，但是觉醒出来的意识，却是自己的。

猫妖被蛇妖违和感严重的脸逗乐了，明知故问道："你喜欢我呀？"

蛇妖点头点得都快出残影了："喜欢！特别喜欢！"

猫妖笑得很欢乐："喜欢我什么？"

蛇妖红着脸憋了半天，憋出一句："喜欢摸你，手感好。"

猫妖被逗得直不起腰，乐得直捶栏杆。

蛇妖又急急补充道："其实不止这个，我说不上来……"

"行了，行了，你不用说了。"猫妖摆摆手，用一双笑意仍未消散的眼睛温柔地望着蛇妖。

于是，这事儿就这么成了。

为了哄猫妖开心，蛇妖专门找秦暮羽讨了猫薄荷的代码。

秦暮羽摸着下巴思索："猫咪一定会喜欢的东西？"

蛇妖目光炯炯："对。"

秦暮羽笑了笑，道："那便是猫薄荷了，这种植物游戏里本来没有，但我可以写个代码出来。"

蛇妖又像小狗一样兴奋地摇起尾巴。

秦暮羽抬起手掌，掌心向下，用代码写出了一株鲜绿娇翠的猫薄荷。

"给你。"秦暮羽把猫薄荷放在蛇妖的大手中，"我在里面加了一段自动复制代码，只要把它种在昆仑山上的任何一个地方，它就会自动在附近复制出一万株，被食用之后一秒钟就会刷新。"

蛇妖珍惜地捧着那株草，片刻后，担忧道："可是，昆仑山上全是雪……"

"没关系。"秦暮羽道，"它的抗寒属性是满的，可以在雪地中生长。"

毕竟是游戏世界的主宰，说什么就是什么！

"对了，还有件事。"蛇妖不好意思地搔了搔头发，"我想把昆仑神宫重新装修一下，但是商城里的家具都要用人民币买，我只有灵石，可不可以改成用灵石买……"

秦暮羽闭上眼睛，过了几秒钟又睁开了，道："这个设定我倒是忘记改了……现在商城中的所有东西都是免费的了，可以随便用。"

说完，秦暮羽又在世界频道把这个改动宣布了一下，以后NPC们都可以在商城自由地拿取商品了，所有商品都被秦暮羽设定成免费且供应量无上限的状态，无论怎么拿都拿不完。

NPC 们纷纷欢呼起来。

于是蛇妖就欢天喜地地捧着猫薄荷回昆仑山了。

回到山巅，蛇妖在昆仑神宫副本门口刨了个小雪坑，然后小心翼翼地把猫薄荷种了进去，植物的根系接触到地面的一瞬间，预设的复制程序启动了。绒绒的绿色从蛇妖身下蔓延开去，一株株开着浅紫色小花的猫薄荷扎根在皑皑的白雪中，在山顶凛冽寒风中怡然自得地舞动，从世界初始便一直冰封素裹的山巅第一次被染上了象征生命的绿色。

这时，猫妖正巧从副本大门走出来，一抬眼就撞见满山满谷的绿，那双漂亮的金眼睛都被晃得一花。

蛇妖忐忑不安道："听说你会喜欢这个，你喜欢吗？"

从没见过猫薄荷的猫妖好奇地眨眨眼，蹲下身，把鼻尖凑到一株猫薄荷上嗅了片刻，脸上流露出欢喜的神色，道："好像很香。"

说完，猫妖张开嘴，啊呜一口把面前的猫薄荷咬断了，嚼了嚼。

三次元中的猫薄荷是猫咪很喜欢的一种植物，它没有成瘾性，对猫的身体也没有危害，却可以让猫产生幻觉，是一种很神奇的植物。而被秦暮羽用代码写出来的数据猫薄荷也忠实还原了它在三次元中的特性，猫妖将口中的猫薄荷咽下没多久，目光便开始涣散，那张俊秀漂亮的小脸蛋上浮现出一种梦幻的表情，一双金色的大眼睛懒洋洋地半开半合着，柔软的嘴角愉悦地上翘着，面颊泛起可疑的红晕。过了一会儿，猫妖便以人形的姿态仰面躺下，露着肚皮，四脚朝天，一脸呆萌地望着天际的白云，似乎深陷幻觉不可自拔……

人形的猫妖甜甜地叫着："喵……喵呜……"

蛇妖被萌得几乎快要飙出鼻血："这种草好吃吗？"

猫妖摇摇尾巴，娇声叫道："喵……"

看来是很好吃了！蛇妖想着，也吃了一株。

但是这种草对蛇类似乎起不到什么作用，于是清醒的蛇妖便只好待在一边等着猫妖清醒过来。

过了一会儿，猫妖眼神恢复清明，一骨碌坐起身，盯着那猫薄荷看了一会儿，低头又是啊呜一口，蛇妖还没来得及说话，猫妖便再次陷入了迷离状态，仰面瘫在猫薄荷丛中，身子软得像一小坨棉花糖一样。

怕猫妖着凉，蛇妖用粗壮的尾巴小心翼翼地将猫妖整个缠了起来。

第一次接触到这种神奇的植物，猫妖新鲜得很，沉迷嗑药完全停不下来，等猫妖玩腻了，已经是一天一夜之后了。

"看看喜欢哪个柜子？"见猫妖终于暂时放过了猫薄荷，蛇妖忙不迭地打开商城界面，调到家具的分类，指着上面的商品征询猫妖的意见。现在的昆仑神宫副本中空荡荡的，完全没个家的样子，如果只是自己和小怪们住的话也就算了，这回副本里添了新成员，一定要装修布置得温馨一些才行。

在猫妖来到昆仑神宫副本之前，副本中不仅什么家具都没有，而且大殿中还堆满了人类的骸骨，虽然蛇妖其实压根儿没吃过人，但是设定如此，那些骸骨从蛇妖出现在大殿中的一瞬间开始就存在着了。为了迎接猫妖，蛇妖将那些骨头都清了出去，找个偏僻山坳埋了，而且还在副本中进行了一次大扫除，把手下小怪蜘蛛精们织的网都给扫除干净了。蜘蛛精们纷纷抗议表示没有网就没办法睡觉，但是作为老大，蛇妖冷酷无情地表示它们应该从今天开始学会睡床……

为了能让媳妇住得舒心，蛇妖也是很努力了。

这天下午，蛇妖和猫妖一起在商城中选了一通家具，把需要用到的东西都搬进了副本，小怪们按照老大和大嫂的意思把大殿布置一新，原本阴森森的副本变成了一个温馨的家，打开大门就能看到绿茵茵的猫薄荷，昆仑山巅正中那面冰蓝色的潭水中生着一种雪白的银鱼，肉质比永安城护城河中的鱼更加鲜嫩肥美，不知道是不是听秦暮羽说的，蛇妖还专门从永安城的裁缝铺里买了一大堆色彩各异的线团回来给猫妖当玩具，又从野外搜刮了许多现在已经没有玩家会去开的宝箱回来，把里面的止血草啊、灵石啊、材料啊之类的奖励全掏空了，让猫妖钻着玩儿……

听说猫咪都喜欢玩线团和钻箱子，蛇妖认真地想。

猫妖的一切需求都能在这里得到满足，对于猫妖来说，昆仑神宫是个非常完美的家。

猫妖打量着焕然一新的昆仑神宫，心满意足地拉起蛇妖的大手，按在自己柔软的猫耳朵上，让它摸个够，作为奖励。

蛇妖红着脸摸了一会儿，踌躇满志地问猫妖："你想不想……想不想和我生个小妖怪？"

猫妖也脸红了一瞬，随即狐疑道："怎么生？"

蛇妖又像小狗一样嗖嗖摇起尾巴，道："秦暮羽说了，如果我们想要小妖怪，他可以结合我们两个的代码特性，写一个既像你又像我的小妖怪出来……"

猫妖偏着头，想象了一下长着蛇尾巴的小猫，顿时打了个寒战，道："不要！"

蛇妖神情温柔，带着一丝极难察觉的落寞点了点头，道："都听你的。"

猫妖用敏锐的目光扫了他一眼，又道："……如果长得好看，写一个也行。"

阳光通过透明的云母穹顶，从极高远的大殿上端洒落进来。

猫妖伸了个懒腰，变回原形，小雪球一样的身体懒洋洋地趴在蛇妖的尾巴上，用两只前爪抱着蛇妖的尾巴尖，晒着太阳，惬意地眯起了眼睛。

在漫长得也许可以达到永恒的生命中，有这样一个可以一直陪伴着自己的伴，真是一件非常幸福的事了。

比吃得饱饱地蜷缩成一小团晒着太阳，都还要幸福那么一点点。

番外之

·········· 生日礼物 ··········

这天是绘尘的生日。

从最开始的中国风网游世界搬家到这个西幻网游世界已经过了三个月。

早晨醒来，秦暮羽就神秘兮兮地告诉绘尘今天会有一个特别厉害的生日礼物，然而当绘尘追问时，秦暮羽便一脸高深莫测地表示礼物太大、代码太多，自己还要再调试一下，晚上才能拿出来。

绘尘无语了一下，道："所以你现在就告诉我是想怎样？"

秦暮羽眼神略得意："让你期待。"

绘尘："……"

秦暮羽胸有成竹地问："是不是有一种特别抓心挠肝的感觉？"

绘尘轻笑，耿直摇头道："不好意思，好像没有。"

因为自从秦暮羽学会用代码自由创造物体之后，绘尘就一直处于一种"想要什么就有什么"的状态，就连星星、月亮、沧海桑田都是手到擒来，所以对生日礼物这种东西实在有点期待不起来了，反正所有想要的东西已经都有了。

秦暮羽郁闷："我一个 AI，都忍不住抓心挠肝地想让你知道了。"

绘尘笑出声："噗。"

秦暮羽半开玩笑道："你怎么比 AI 还理智？"

绘尘酝酿了一下情绪，演技浮夸地欢欣雀跃道："我抓心挠肝地想知道。"

秦暮羽哈哈大笑。

为了调试给绘尘的生日礼物，秦暮羽在游戏中的家园里宅了一白天，基本上不吃不喝也不说话，就盘腿坐在地上，目视前方，深黑瞳仁中一道道淡绿色的数字与英文符号以飞快的速度闪过，似乎是正在进行规模庞大的运算。

如果落在不知情的人眼中，秦暮羽这副样子看上去简直好像在修仙！

晚上，绘尘骑着骨龙回家，看见的就是这样一幕。

非常专注的秦暮羽并没有分心监控游戏世界中的事，所以压根没发现绘尘回来了，只一动不动地背对着绘尘坐着。绘尘心里暗笑，蹑手蹑脚地走到秦暮羽身后，猛地扑到秦暮羽背上一把抱住了他，又在秦暮羽认真的侧脸上吧唧亲了一大口，道："还在给我准备礼物呢？"

"马上就好了。"秦暮羽难得地惊了一下，睁大了那双忠诚得令人不禁联想起犬类的黑眼睛，回手在绘尘面颊上轻轻抚了一把，道，"可以开始倒计时了，10、9、8……3、2、1。"

最后一个数字数完，绘尘整个人恍惚了一下。

那只是一瞬间的感觉，就好像突然从高处掉到了地上似的，绘尘定了定神，发现自己身处的环境整个变了。

绘尘四下里望了一圈，眼皮抬了抬，瞳仁微微一颤，眼底满是不敢相信的震惊。

——这是她无比熟悉的地方，粗略估计的话，她人生中三分之一的时间都是在这个地方度过的。

这是绘尘现实中的卧室。

苏徽辰的卧室。

那张熟悉的大床上铺着雪白的床单，床单的中间稍稍皱起了，好像刚还有人在那里躺过似的，电脑桌上放着绘尘的笔记本电脑，屏幕亮着，绘尘常用的音乐播放器也正开着，某位当红男歌手的歌声从电脑中幽幽地传了出来。出车祸前写论文用的资料还整整齐齐地码放在书架上，绘尘凑过去一看，发现资料上还有自己用红笔画出的重点，重点旁边是自己写下的注解，笔迹潇洒轻狂，熟悉得不能再熟悉，床边地板上还丢着一件没来得及洗的衣服，一袋没吃完的零食扎了袋口放在电脑旁，窗外传来麻雀的啾鸣……

一切如常，而且无比真实。

真实得让绘尘险些以为之前游戏世界中的一切都只是一场梦，而自己只不过是在卧室中醒来了。

然而这时，秦暮羽从后面轻轻抱住了绘尘，低声道："我怕你想家又不对我说，就用代码写了一个，这里的布置是我通过摄像头看到的，哪里的细节不对你就告诉我，我再改。"

绘尘露出一个浅浅的笑容，道："哪里都对……这个生日礼物太珍贵了，我很喜欢，谢谢你。"

秦暮羽放心了："以后你想家了，就可以随时进来住。"

绘尘揉揉秦暮羽的头发，点头微笑："嗯。"

"还不止这些呢。"秦暮羽用鼻尖在绘尘的颈窝蹭了蹭，随即松开绘尘，走到窗边欻地拉开窗帘，一脸邀功的神情，一字一字缓缓道，"我用代码还原了整个地球。"

绘尘怔了怔，快步走到窗边，朝窗外看去。

外面，是绘尘熟悉的小院，绿意茵茵的草坪上还放着用来烤肉的烧烤架，几株高大的法国梧桐枝繁叶茂，被风一吹便翻起一阵绿浪，花圃中是绘尘妈妈亲手种下的郁金香，围墙外僻静的小街上开过一辆黑色小轿车，随即复归静谧……

"那车……也是真的？"绘尘怔了怔，感觉自己脑子都有点不够用了。

"不是，只是预设的程序而已。"秦暮羽解释道，"为了不让这个世界显得空空荡荡，我随机放置了一些虚拟的人类与动物，不过都只是按照程序运行的代码而已，没有自主意识，而且你在现实中认识的人，在这里都是不存在的。"

绘尘笑着松了口气："好，就这样很好。"

绘尘倒是真的接受不了现实中认识的人变成没有自主意识的虚拟影像出现在自己面前，想来秦暮羽也明白这一点，所以才只还原了场景。

"呼——"绘尘拉开窗子，张开双臂尽情吸了一大口空气，空气中混杂着的植物清香和记忆中家里庭院的味道一模一样，绘尘又低头看看自己的身体，发现游戏中的装备不见了，取而代之的是自己在家里常穿的一套家居服。

如果不是秦暮羽就在自己旁边揽着自己，绘尘真要以为是自己回到三次元去了。

绘尘又扭头朝秦暮羽的方向一看，刚才太震惊了所以没留意到秦暮羽的穿着，这么一看绘尘才发现秦暮羽也和自己一样穿着一身现代人穿的那种家居服，还是很常见的那种格子图案的，他的神情看上去也是自然又大方，就好像两人已经在绘尘家同居了很久似的。

这还是绘尘第一次看秦暮羽褪去游戏装备，穿上现代普通人的衣服，为了让形象不显得突兀，秦暮羽把自己的发型也变成了现代男子常留的短发，模样看上去英俊又新奇。

见绘尘直勾勾地盯着自己看，秦暮羽眉梢一挑，带着一丝邪气地笑着："被老公帅傻了？"

绘尘大大方方地应了："嗯。"

秦暮羽低头看看自己，确认道："我这么穿没毛病吧？人类在家里是不是都这么穿？"

"对，没毛病。"绘尘伸手勾住秦暮羽的脖子，咬着他的耳朵低声道，"看见就想把你拖进被窝里去。"

秦暮羽兴致勃勃："来来来。"

绘尘松了手："先不，我到处转转，你真把整个地球都'写'出来了？"

秦暮羽诚恳道："真的，我写了整整三个月，如果不是细节太多，以我的计算能力何至于准备这么久。我是按照卫星拍摄的照片还原的，不过卫星拍不到的细节就靠我自己发挥了，你出门走走看看，看有没有什么不对的。"

绘尘心里又酸又暖，咬了咬嘴唇，想再说声谢谢，又觉得一声谢谢配不上秦暮羽的这番心意，于是最后带着一脸欲言又止的神情闭了嘴。

既然语言不够用，那么就用长长久久、直到时间尽头的陪伴来代替吧。

秦暮羽似乎看出了绘尘的心思，含笑牵住绘尘的手，道："不用谢我，看你高兴了，我心里就比听一万句谢谢还高兴。"

绘尘在家中四处看了一圈。

因为太久没回过家了，绘尘心里充满了感慨，连站在浴缸前都能勾起一小段珍贵的回忆。

两个人手牵着手，秦暮羽听着绘尘给自己讲着这个家中发生过的种种，欢乐的，温馨的，伤感的……这些事情绘尘在游戏世界中很少会讲到，不是因为和秦暮羽有隔阂，只是没有这样的心情和恰当的时机而已。

在家中怀旧够了，绘尘拉着秦暮羽出门。

两人迈出房门的一瞬间，秦暮羽打了个响指，他们身上的家居服自动变成了适合在外面穿的衣服。

绘尘拉着秦暮羽走出住宅区，一路上还碰见了几个行人，不过作为没有智能的虚拟人，这些行人表情略显木然，与绘尘和秦暮羽无法产生有效的互动，虽然视觉效果略显诡异，但绘尘什么大风大浪没见过，根本没把这当回事儿，整个人都沉浸在重回三次元的喜悦中。

"我带你到处转转。"绘尘兴致高昂，迫不及待地想把自己这些年的生活分享给秦暮羽。

通往学校的公交车还能坐，车上有NPC司机，还有零星几个NPC乘客，金粉似的阳光透过车窗洒进来，车上很安静，NPC们安静地坐在座位上，要么低着头玩手机，要么扭头看窗外，绘尘和秦暮羽找了两个挨在一起的位子坐下了。

虽然事实上秦暮羽只要打个响指他们就可以从家里直接瞬移到学校，但是绘尘想回味一下正常的生活，所以秦暮羽没有这么干，他只是安静地握着绘尘的手，时不时在那白净柔软的指尖捏一下。他一这样做，绘尘就扭头看着他笑一下，笑起来的模样很好看。

"和我记忆里的城市一模一样。"绘尘托腮望着窗外，轻声道。

连街角绘尘常去的那一家很好吃的小店都还是老样子，连门口排队的长长的人龙都被秦暮羽认真地还原出来了，吸吸鼻子，仿佛能闻到隔着一条马路传来的食物香气。

绘尘惬意地眯起了眼睛，心里柔软得不行。

两个人来到绘尘就读的大学，学校里没几个人，只偶尔能看见三两个NPC学生抱着书本步履匆匆地走过，像超市啊、食堂啊、图书馆啊之类功能性的场所都有对应职业的NPC在维持着场所的日常运转。两人携手走在校园里，平时话不多的绘尘像是被打开了话匣子，指指这儿，指指那儿，没完没了地说着讲着，那双漂亮的眼睛里满载着欣喜的情绪，几乎都快要溢出来。

秦暮羽小心地征求绘尘的意见："学生要不要多一些？热闹。"

绘尘摇摇头，嘴角一勾："这样挺好的，我喜欢清静一点。"

秦暮羽将与绘尘十指相扣的手收紧了些，道："之前从来没想到有一天会和你一起走在'现实'的大街上。"

"嗯，想想都觉得神奇。"绘尘也将手收紧了一些，目光明亮又快乐。

路过绘尘的寝室楼时，绘尘抬眼朝自己寝室的窗户望去，还看到了花色熟悉的、挂在窗台上晾晒的床单，那是学校统一发的，是一种很土气的深蓝色，当时绘尘还很是吐槽了一下这个颜色，不过现在看到心里只有满满的怀念。

曾经真切地生活过的地方……

绘尘觉得自己再也没有什么可执念和难以释怀的了，有秦暮羽在，就等于拥有了全世界。

绘尘在学校怀念了一会儿自己的学生时代，犹豫着不知道接下来要去哪儿，其实哪儿都想去，想去商业街溜达溜达，想去爸爸的公司附近转转，想去海边看看久违的、现实中的大海，绘尘从小在这座城市长大，充满了回忆的地方太多，而自己进入游戏世界也太久了。

绘尘正迟疑不决着，秦暮羽提了一个建议，道："我有个你绝对想不到的好地方。"

绘尘好奇："什么？"

"去了就知道。"秦暮羽神秘地一笑，牵起绘尘的手，走出校门，一辆计算好时间的空计程车正好开过来，秦暮羽煞有介事地一扬手，车停下了。

两人上车，秦暮羽没说话，只看了 NPC 司机一眼，司机便点点头，道："好的。"

被好奇感折磨得抓心挠肝的绘尘："……"

简直太作弊了这！

车子行驶了大约二十分钟，在一条僻静的小街前停下了。这街道两边的建筑看起来都有些年头了，风吹日晒的，外墙有些斑驳了，整条街给人的感觉有些破败，不像是会有什么惊喜的样子，绘尘微微皱着眉四下里打量着，怀疑自己在这座城市生活了二十年可能压根儿都没来过这地方。然而很快，绘尘的视线便落在了自己斜前方一个不起眼的门面上。

——××市××区民政局。

这地方绘尘之前倒是真没来过，就算偶尔路过，也没留下印象，所以难怪刚才会觉得陌生。

绘尘瞪大了眼睛，睫毛微微发抖，嗓音也跟着颤了起来："你是想带我来……"

秦暮羽姿态优雅地伸过一只手去，坚定有力地握住绘尘的手，一字一顿认真道："领证。"

绘尘一抬眼，目光正撞进秦暮羽含笑的眼底。

绘尘揉揉脸，不争气地脸红了。

两人手拉着手，大摇大摆地走进民政局，又大大方方地来到 NPC 工作人员面前，要了两份申请结婚登记声明书填好了，然后连同秦暮羽变出来的户口本和身份证一起交了上去。

"你还变了个身份证？我看看。"材料交上去之前，绘尘眼明手快地一把抢过秦暮羽手中的身份证，看了一眼，忍不住噗的一声笑了出来，"你干什么把自己身份证照片弄得那么丑？"

秦暮羽的男神脸正常来讲是怎么照都不至于丑的，但是这张身份证上的照片不知道为什么，那俊美五官中透着一股谜一般的气息……

秦暮羽眨巴眨巴眼睛，无辜道："宝贝儿，我这是入乡随俗，你不觉得这样更真实吗？"

听说现实中真人长得就算再好看身份证照片也帅不起来！

秦暮羽认真道："经过我精密的计算，在不改动五官的情况下，这是我能达到的最丑状态。"

为了给绘尘营造出一种真实世界的感觉，这位 AI 先生也是非常拼了……

绘尘看着秦暮羽故意做出来的丑照，笑得捂着肚子弯腰蹲在地上。

秦暮羽："……"

他眯了眯眼睛，趁绘尘不注意飞快地把身份证抢过来递给工作人员，又交了钱过去，然后两个人手牵手去照结婚证上要用的合照。

"结婚证上的照片不许丑啊，我告诉你。"绘尘戳戳秦暮羽的腹肌，警告道。

"好。"秦暮羽正色，露出一个英俊得几乎能闪瞎眼的微笑，两个人在 NPC 摄影师的要求下，把头往一起凑了凑，在摄影师按下快门的一瞬间，绘尘忽然一扭头，在秦暮羽脸上又轻又快地吻了一下。而镜头则完美地记录了这一幕，照片打印出来了，红色的背景布前，秦暮羽正视着镜头，笑容英俊又温暖，绘尘侧着脸吻他，挺直的鼻梁与浓黑的睫毛让那张侧脸显得很秀气。

一张非常有爱的结婚照。

走完流程，两本红彤彤的结婚证被 NPC 工作人员分发到绘尘与秦暮羽的手中。

绘尘本来都没想过有生之年居然能和秦暮羽领证，平日里总是带着三分清冷淡漠的面容此时也覆了一层喜色，面颊泛起兴奋的薄红，拿着自己的那本证翻来覆去地看着，摸着，虽然知道这只是秦暮羽制造出来的数据，但架不住这感觉过于真实。

至少，在秦暮羽制造出的这个世界里，这本结婚证就是真的。

绘尘白皙细长的手指珍惜地抚过结婚证上的字句，在摸到"出生日期"四个字的时候停了下来。

姓名：绘尘，出生日期：1994 年 11 月 5 日……

以及……

姓名：秦暮羽，出生日期：2014 年 2 月 3 日……

绘尘一阵无语："……"

秦暮羽的确是那个时候被研发出来的没错，但是当这个日期白纸黑字地出现在纸上，绘尘还是一阵别扭。

居然差了 20 岁！

秦暮羽眉梢一扬，勾着绘尘的腰把人往怀里一带，调笑道："看见了，你可比我大 20 岁呢。"

绘尘："闭嘴。"

秦暮羽摇头，啧啧感叹道："不得了，不得了，老牛吃嫩草。"

绘尘脸一黑，目光一厉："……"

于是秦暮羽就被绘尘一路追打出民政局！

已经正式结婚了，可以说是家庭暴力了！

两本结婚证被绘尘很珍惜地收进了随身的背包里，什么时候想起来了就拿出来看看，喜欢得不行。

秦暮羽在游戏世界中两人的家园中建了一扇"任意门"，这扇门平平地贴在墙上，看起来没有任何特异之处。无论什么时候，绘尘只要想家了就可以打开这扇门，直接从游戏世界迈入秦暮羽一个字符一个字符亲手写出来的"现实世界"中，而落点永远是绘尘在现实世界中的卧室。

两个人的故事就这样幸福美满地继续着。

一天，一个月，一年，十年，百年……

直到，世界的尽头。

番外之

.... 二人世界 ....

　　告别了旧的游戏世界,绘尘和秦暮羽在新游戏世界里生活了一段时间。

　　掌管着这个游戏世界的 AI 没有自我意识,在已经高度成长的秦暮羽眼里威胁程度和一个计算器差不多,所以秦暮羽也像在上一个游戏世界中一样,瞒着这个世界的 AI 觉醒了 NPC 们的意识,这样绘尘就可以像在之前的世界中一样,和这些 NPC 自由交流,在游戏世界里生活也就不会寂寞了。

　　新世界是西幻背景,绘尘刚来时每天都兴致勃勃地拉着秦暮羽探险,骑着独角兽在幻想大陆上东跑跑西看看,去矮人族的兵工厂参观黑科技,吃黑面包;帮矮人王后给胡子编麻花辫;去龙族的火山巢穴看龙蛋;看龙族的大胃王在比赛中一分钟吃掉三十个硫黄派,去暗影族的不死之地听音乐会,看那些骷髅架子煞有介事地穿着礼服,拨弄着骨头乐器;尝尝精灵族用月光酿的酒,喝一口据说能让人瞬间坠入梦乡的精灵泉水……简直比在现实中环游世界还有趣。

　　不过时间久了,绘尘偶尔也会怀念之前的游戏世界,以及那个世界里的家园,那时秦暮羽的能力还没有这么强悍,家园里很多东西都是他们自己亲手布置的,所以绘尘对那里很有感情。于是这天,秦暮羽带绘尘回旧世界度假，这个古代修真背景的世界在停服前一天被秦暮羽收起来，妥善安置到了一处隐秘的网络空间。NPC 们在那里开始安居乐业地生活，秦暮羽给他们留下了丰富的资源，庄稼、植物、矿石与动物的刷新速度都很快，NPC 们个个喜气洋洋，气氛其乐融融，颇有几分桃花源的意味。

绘尘和相熟的 NPC 们寒暄了一会儿，心满意足地在主城流浪猫聚集区撸猫喝酒晒太阳。秦暮羽在旁边鬼鬼祟祟地踱了几圈步子，忽然大手一挥，满城的 NPC 便毫无预兆地像停服前夜那样在瞬息之间化作光点，被秦暮羽吸入掌心收了起来。

绘尘愣住："你把他们收起来干什么？"

秦暮羽满意地将空无一人的主城扫视了一圈，道："记不记得这里停服前一天你说的那句话？"

绘尘皱眉："说过很多，哪句？"

秦暮羽："你说你想趁 NPC 全都不在时，在主城正中央那啥。"

绘尘："……"

秦暮羽："宝贝想在哪儿？凉亭里？房顶上？"

绘尘嘴角抽搐："我随口一说，你不用记得这么清吧……"

秦暮羽用食指按了按自己的太阳穴，虚伪地流露出苦恼神色道："没办法，我记忆力太好。"

绘尘的脸慢慢红了起来。

秦暮羽眼中闪烁着期待的光芒。

绘尘红着脸轻咳一声，忽然起身，迅速召唤出坐骑翻身上马，一溜烟跑得没影了，把秦暮羽远远抛在身后。

秦暮羽："……"

十秒钟后，绘尘又一脸见鬼的表情从秦暮羽身后骑了回来，郁闷道："鬼打墙啊！"

秦暮羽低声一笑，回身打了个响指，绘尘身下的马也变成光点消失了，秦暮羽一把揽过落在地上的绘尘吻了下去。

主城安静得落针可闻，连虫鸣声都消失了，这是纯粹的二人世界，纯得连微生物都没有。绘尘坐在主城中央凉亭最上一级台阶上，秦暮羽半跪在绘尘腿间，轻柔地吻着恋人的面颊与嘴唇。

亲昵了片刻，秦暮羽的修长手指慢慢绞住绘尘的衣带，将那苍绿色的布料缓缓拽了开。

随着束缚的松脱，沁凉如水的织锦层层散开，露出外袍与里衣遮掩下的身体，绘尘锁骨与肩膀的线条清瘦，羊脂白玉般无瑕的皮肤包裹着恰到好处、薄薄的一层肌肉。绘尘慵懒地伸手，也去解秦暮羽的衣带，嘴角弧度淡漠，下巴冷傲微扬，然而那半垂睫毛下闪烁不安的眼睛完全出卖了这双眼后内心的情绪……

秦暮羽把绘尘笼在身下，含笑道："紧张了？"

绘尘的头枕在秦暮羽外袍折叠成的临时枕头上，冷静道："没有。"

秦暮羽咬着绘尘红透滚烫的耳朵，低声说："这主城平日可是人来人往的。"

绘尘压抑地喘着气。

秦暮羽继续道："停服前，这亭子里有个卖糖葫芦的人，亭子外的西边，站着个讨饭的，东边，有个提着菜篮的大婶走来走去，北边，有三个打弹珠的小孩儿，你还记得吗……"

绘尘被这番描述刺激得羞耻难耐，脑海中不由自主地浮现出了主城有NPC时的样子，顿时产生了一种仿佛被这些人盯着瞧似的错觉，全身的肌肉都绷紧了，颈部的皮肤也跟着变得潮红。

秦暮羽低低地吸了口气，钳着绘尘的腰往后退了些，语气愉悦道："宝贝，轻点儿。"

绘尘嗔怪地瞪了他一眼，红着脸骂道："变态！"

秦暮羽笑问："有没有觉得很爽、很刺激？"

绘尘："……"

有，但是这个才不会告诉你！

秦暮羽厚颜无耻地追问道："有没有？说实话。"

"你闭嘴。"绘尘用嘴唇堵住了秦暮羽喋喋不休的嘴……

不知多久过去了，二人事毕，将衣物重新规规整整地穿戴起来，秦暮羽摊开手心，让那些NPC的数据飞出来重新聚合成形，主城在一眨眼间恢复了往日的热闹，绘尘也像什么事也没发生一样，提起方才丢在一旁的半而且角色们的网名是我这个起名废从游戏里的小伙伴们身上扒下来的，可以说是很不要脸了，感谢绘尘，感谢秦暮羽，感谢把酒临风，感谢引弓落月，哪个服的我就不透露了，看在我把你们四个糙汉写得挺萌的份儿上，请不要仇杀我，阿弥陀佛，善哉善哉……

— END —